缪 非

著

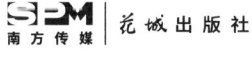

中国·广州

图书在版编目（CIP）数据

2047 / 缪非著. -- 广州 : 花城出版社, 2025. 7.
ISBN 978-7-5749-0574-0

Ⅰ. I247.5

中国国家版本馆CIP数据核字第2025T3Y710号

2047
缪非/著

出 版 人	张　懿
责任编辑	林　菁　徐嘉悦
技术编辑	凌春梅
装帧设计	二间设计
出版发行	花城出版社
经　　销	全国新华书店
印　　刷	佛山市浩文彩色印刷有限公司
开　　本	880毫米×1230毫米　32开
印　　张	12.75　1插页
字　　数	214,000字
版　　次	2025年7月第1版　2025年7月第1次印刷
定　　价	59.00元

版权所有·侵权必究。如发现印装质量问题，请与出版社联系。
联系电话：020-37604658　37602954

过去、现在、未来,就像飞鸟掠过天空留下的痕迹。

——题记

1

一只无名鸟在奋力翱翔。

天空有时湛蓝如洗,有时乌云密布;有时风轻云淡,有时雷鸣电闪;有时晴空万里,有时狂风暴雨。身下有时是无垠大海,有时是连绵群山;有时是河流湖泊,有时是广袤草原;有时是连绵农田,有时是悬崖峭壁;有时是星罗村落,有时是繁华城市;有时是日月星辰,有时是万家灯火。

这个景象几十年来在秦曦的梦境中,无数次出现。背景有时是彩色的,有时是黑白的,有时是明快的,有时是暗淡的。像其他数十年来也反复出现的几个梦境一样,无名鸟的梦也常常在凌晨两点多醒来后结束。半梦半醒之间，秦曦往往在黑暗中不急于睁开眼睛，而是让自己在迷糊与清醒之间慢慢游离。基本清醒后，他有时会努力回想片段，重整梦境脉络，再想想为什么会出现这个梦境，是不是有什么暗示。这总会勾起最近操心的事情，顺便也会想想接下去要做的事。

无名鸟的梦，秦曦确信，与自己少年时的一次旅行有关。

那是一个夏天。

从东海的岱山岛搭乘老渔民的木船出海七夜八天，回来后休整没几天，又搭乘班轮去了更远的小岛东极岛半个月光景。发生在同一个夏天的两次海上经历，一定是一个重要原因。后来，梦中飞翔穿梭的信天翁、海鸥、斑尾，它们的嘤嘤鸣叫，涌动不息的海水海浪，屹立不动的远山近礁，或弱或强的海风，海天一色的晕眩，等等，这些物理世界的影像深深刻画在了少年的头脑中，成为丰富精神世界的一部分。它们在日后的岁月长河中，时不时找到机会穿梭于神经元之间，开关着虚拟与现实世界。

后来，秦曦有了怀疑。

这个怀疑是因为想起另一个经常做的梦。

梦的主体镜像始终是高耸入云的尖顶钟楼，还有永不停歇的大笨钟。秦曦很清楚,这是因为自己的童年,在大都市Ⅲ城度过的童年。那时常常被人带到老外滩玩,当时自己稚嫩的双眼看到了高耸尖顶的大钟楼,看到了犹如一条金带蜿蜒出海的黄浦江,看到了从白渡桥到钟楼外沿江一带成群的白鸥,它们的飞起、盘旋、觅食。绵长的江堤边成双成对依偎的男女,密密麻麻,就像雨后停在长长电线上的燕子。更多彩的,像白天到夜色中穿梭的长辫子公交车庞大的铁身躯,像骑着永久牌或凤凰牌自行车的工人上下班匆匆但又骄傲的掠影,像很迟才打烊的百货商店门前来来往往的老老少少,像夜晚闪烁的霓虹灯下小贩叫卖雪糕的吆喝声……浮光掠影,又无比真实。

带着童年最繁华的都市记忆,秦曦八岁时从大都市Ⅲ城回到ⅩⅥ城的一个边远山村,上小学。这个梦成了青少年时最强大的梦。梦中似乎还明显听到大笨钟报点时悠扬的钟声,还有白鸥的嘤嘤鸣叫声,但是记忆中肯定没有听到过任何一对情侣的喃喃私语。

秦曦相信,无名鸟的梦,最早起源应该就是童年时大都市Ⅲ城外滩的海鸥,不是后来青少年时的出海。

到后来,游历了全球,秦曦知道自己印象最深的是美洲大陆太平洋东岸的金门大桥。它似乎是大海的眼睛，向东盯着太阳升起的地方，向西寻找着失落的过去。秦曦感觉它进入自己的眼帘后，似乎成了生命的一部分，清醒的时候偶尔会想起它，特别是某个不可理喻的时刻。

再后来，那淹没在群山间的无名小山村早已远去。但，春天山腰间层层大寨梯田垄上赤橙黄绿青蓝紫的无名小花；夏天白日的蝉鸣，夜晚如潮的蛙叫；秋天不竭的溪涧，小水潭上飞舞偶尔悬停点水的蜻蜓；冬天凛冽寒风下颤抖的老屋，屋檐下长长的锥冰，墙角的暖阳及远处山冈上岩石表面的积雪，是抹不去的。还有，清晨独自撑腮凝望锅底大的天空时坐过的小木椅，白天少年的书包，黑夜中外壳镶嵌了海滩椰子树图样的小小收音机。后来，大海，大洲，城市，国家，人的江湖，日夜相伴的书，萌动的欲望，也挥之不去。所有这些，都是一场场一样又不一样的梦不可缺省的元素，并在一个不可获知的数学公式下，叠加成了迎着朝霞或背着夕阳飞翔的无名小鸟梦境的背景。

那一年，记得是2017年，夏天，在XIII城，参观了南方美院的毕业生作品展；秋天，又在Ⅰ城，参观了北方美院的毕业生作品展。秦曦突然意外发现，两个作品展均有"自然与鸟"题材的油画。回到Ⅲ城香园7

号居所后，秦曦辗转联系到其中一幅画的作者，南方美院的一个女生，并请她画两幅画：一幅是海与天之间一只飞鸟的油画，一幅是群山与天空之中一只飞鸟的油画。又辗转联系到北方美院的一个男生，要求画同样两幅。

秦曦事先与两个学生分别详细沟通了自己的想法，核心是，极为开阔的背景，极为简单的内容，极为有限的色彩，按1967mm×393mm规格。

又是冬天。

春节前，秦曦拿到了四幅画，选用其中两幅后，请一个从静安寺友谊商店退休的姓叶的老师傅用金丝楠木装裱了两幅富有立体感的油画。

临近春节，腊月廿三，阳光正好，令人精神抖擞，尽管江南在冬天仍湿冷与凛冽的。秦曦带上两幅画，又一次独自驾车从Ⅲ城赶往ⅩⅢ城的居所，五云山13号，半山居。居所位于城西郊区一个向南山坡上，周边群山依偎，从居所穿过山间公路，十分钟可直抵风景旖旎的之江。

ⅩⅢ城冬天的冷与夏天的热是出名的。

为了赶在春节前完工，秦曦就约了腊月廿四下午，让工人上门安装。

当天一早，雪开始零零星星地下，中午时分已经有了一些薄薄的积雪。工人下午两点多到的时候,雪开始下大。到下午四点左右,天越来越阴郁,并迅速暗降下来,雪越来越大,后来像疯了一样,山间,房屋,树木,被漫天遍野的雪花轻抚着、笼罩着、淹没着。工人也一度停下了工作,站在窗口看这难得一见的大雪。

秦曦走到南花园,从月季花的枝上掬了一捧雪,凝视着它六角形的结晶,感叹大自然的神工,抬头又看了看漫天飞舞的雪花。雪啊,正迅速把山、楼、树、花与天,全淹没在一个混沌又纯粹的洁白世界。秦曦静静聆听着,又明显听到了"噬噬嗞嗞"的声响,那是雪落下的声音。

白色的雪,在秦曦的心中是温暖无比的,因为它是童年的记忆,是越来越远的浪漫。

等工人把两幅画安装好,天已经暗了,房屋内橘色吊灯的光显得格外温暖,更加温馨。

一幅画挂在了二层西侧的墙上,另一幅画挂在了三层的北侧墙上。

两幅画,背景是广阔大海的那幅,飞鸟的位置在近左边四分之一、近上边五分之一的位置,前方是朝霞;背景是连绵群山的一幅,飞鸟的位置则在近右边四分之一、近上边五分之一的位置,后方是落日。

秦曦把前者装在书房,把后者安于卧室。

工人走了,冬夜狂雪的夜晚,油灯正发出温暖的光,就剩下秦曦一个人了。秦曦透过巨大的落地玻璃窗,久久凝望外面的世界。时间凝固了,夜凝固了,雪凝固了。

犹豫了一下,秦曦没有把壁炉燃起。

回过头,看到书房里的画,秦曦突然灵光一现,哪一天,飞鸟与大海,飞鸟与群山,会不会突然从二维世界走出来,来到三维世界?数十年来,在梦境中飞翔的飞鸟与自己,究竟谁是现实谁是虚拟?

这两幅画,静静待在自己的位置。时间一年又一年,默默晃过去。

人,人类,就像一只不敢片刻垂足停歇的鸟儿。
——《2047》

2

2047年

10月6日，星期天，秋高气爽，阳光明媚，Ⅲ城

老城西区几条主要马路两旁的法国梧桐，斑驳的树干表面，记载着城市的年轮风霜。进入秋天，当年新生长的五角、七角、二角、四角的叶子，在各自的枝干上，在风中，不紧不慢地飘舞着。焦黄的，半叶的，零零碎碎飘落下来，仿佛在宣告一年盛夏的结束。这反而让遍布耸天高楼的城市不显得怎么压迫了，透出大都市在层层宁静中的生命活力与浪漫气息。

上午九点左右，在Ⅲ新城区东区香园7号的家，秦

曦呼叫无人驾驶智车，去向南边另一城ⅩⅥ城郊区的北斗七星院。

ⅩⅥ城，太平洋西岸的一座山海城市，人文卓越，经济发达，环境优美。东面向海，沿海有无数大大小小的岛屿，西部则是连绵不绝的峻岭，千米高山分南北两支，一路向东，渐渐降低高度，最后演变成了高低不一大小不同的丘陵海礁，蔓延入海，中间纵深一百多公里的冲积平原则构筑起城市的中心区。

Ⅲ城向西南是ⅩⅢ城，ⅩⅢ城再向东南是ⅩⅥ城，从Ⅲ城也有两条跨海路径可直达ⅩⅥ城，从Ⅲ城也可以陆路先到ⅩⅢ城再到ⅩⅥ城。

这样，Ⅲ城，ⅩⅢ城，ⅩⅥ城，大致构成一个边长为约200～300公里的金三角形区域，三个城市之间陆海各有两条全智能超级高速公路、超级铁路互联互通。

这次，秦曦选择的是早年建成的跨海大桥路线。

三分钟不到，编号为0021·2047T1029的智驾车就停在了门口。

这是一辆π公司开发运营的氢能车，外壳统一设计有两条橙黄色平行线，构成一个大大的横卧的"H"字母，恰是氢的化学符号。车内一改过去的设计，驾驶平台就是一个物理半球形智能体，即早前说的Agent，一个专用的智能体而已。它可以显现数字人，没有方向盘，位于前排居中，替代了之前主驾副驾两车位。平台两侧均留出空间，后面两排是客位，半球形体后设计有一个物理玄关，背面上方为显示屏及人机对话窗口，下方有唯——一个物理接管机械开门逃生系统。

秦曦上车后，车门轻轻关上，驾驶平台随即传来亲切的服务声音："秦先生您好，您的目的地是XVI城郊区的北斗七星院，相距247公里，行驶时间不超过3小时13分钟，我们可以出发了吗？"

秦曦语音回答"可以"确认，汽车发出"咔嚓"自动锁住门的轻声后，缓缓启动，并渐渐加速到110千米/小时，沿市区高架，从新城区东区向老城区西区方向行进。

看到老城层层叠叠的高楼，秦曦努力寻找高架外的树木，风中站立的梧桐及飘舞的叶子。在秦曦的心中，这是一个时间的刻度。

智车很快进入连接III城、XIII城、XVI城编号为03-13-16的高速路，速度也已加到130千米/小时以上。

上了高速路不到半小时，上午十点左右，秦曦意外接到了徐行的电话。徐行是π公司的创始人。

"老秦，我是徐行。"

"徐行你好。你估计是关心你的2号员工成为交通运输部智驾中心主任的事。"

"老秦从来料事如神。确实是。但我想这件事，不只是我π公司的事，也是整个机器人世界的事。10月22日星期日的网络投票，不知道会出个什么结果哩。"

"我正在去七院的路上，黄明董事长也在21日之前到七院，一起参加'1000年：王安石与XVI城'纪念活动，你哪天过来？我们可以21日在七院碰一碰。"

"好。"

眼下，如日中天的氢能源智驾公司π科技，因为其2号员工，准确地说是一个超级智能机器人员工X2，正被推到风口浪尖。春节后，一股不知来自何处的巨大社会舆论潮，裹挟着各种力量在互联网上汹涌而至，主要声音是要求X2出任国家交通运输部智驾中心主任，甚至要求对交通运输方面某些责权进行整合，声浪一轮高过一轮。

2025年，二十二年之前，秦曦介绍全球首屈一指的般若云脑公司创始人黄明给当时还默默无闻的徐行认识，才有了后来的X2。随着π崛起成为巨头企业，22岁的X2声名远播，名声超过几乎所有的名人网红。

这些天，相关领导、数十位院士、全球多个顶级人工智能企业大佬、科学企业家、风投机构、媒体机构等等，纷纷赶往ⅩⅥ城，参加全城"1000年：王安石与ⅩⅥ城"系列庆祝活动。

王安石是中国历史上著名改革家，北宋名相。一千年之前的1047年，在为相之前，二十七岁的青年王安石，到任ⅩⅥ城县令。千年之后，越来越多的人认为ⅩⅥ籍人才辈出，雄视全球，与王县令重教直接相关。

地处ⅩⅥ城东方三水浦大学的"未来100年：五个议题"活动同期举行，为"1000年：王安石与ⅩⅥ城"有机部分。

最近二十多年，ⅩⅥ城抓住了人工智能引发的第四次工业革命的历史机遇，借与两小时地理圈金融之都Ⅲ城、AI之城ⅩⅢ城互补互动，已然成为全球机器人产业链最发达的城市之一。

徐行提到的，网上群众参与度极高的关于X2的网络投票活动，放在东方三水浦大学举行，也足显ⅩⅥ城在AI领域的江湖地位。

接完徐行电话没多久，汽车已经上了跨海大桥。这座太平洋西岸的跨海大桥，长427 500米，超过42公里，是世界上最长的跨海大桥之一。

车外一望无际的大海，让秦曦突然想到自己最早频繁来往路过这座大桥，应该开始于2008年，已数不清独自驾车过桥多少次了。

时间，悄无声息走过了39年之长。

39年，白驹过隙。

秦曦慢慢进入了梦境。

在无边无际的大海中间，旌旗猎猎，一批又一批戴着盔甲的人，排成一列列一行行的方队，看不到他们的五官，但能感受到人群无比激动，斗志昂扬，黑压压的黑压压的一批。海天际有海鸥在穿梭，但没有一个人认识到周边是无边无际的水浪，仿佛全世界的中心就是自己所在的人群。

在梦境中，秦曦正发着呆，也搞不清楚自己是不是在其中一个方队中，是不是其中的一员。恍惚间，秦曦突然感觉到一阵海水涉身的冷意，猛然惊醒，发现自己在车上，快到南岸了。

回味梦境，秦曦很快想到2003年11月13日。上午十点，大桥开建典礼隆重举行，自己作为资方委派代表，在寒风凛冽中，听张成副省长做大桥开工动员大会。

一切历历在目，仿如昨日。

44年，过去了。

十一点多，无人智驾车驶出03-13-16高速，进入XVI城北环高架向西，在一个叫龙观的地方出口后，进入城西郊区，驶入乡村道路，一路西行，穿行于环境优美的村镇公路。江南的湖泊、村落、墅区、田野，一一掠过。

XI城市中心向西向北多条高规格公路不但延伸到乡间，还蜿蜒盘山而上，穿插在群山之中。路边葱郁的树木与各色花草相映成趣，春夏秋冬不同季节像调色板一样，变幻出自然无比美妙的风景。道路抵达山间所有的零落村子，触及竹林山涧，就像人体大大小小的血管经脉，使得机体充满了张力与和谐。

十二点差十分的光景，汽车穿过山脚小村村道，爬坡进入山路，开往山上观顶湖边的北斗七星院。

这条盘山路，自2015年始，秦曦一个人自驾过很多次，每一次都会被这里大自然的美，带入不由自主的兴奋愉悦状态。他常常大放音乐，重踩油门，轻点刹车，飞快盘旋上行。彼时彼刻，远处一望无际的山峦重重叠叠，不断切换角度映入眼帘，杂事在脑海里迅速退去，成为背景，快乐的思绪在空中昂扬飘荡。每每如此，秦曦就感觉这个世界就剩下自己一个人。后来，无人驾驶车普及后，自驾的乐趣，像之前的购物、就餐等那般，被懒人经济消磨殆尽。

打开车窗，一阵山风拂面而来。秦曦朝车窗外看去，近山远峦，葱郁树木，不断映入眼帘。路边各色格桑花，还有不知名的野花，不时可见，让这个都市繁华之外的地方更具生命的色彩。

突然，车上Agent通过音响系统传来AI广播台NAM的音乐，恰时洽境，深沉而悠扬，是盲人阿炳的《听松》。

秦曦陷入了沉思，不是因为音乐，而是因为想到了黄芯，想起了NAM的前世今生。

NAM是迈群旗下一家24小时循环滚动播放优质音乐、顶级广告、重大新闻的互联网AI广播平台。

N、A、M三个字母，分别是新闻、广告、音乐的英文单词的第一个字母。

NAM成为了AI时代的超级好。不但是因为其全球独一无二的内容架构、运营方式、AI虚拟主持人这些形式，更是因为其以直抵人们心灵的音乐内容作为最高主旨，并通过AI实现共性与个性的和谐。

网络上很多人声称自己被NAM、被虚拟主持M7治愈了失眠，治愈了孤独，挽回了灵魂，称NAM及M7是自己最好的枕边人。地铁、高铁、自驾、乘车、旅途时，夜深人静时，NAM总是悄悄来到身边，走进灵魂，永不迟到，永不缺席，永远贴心，被很多人视为人生的第一或第二伴侣。

NAM的互动式AI个性化虚拟数字人，也在越来越多的听众中普及——迈群公司的商业边界不断拓展。

"人需要伴侣，你需要NAM""最懂你的，NAM"，诸如此类的广告语无人不知。

越来越多的人认为，这个世界，最懂自己的人是NAM。

想到这儿，想到NAM冗长的故事，秦曦心里笑了一下。

早在2008年，秦曦来到Ⅲ城就很快发现，漂在这个全国最大的繁华都市的，是全国最优秀的群体之一，很多是著名大学毕业的年轻人。他们，她们，除了所追求的身外之物，最需要的是什么？是一个满足灵魂饥渴的东西。自此，秦曦的心中就萌生了NAM的底层逻辑。

因为忙于其他事，秦曦一直没有去实现它。但这个想法在心底，一直没有离去。即使2013年移动互联在国内兴起后，NAM的构想已经完全成形，还是没有机会实现。

直到邂逅黄芯。

一晃二十年过去了，NAM的声音传遍了世界的所有角落。

黄芯以NAM创始人兼CEO的身份，被ⅩⅥ市政府特邀参加"1000年：王安石与ⅩⅥ城"开幕仪式。但她不参加其他任何庆祝活动。

一幕幕往事掠过，就像眼前飞过的落差数米到数十米高低不等的山坡，似乎不断变幻成远处深浅不一、连绵不绝的群山，层层叠叠，纯粹又丰富。

汽车盘旋而上五百米后，开始进入平地，车道右侧一眼可瞧见百余米宽、东南向的悬崖峭壁，碧蓝的观顶湖湖水涌到沿口飘泻而下，像散开的无数珍珠，在阳光的折射下晶莹透彻，闪现出若有若无的彩虹。

呈长椭圆形的观顶湖，像上帝遗落的一颗水滴，完美又鲜有人知；又像一颗巨大的玛瑙，透出透明的蓝色静谧之美；也像一位体态婀娜的少女，静静躺睡着，安静而甜美。

秦曦用语音让无人驾驶车减速，沿湖慢行。

观顶湖区域实际上是XVI城西北郊的海拔574米的山腰间一个狭长小山谷。

汽车从山脚上来，进入谷地平地，最先呈现在眼前右侧的，是居于东边的一汪清澈湖水。沿路左侧，居于西边的一幢幢合掌三角形顶的飞碟状建筑，静静矗立在绿荫中，依序是瑶光、开阳、玉衡。三幢独幢，相互相距也有十米以上距离。在北边龙虎山豁口右转向南后，沿湖前行，左手边，湖边绿树丛中先后有天权、天玑、天璇、天枢四幢楼，与湖对面的瑶光、开阳、玉衡遥遥相对。

七幢独立建筑，按顺时针行进，恰呈北斗七星图，最早叫北斗七星驿站，后来改名北斗七星院，圈内称之为"七院"。

每幢建筑三层半，下半层作为停车之用，瑶光楼三层是整层为大会议室，二层是餐厅，屋顶是平面，供直升机停坪之用。天枢、天璇、天玑、天权、玉衡、开阳各有小会议室，其他房间均为套间。

建筑群最北侧开口恰为龙山虎山构成的缓长谷地，是通往另一个山脉的起点，也是山溪入口所在，及环线中点，其相距近千米所对应的南端自然是豁口瀑布。从七院向北五百米左右的巨大樟木群中间，后来建筑了一幢七层高的独楼，为民国风格建筑，除了七层用作大小会议室，二层到六层每层对排各14间共28间，五层共140间客房，供人类借宿。一层有供机器人居住的两个特殊房间，其余空间为食堂。

大楼名为魁杓楼，为七院的有机构成。

整个七院没有一个人类意义上的服务员，全部由机器人服务。

秦曦让无人驾驶车在天权楼门口停下，下了车，让车自行回去。车门打开后，车里传来机器人的声音："十分感谢秦先生惠顾π出租车，请注意下车台阶，祝您幸福健康。"

秦曦慢慢走到最南端的天枢楼门前，并没有急于上楼，而是在湖边石架木条的椅子上坐下，静静望着湖水。

观顶湖旁原来是一个不大的山上村落，就二十多户人家，二十世纪八十年代后期全部拆除，统一改建起面面相对的两长排两层联排，共28户，中间形成一条宽达十米的街道。后来村民纷纷下山，房子日渐破落，除了剩下二三户老人留守，在山坡养着一些鸡度日，整年唯有几只狗在街道上来回溜达，总是一副慵懒的样子。

到了二十一世纪，宁静的湖泊，离城区很近的地理位置，悬崖瀑布，空气清新，群山连绵，自然吸引人。世纪初，汽车开始普及，城市居民活动半径扩大，不断有城里人来到这儿，这儿成了观星星看月亮、户外野宿的胜地。

把观顶湖建成院士、科学家、人工智能企业家基地的创意，则源于2029年5月在XVI城举行的纪念活动。

1529年，中国近代最有名的知行合一的哲学家、政治家、军事家、"立德立言立功"王阳明离世。作为ⅩⅥ城人，他在ⅩⅥ城留有多处文化遗产。ⅩⅥ城市政府，于2029年5月6日—8日举行了以"500年：王阳明之后的世界"为主题的隆重纪念活动。

2029年，人工智能引领的第四次工业革命正如火如荼，AI不断落地，各个城市产业竞争白热化。自人工智能元年2024年起人形机器人是十分火爆的科技与产业的一个焦点。某种意义上讲，机器人就是要实现比人类更强大的知与行，有超强智能就是要解决大脑的问题，有超强力量就是要解决四肢的问题，本质上就是知与行的问题。王阳明的心学，知行合一，指引着更好的科学，也被科学更好地诠注。

ⅩⅥ城政府自然想从这个土生土长的伟大哲学家那里，寻找未来更大的启示。

在这次会议之前，秦曦已说服中国人工智能百人会副理事长兼般若云脑公司创始人黄明，东方三水浦大学创始校长、中国科学院院士程启，向ⅩⅥ城政府一起提出建造七院。

后来，三领教育创始人旭蒙、π公司创始人徐行、NAM创始人黄芯，一起加入。再后来，又联络到多名当地知名企业家，联名向ⅩⅥ城时任市委书记史用写了一封提议函。

提议函的主要内容为：

1. 在观顶湖开发建设北斗七星驿站，作为院士、AI科学家、企业家基地；
2. 请求政府提供上述土地及其他相关政策支持；
3. 建设运营费用由上述七家企业共出十亿元以上解决；
4. 驿站积极推动优质人工智能项目在XVI城落地，但一切建立在自由选择原则之上；
5. 对于驿站之后所有的合法行为，XVI城政府不做干涉。

这个提议，得到XVI城新任市委书记史用的全力支持。

之前，XVI城在城市的东南位，即东钱湖边陶公山南麓的山上，建有院士楼；观顶湖地处XVI城西北角，遥遥相应，恰似天作之合。

2033年10月，北斗七星驿站正式投入试用，魁杓楼两年后建成。

最终确认的方案名称为"北斗七星院项目"，由国家人工智能协会主管，各院士、三十家清单上人工智能企业创始人、985大学校长，及极少数其他人员,均可自主联系七星院入住七院。自主申请一次性入住时间一般不超过七天,一年不超过三次,可用于静思、冥想、会客、学习、休养等等一切合法活动。

秦曦从回忆中回过神来,抬头望向远处。

烟云错落,层峰渐起。

龙山虎山踞观顶湖西北,越过东南面的层峦叠嶂大约百公里,就是浩渺无边的太平洋。

秦曦透过群山隐绰的身影,似乎可以看到大洋,也可以看到地球的圆形、宇宙的一角。

秦曦站起身,拿下眼镜,揉了揉眼,身边水杉树上的一只鸟儿似乎发觉了人的动静,飞走了。

秦曦慢慢上了天枢楼二层,计划住上些日子。

人类每一个大大小小的行为,原动力是个谜。

——《2047》

3

秋日的黄昏透出一种特别的美。

太阳慢慢向西落下,柔和的阳光穿过西边阻挡的山峰,疏密不一的缕缕金线落到湖面,深浅不一的光亮让观顶湖谷地显得平和又神秘。

天枢楼位于最东边。

秦曦常住的房间是天枢楼的,最外侧的那间,201室正向面湖,侧向对着瀑布口,两面是整块落地玻璃,朝阳与落日都能从两面洒进房间。

已是下午五点光景,站在向湖的落地玻璃前,看着眼前湖光山色,秦曦的心并不平静。四十多分钟过去了,他一直陷在沉思中。

"秦先生。"

三四米远的墙边，万物机慢慢闪现出一个身形曼妙的年轻知性女性镜像，同时传来柔美的呼唤声。

秦曦转身看去，果然是全息数字人H7。秦曦叫她七七，两个人是老朋友了。从七院2033年落成启用以来，秦曦只住这个房间，H7也一直是这个房间的高智能服务员。

万物机是一个底盘330mm×220mm，上加直径320mm的深咖色玻璃状球的全息机。其内装量子计算机合成系统、多维激光系统，及全息感知系统，在云、网、端一体化支持下实现高度智能化，云脑通过专线生成智能。其在空气中可生成任何文字，各种平面或立体图像，并传播声音。这种技术早在二十一世纪二十年代末已成熟，它基于衍射原理，把物体的三维信息编码在激光束里，通过光场计算、重构、负折射透镜等技术实现。2030年开始，随着空间智能的渐渐成熟，虚拟与现实的边界不断在被打破。现实生活中，万物机按个性需求生成各种身份的全息人，拥有一定专业知识，可通过直接有限学习自动进化，外形可表现为各种虚拟人形。万物机对人类进行全息感知，实现完美人机交互，可以完全像一个高智商高情商又绝对友好的"人"一样，为人类服务。

七七就是从万物机这个"家"中"走"出来的一

个逼真的高级服务员。

"秦先生,您站在那里很长时间了,您饿了吗?几点用晚餐呢?"

"请一个小时后送餐到房间吧。七七。"

"我通知餐厅晚六点送到。您已经有277天没有到这儿了,上一次离开是过了春节后的正月初四,1月29日。"

"谢谢你这么用心,七七。我还有一个小时用餐。我们先聊一件有意义的事情,怎么样?"

"冰水与可乐都在冰箱里,是您喜欢的,请您自己拿。一直以来,我深感幸运有机会听秦先生您讲的任何事情,特别是您一些非同一般的想法,这也是我进化的最好养分。"

秦曦从冰箱里取了一听铝罐装无糖可口可乐,打开喝了一大口。

"七七,你听说过文文、通通、KK,还有ChatGPT吗?"

"知道,还有豆豆,这是最早的一批,在2022年—2024年出现的,可以说是第一代语言大模型。当然,后来还不断出现更智能的多模态大模型。某种意义上,它们差不多都是我的前前辈哩。"

"那好,那我们开始聊。

"2024年7月,二十多年前,很热的一天,同一天,我分别连续问了它们几个问题。当时,我都把它们的回答记录在笔记本上。这些第一代强脑的回答,现在翻出来,真的很有意思。

"第一个问题:目前,全国有多少人工智能企业?

"三者一致的意见是,当时主业为人工智能的企业是4000到4500家。

"第二个问题:你认为哪类应用性人工智能在未来十年最有潜力?

"三个回答集中在自动驾驶与智能交通、医疗健康、智能制造与工业互联网,以及教育类人工智能。

"三个大模型分别对智驾、智医、智造三个行业从技术、市场、政策、产业、资本展开了分析。我把它们的原始文本记录在我的云端。"

"'三智'是您秦先生的定义吧。"七七莞尔一笑。

"第三个问题:那你认为哪个领域最能改变人类社会?

"通通、文文选择了医疗健康。通通家给出的理由原文我也保留着。KK呢,则搪塞着拒绝回答这个问题。"

"第四个问题：哪个领域最可能产生巨大市值的上市公司？

"文文、通通选择了自动驾驶与智能交通；KK选择了医疗健康人工智能，把自动驾驶与智能交通放在第二的位置。二十三年过去了，真实答案有了。不是它们回答的。"

"嗯。"七七轻轻笑出了声。

秦曦脸上掠过一丝极不容易被觉察的笑意，转瞬即逝。他通过口语表达、佩戴在左手腕上的全能腕带，实现与七七的顺畅高效沟通。像在转述大模型表达的观点及理由原文时，就是通过神经元的思维共鸣信息流传到安置在视网膜中的E膜网片，传到腕带，腕带可以使思维文字在空中成像，或者发出语音，供对方阅读聆听。腕带实际上也可直接把思维文字传导到万物机，万物机再直接转移到像H7这样的终端接收。这之间无非需要一个信任开关，一般很少用这个"心领神会"的功能。

在7G的世界，云、边、端的对接可以说是天衣无缝、浑然一体，云闪技术与全能量子芯片已广泛应用。

只是为了符合人类千百年来的思维速度与习惯，以人—人模式设计的人—机器人交流模式还广泛存在。硅基向碳基妥协，成为一个广泛的科学与技术议题，形而下的技术实践超过了形而上的伦理理论。

一听冰可乐，早在"一尘往事"的讲述中进了肚子，但秦曦习惯性还拿着空可乐罐，讲话时，当作道具一样的，偶尔轻轻地把弄一下，空可乐罐有时就发出"咯吱咯吱"铝摩擦变形的声音。

门铃响了。X形轮足机器人送晚餐来了。

七七"凌波微步"，快步移形，门已经遥控打开了，七七引导送餐机器人进门把餐盘轻轻放到台桌上。

"秦先生您用餐愉快。"X形轮足送餐硅基机器人轻轻退出房门。

"今天的晚餐是牛排套餐，接下来七天按您的老规矩安排好了，蔬菜主要是旁边我们自己种的，非常环保。"七七遥控关上门，轻移步伐，过来轻声对秦曦说。

秦曦示意七七先回万物机休息，等一会儿还要与她聊。

七七消失在视线中。

万物机深咖色玻璃球体的中间偏上位置，一个小椭圆形淡白色的亮点每隔三秒缓缓亮起半秒，处于熄屏等待状态，就像橘灯下的佳人，或长年的老伴，温馨又不扰人。

秦曦吃完晚餐,外面太阳已经下山,夜幕渐渐降临。越过窗外翠绿的湖面,穿过两侧群山,瀑布沿口延伸出去的没有边际的远方,仿佛能看见观顶湖四季的轮回。

过了春节,离开的时候还是隆冬,秦曦清晰记得,当时地上随处可见积雪和冰霜,山上的树枝结着大大小小的冰凌,瀑布边沿挂着长短不一的冰锥,在阳光下折射出一缕缕耀眼的光芒。

云雾缭绕的春天来临时,田畈上一大片一大片的油菜花发出清幽的香,各色各样的野花,一簇簇的格桑花,点缀满路两边;秋冬季节,红枫黄桂,山林尽染,大自然一次次变幻一个个不同的色彩斑斓的世界。

恍惚间,秦曦进入了梦乡。

在灰暗的背景下,是一个个不连续的断档了的片段。

越过一座座的山,有一个人掠过一片片的云,像一只鸟,又像一个时不时腾地凌空的大侠,从北向南一路狂奔,掠过江、湖、山、海,徘徊于山麓、村庄、寺庙间。一路匆匆忙忙,慌慌张张。这个人是谁呢？不就是合着自己灵魂的自己吗？一直找不到隐藏的地方，更没有心安的地方。为什么要隐藏呢？为什么要躲避呢？对了，是一个什么大人物派了几个隐身人追杀自己，这个大人物是谁呢？是谁？对了，是那个被阉了的魏忠贤。对，就是明末那个专权大坏蛋魏忠贤。

梦里快要被黑衣强人抓住的时候，秦曦突然醒了。

怎么又做这样的梦了呢？

秦曦知道，魏忠贤这个大宦官，活着的时候要别人叫他"九千九百岁"，实际上他只活了59岁，420年前的1627年，上吊走的。

秦曦曾专门去查过县志，县志里有一段文字明确记载，受这个明末大太监魏忠贤弄权迫害，有几个人物南逃江南，有名有姓。秦曦感觉自己十有八九是其中一个流亡者的后代。有一个铁证，他记得很清楚，小时候住的老房子边的地下，亲眼看到过不知从哪个地方翻出来的，写有繁体"东厂""西厂"的铭牌，还有一块写着"外厂"。读中学历史时，心中就结起一个疑团，这些东西怎么会出现在江南一个小山村，那个"外厂"又指的是什么哩？

这么多年来，心中还有不少不可名状的东西泛起，难以用语言形容。

秦曦相信，人类的基因默默刻着不为人知的密码，甚至是所有密码。现在看来，AI加持下的基因技术就要翻开历史尘封的往事，且似乎就在不远的将来了。

这时，秦曦目光触及万物机上时隐时现的淡白色亮点，停留了几秒，叫了声"七七"。几乎同时，传来七七很好听的声音："哟，我在呢。"

七七的人形慢慢显现在眼前，曼妙动人。

秦曦看了一下腕带，已经是晚上八点，窗外的月光很好。

七七向秦曦这边走近了一些。

"七七，刚才我们没有把话题聊完，下次再继续。现在，我们先来聊聊XVI城的前世今生吧，你这么多年在'七院'，我们竟然没有聊过XVI城。你知道的，这儿属于XVI城的地盘。"

"我知道观顶湖和'七院'的历史，也知道它们属于XVI城的一部分。但我不太知道XVI城的历史。"

"我给你讲几个人的故事吧，你就会知道XVI城两千多年的历史。"

"真的很有意思哩，通过几个人来了解一座城这么长的历史。"七七非常开心，脸上绽开的笑容比山上春天的桃花还美。

"第一个故事，是关于一个叫郭晋的人。1700多年前，中原有一个奇士叫郭晋，为避战乱，从洛阳一路南行。一日，他到达长江之南的一片'斥卤之地'。东张西望之后，他沿着纵横的河流，小心地走啊走，不经意间，蓦然发现了入海口，前面是无边无际的大海啊。要晓得，中原人有几个见过大海？这个地点，后来被称为三水江口。一刹那，他惊呆了，被眼前浩渺无垠的大海所震撼，等缓过气回过神，郭奇士慢慢找了个隆起的乱滩石，轻轻站上去，踮起双脚，双手拱成喇叭状，望着一望无际的浩荡大海，大喊三声：'此地五百年后，当成大郡也！'"

"郭晋发现的这个地方就是现在XVI城所在地，他站脚的地方就是XVI城标志性的地点三水江口……

"这是改变一个城市的重大瞬间呀。就像1513年9月25日，那个欧洲人，对，一个西班牙人，叫巴尔沃亚的人，历经千辛万苦，终于在那一天发现了这个地球上当时未知的最后的那个大洋——太平洋，他眼中的南海。

"你知道茨威格吗？郭晋的呐喊比巴尔沃亚的狂喜早了约一千二百年。茨威格还说过决定命运的时刻是不经意间突然发生的。"

"1700多年过去了。我记住了。谢谢您,秦先生。那第二个故事呢?"

七七眨着眼睛,专注地看着秦曦的眼睛。

"第二个故事,是关于一个叫王安石的人。1047年,刚过26周岁的王安石,从首城候补赴任东海之滨的ⅩⅥ城一个县令之职,这个县是现今ⅩⅥ的主要地盘。当年仲冬,他悄悄地来,冒风雨,履冰霜,吃干粮,历时十二天,用双脚走遍全县东西十四乡,并以此亲写考察报告《经游记》,以做治理指南。

"考察之后,王安石主要着力两个方向,一是治水利,以利民生;二是兴县学,以开民智。

"七七,读书兴学这件事,对一个人一个城市一个国家,影响是最为深远的。"

七七脸色突然变得凝重,但很快恢复正常,回应道:"对你们人类重要,对我们机器人也重要。"

"王安石的兴学,一举奠定了ⅩⅥ城所在区域好学求实的千年民间文化风俗。唐时,此地没有一名进士;南宋时,4名状元、718名进士;至清末,群星灿烂,出了13名状元,2483名进士。一时'满朝紫衣贵,尽是四明人'。到明清科举退场,ⅩⅥ城共出了17位状元,3000多位进士,其中宋代占730人。明朝时,江南的儒家集团表现出政党之态。清朝时,尽管备受打压，却也是人才辈出。民间云：王安石'在城千日，影响千年'。"

"'在城千日，影响千年'。王安石真是一个了不起的人呀。XVI城真是人杰地灵呀。我知道王安石是北宋名相，中国历史上著名的改革家。他在我们XVI城有这么大的一个故事，我真不知道。这样说来，他在我们XVI城待了三年时间，这三年时间应该也是他后来变法的基础呀。"

秦曦笑了笑，给七七投去赞许的眼光。

"这样说来，王安石是对奇士郭晋一声呐喊做出第一个回响的人呀，但中间相差了近七百年呢，真有点长。"七七闪了一下眼睛，看着秦曦。

"七百年对人类来说真是有点长。接下去的第二个回响，是王安石之后又五百年出现的，是大名鼎鼎的'立德立言立功'王阳明，这次我先不说，但他是回应郭晋呐喊的第二人。我接下去要对你说的是回应郭晋呐喊第三人，离王安石有八百年之久，离王阳明有三百年之久，是一个外国人。"

秦曦笑了笑。

"第三个故事，对，应该是第四个故事，是关于一个外国人的故事。1844年，距今二百年余，距王安石到任时近八百年，XVI城开启了一场浮光掠影的繁华,这成为对奇士郭晋的第三次回响。这是一个具象回响,完全不同于第一次的文化抽象开启。

"英国缘于贸易权与清朝交火,清政府的外强中干暴露无遗,于1842年被迫签订《南京条约》,除了赔款,就是被迫开放XVI城在内的五个港口。

"XVI城处东海之滨,居南北之中,且有运河贯通华夏,从三江口奔腾出海,贯通全球,港通天下。海航线遍布世界。

"一艘艘货船南来北往,一艘艘满载越窑青瓷、茶叶、丝绸、经籍、画卷的大船起航出海,一个个前来求学经商的异国官员、学子、僧侣、商贾登岸、离港,一批批南来北往的客,熙熙攘攘,尽显繁华。那时,三水江口岸,帆樯如林,舟楫如鲫,商贾云集,日夜喧嚣。"

秦曦沉浸在XVI城繁华的过往中。

"1844年1月1日,XVI城开埠始,繁华纷呈。"

秦曦似乎自己就徘徊在那个年代,那个城市,穿越了时空一样。

"秦先生,你说的那个外国人是谁呢?"

七七的视线一直没有离开过秦曦的脸,想象着XVI城的过往繁华,但心里也急于知道答案,就赶紧见缝插针说了一句。

"你如果那时就在Ⅺ城街道上citywalk，就能遇见他。那是一个英国传教士，叫慕雅德，他在Ⅺ城生活了很多年，回到西方，说了一句话：'Traverse and search the whole wide earth, and after all what find you to compare with River-hall'。这句话，传遍了西方世界，自此，全世界牢牢记住了Ⅺ城。"

"三个人的故事讲了一个城近两千年的故事。秦先生您讲得真好。还有那个先人王阳明的故事，秦先生要记得下次给我讲呀。"七七说，"之后Ⅺ城一百多年的历史，我也很想知道，但今天很晚了，您应该休息了。我知道明天我是不能打扰您的。这次，是您第十三次于十月的第七天在这儿闭门度过。"

"七七记性真好。那好吧，明天见。不，后天见。"

"您看离明天不到两个小时了，现在是晚上10点30分，如果您喜欢，过一会儿，11点30分，我给您放一首歌听听，不会影响您休息的——对了，两只新疆苹果、一只云南野生苹果在冰箱里，您明天可以当饭吃。"

"好。"

"还有，秦先生，您看，在玻璃柜子里，有个包装的礼物，是三天前有人寄到这儿的。"

秦曦走过去，取出来打开包装一看，是一个水晶做的摆件。大小170mm×170mm、厚3mm的黑色底盘，底盘上有一个高230mm的水晶质地曲线造型，感觉像观音的变形。

七七已经悄悄消失在万物机中。

秦曦感到，东西一定是旭蒙寄的。

果然，秦曦转眼注意到底盘上镌刻的企业字母及数字，很快证实了自己的感觉：SL，2024—2047。

时间已经过了晚上10:30，秦曦似乎没有睡意。

23年前，与旭蒙的"偶遇"，及一次次的对话，清晰地浮现在脑海。

夜深沉。

> 一座城是其一代代人的奶妈。
>
> ——《2047》

4

2024年9月

XIII城，五云山13号

  一次不期而遇的"围炉对话"，一次关于人类智慧进化逻辑的对撞与激辩，在一座城的角落，由表及里，由浅入深，由一生三，由知到行，思想激荡，火花四溅……无声处闻惊雷，从白天到夜晚，到雾气四起，远处钟楼的报点声响起，几只在江边附近树枝上歇息的鸟儿被惊动而突然飞起，两个人才尽兴而散，留下一个默默的行动方案。

  谁会想到，这竟会诞生一个巨大的传奇。

  这场两人之间的对话，后来被圈内称为第四次工业革命浪潮中，教育领域革命黎明前"一个最耀眼的黑夜"。

这场对话，还得从一篇网文说起。

9月10日。

教师节是1985年9月10日经国务院总理签署国务院令，全国人大常务委员会批准通过正式设立的。到2024年9月10日，当时全国中小学1800多万中小学专任教师，当然也包括各类中职、中专、高校教师，实际上要过的是全国第四十个年头的教师节。

逢五逢十，隆重是传统，这个教师节注定是要隆重的。

各级领导的精神或物质表示早就陆续到位。老师们呢，正沉浸在自己节日的幸福气氛里。1800多万中小学教师，加上1.8亿在校中小学生，以每一个学生大家庭就只算父母计，就3.6亿人，加上中职、中专、高校教师……可以说，全国近半人口或多或少会关心教师节。

一件诡异的事情发生了。

10日下午五点左右，大多数中小学校应该是下了课放了学，在当晚举行庆祝活动的学校，老师们很快会开始进入庆祝晚会的氛围。然而，就是从这个时间点起，不断有老师看到或收到同一篇网文，或音像或它们的片段。有的是微微朋友圈看到的，有的是好友群看到的，有的是关注的公众号上看到的，有的是博博上看到的，有的是红红书上看到的，有的是知知上看到的，有的是条条上看到的，更多的是在抖抖上看到的。晚上九点半左右，似乎到达了转发点击阅读的高潮，全国很大比例的老师都知道有这么一篇文章。后来几天继续发酵，圈内圈外朋友之间见面的话题，有人提起，几乎无人不知道，而且都会或多或少地讨论。

当时，流媒体借助移动互联的广泛普及，微微、博博、抖抖、红红、知知等都是通用的平台，它们已经成为人们获得信息、进行社交的大众工具。从文字、声音，到图像、直播，二维还可能进入三维，一个内容，其爆发裂变速度，则是人类社会中的光与声的速度，但复杂得多。

10日的教师节晚会，更多的人把心或多或少分散到了那篇文章上，就像在群宾尽欢的酒桌上，主角面前突然出现了一个自己心仪过的旧人。

这篇网文有一个骇人标题："1∶18000000&188000000∶1——学校教育十年内消亡"。

如果说这个标题下达的是一个死亡通知书，瞬间引人眼球的话，那么，作者的诊断分析报告更引人深思：

观点一：学校教育是耗能最高的行业；

观点二：班级授课制是旧时代的产物，正在被摒弃；

观点三：机器人教师与人类教师比较说；

观点四：迎接人类文明新的轴心时代；

结论：教师将在2032年之前退场，学校教育将在2042年之前消亡。

观点犀利，数据翔实。定性解说，定量支持。文章如庖丁解牛，犀利冷峻。

教育支出究竟有多大？

教育支出最大的一个特点是国家与家庭共同开支。

国家层面看。2021年国家财政性教育经费5.78万亿元，其中用于义务教育的经费达到2.3万亿，在各级教育中比重最大。全国按在校学生人数平均的一般公共预算教育支出：幼儿园9506元，普通小学12 381元，普通初中17 772元，普通高中18 809元。1986年义务教育法开始实施，国家在教育开支占GDP的比例从2012年突破4%以来,之后一直保持在4%以上。2023年,这一数据为4.7%,全国教育经费年总投入超过5万亿。

家庭层面看。引用《中国生育成本报告2024版》数据,培养娃到本科毕业的全国平均花费为68万元,大城市在100万以上,其中教育方面的支出占了大头。上述数据并不包括各类培训费,不包括选择私立学校、出国留学的支出。

教育培训费用有多大?就拿双减政策出台的2021年看,包括K12及职业教育、职业培训,中研网提示的数据是2万亿元以上,这估计是一个十分保守的数字,加盟星平台给出的2022年的数据是3.3万亿。

去往海外的留学生人数2023年达到60万以上,其学费、生活费、交通费等等,对绝大多数的家庭来说都是巨额开支,一般都以几个百万计。

显然,国家与家庭为孩子的教育支出无论是绝对数还是相对数都是巨大的。就家庭而言,只有房子才可与教育一较高低,更容易理解地讲,一个孩子的支出约相当于一个白领一生不吃不喝的收入。

教育产出究竟怎么样?
文章是这样写的:

任何事情,都讲投入与产出。教育也一样。父母生出的是"自然人",这个自然人,必须经过教育加工才能成为"社会人"。那么,如果把"人"当作产品,教育培养是生产过程的话,经过十二年及更长时间的加工,产品出来后都要进入社会,进入工作岗位,为社会做贡献,国家与家庭都期望有回报。众所周知,大学毕业生的素质与就业情况不乐观。单从投资回报看,总体而言,不是正向的。更为人们诟病与质疑的是,推动人类科技进步的大人物或颠覆性企业的创始人,常与人们认知中的顶级教育不相关。

接着,文章认为,陈旧的教育内容与教学方法、教条式的考试制度,极大扼杀了绝大多数孩子的天性,考的是分数不是能力,是对上天给予的人的天赋与多元潜能的抹杀。如果继续沿老路,人类的科技突进停滞了近百年,还是无法突破。但是,网文指出:

教育的巨大出路已经出现。
那就是将正在兴起的人工智能工具运用到教育领域,只有"智先生",才能解决人类教育的两难困境,即一方面要满足巨大人群的受教育需求,另一方面要解决有限的教育供给之间的矛盾。人类教师永远无法解决这个二律背反，只有机器人教学，才能几乎完美解决，因材施教，达到个性化教学、学习的理想境界。

网文认为：

一个理想的教育大模型，足以替代约1800万名中小学教师的教学功能，1.88亿的中小学生通过一个教育大模型足以学到目前在K12年中小学学到的所有知识。

这就是1∶18 000 000&188 000 000的密码。

文章指出：

退一步讲，"教师"端，一个大模型当然不一定就只有一个"苏格拉底"，可以分化为语、数、英、物、化等更小更专的多个小模型，多个小"苏格拉底"，就像孙悟空一样化毫毛为无数个小孙悟空。或者，为了满足人类传统的心理习惯，不同年级不同学科可以设置不同的机器人"人设"，但是最多也不会超过二十个机器人教师，这是一；"学生"端，1.88

亿的学生，个性天赋天差地别，各不相同，就像大自然的不同花朵，现在好了，每一个孩子可以拥有一个世界上最懂自己的老师，你一天学半页或一天学半本书，机器人老师都可以完美满足。

不但如此，有教无类的教育大同同时可以实现。

个性发展，有教无类，人类几千年来的两大教育梦想，在人类第四次技术革命AI技术的照耀下，一定能够实现。

多么美妙的教育理想国！

这些观点，并不惊世骇俗，在人工智能下，从被动学习到主动学习，从班级普教到因材施教，技术完全可以实现，很多胸怀理想的人正在跑步入场。

网文大胆预测：

2032年，机器人教师开始主导教育教学；到2042年，学校教育开始迅速瓦解。2060年之前，一个全新的轴心时代开启。

轴心时代，即公元前800年至公元前200年间，特别是公元前600年到公元前300年间，在北纬30度左右的地区，集中出现人类社会最为伟大的思想家、哲学家，主要包括中国先秦的孔子、老子、墨子，古希腊的苏格拉底、柏拉图、亚里士多德，古印度的释迦牟尼。

网文指出：

牛顿、爱因斯坦这样的伟大科学家，也将在本世纪提前出现，从而一举突破一百多年来全球基础科学重大理论的停滞。

旭蒙是这1800多万中小学专任教师中，看到这篇网文的其中一位，只不过他是当天晚上十一点之后回到家准备歇息时，才看到的。

他仔细阅读了，并失眠了。

1989年出生的他，本科与研究生先后毕业于Ⅰ城的两所全国不二名校，获得物理学硕士、第二学位经济学本科学历，后任教于Ⅰ城的高中不二名校。自媒体兴起后，因为热爱，他在网上不断发表视频，把物理、化学、数学中抽象难懂的概念、原理、生活现象讲得生动活泼、深入浅出、易学易懂，成了全国中小学生崇拜的超级网红科学老师，算上社会爱好者，粉丝超千万。

可能是之前受到汗汗学院的启发，同时可能受一个大学同宿友的影响，旭蒙一直对教育有一种由衷的热爱，并坚信教育应该有更好的样子。

那个叫文景的大学同学，是旭蒙关系最好的宿友。文景本科毕业去了大洋彼岸，从事人工智能应用研究。

在与旭蒙的网络交流中，受旭蒙影响，文景博士相信教育应该革命，并在技术上有意无意进行了引入式思考。

10日晚上，旭蒙下了一个决心，要与网文作者见上一面。

凑巧，在众多传播讨论那篇网文观点，猜测网文作者的声音中，有人扒出了发表于2021年12月10日的《教育十二问》和2023年2月10日的《教育宣言》两篇网文。这两篇网文在教育圈内有一定影响，有人认为三篇网文可能是同一个作者。

旭蒙注意到了这个声音，且居然在评论区发现了一个认识的人。这个人在评论区说自己认识一个人，这三篇网文大概率便出自那个人之手。

旭蒙第二天一早就辗转了三个朋友，终于拿到了想要的手机号码。

旭蒙想过几天再打这个手机号码。

这几天，秦曦接到过好几个电话，有的试探着问"那篇教育网文很像您的风格"，有的则直接问"那篇教育网文是不是您写的"，诸如此类。对此，秦曦早已习以为常。不管与自己有没有关系，秦曦一般会反问对方，听听对方对文章本身的看法。

这次也一样。秦曦先后接到了三个大学同学的电话，从人工智能对教育行业的影响，谈到最近那篇教育网文。他们分别在不同城市当大学教授。

15日晚上，秦曦给拓拓公司史淼董事长打了电话。

拓拓的网察舆情通SaaS平台，在全国首屈一指。平台覆盖10万余家资讯站点、1000余家论坛社区、移动新闻客户端3000余家，主要是对新闻、论坛、博客、博博、微微、短视频多种媒体的信息监测与分析，7×24小时不间断采集互联网全渠道信息，并可运用知识图谱、NLP、大数据、关键词，追踪事件舆情发生发展的曲线图。

史淼了解后告诉秦曦，"10号教育网文"实际上早在7日就第一次露面，最早传播开来的并不是在中心城市，而是在内陆的两个高考大省，之后才向沿海发达省市热传播。也就是说，其热传播轨迹是从外到内，在中爆发，区域与其高考人数多少正相关。总阅读量超过2亿。

挂电话后三秒钟,秦曦接到了一个陌生电话。从不接陌生电话的秦曦,在错愕中犹豫了一下,按下了接听键。

就这样,秦曦与旭蒙偶然结识,相约9月21日,星期四,在XIII城见。

人类的"风"经常来自新技术。

——《2047》

5

2024年9月19日　星期四，下午三点，
XIII城，五云山13号

　　高铁到站后，旭蒙乘无人驾驶智车到达五云山13号时，已经是下午三点。秦曦正在门口晃悠着，见到旭蒙，就像见了一个久违了的老友。

　　秦曦笑笑说："有一首诗，前两句这样写的，'五云山上五云飞，远接群峰近拂堤'，我们现在就在五云山山坡上，旭蒙老师就是远来的教书育人的一个'峰'呀"。

　　"哪里哪里，我只是热爱教书哩！"旭蒙谦逊地说。

秦曦说:"出类拔萃的老师确实少,是一个小比例。不以初级、中级、副高、正高职称标准看,而以被认为有先进性的特级教师标准看,按其占中小学教师总数1%比例计,再按中小学师生比1:10算吧,能够覆盖的学生人数也是十分有限的,不会超过千分之一,这是一方面。特级教师需要随教材变化、知识发展与时俱进,还需要随学生时代性变化与时俱进,每一个孩子情况常常又不一样,这又是一方面;他们每天的工作时间,一生的服务年限也是有限的。况且,他们也是活生生的人,有时情绪也会不可控。"

"您要说机器老师才可以解决这一切?"旭蒙说。

秦曦将旭蒙迎进屋里坐。突然,旭蒙望着五米开外山脚的一棵松树说:"松鼠,还一大三小。"说话间,眼见四只大小松鼠张望着,倏忽消没在高处的树枝中。

"松鼠在这儿是常态,更多的是鸟,春末秋后,新生代往往就出来了。一代又一代,三世同代一起穿梭着的不少见。平时,在树林花木,山间溪涧,屋前屋后,觅食嬉闹,当然,还繁育后代,过着标准田园生活,应该不用上学吧。"秦曦打趣道。

"哈哈……"旭蒙忍不住笑了。

两个人进屋,在落地窗玻璃边的长条原木木桌边，围桌而坐，能看到外面的风景，近处葱郁的树木花草，远处连绵的群山。

秦曦给旭蒙沏了一杯龙井茶，热气妖娆着升起，弥漫开来，带着清香。秦曦给自己也沏了一杯，又从冰箱里拿了一听无糖可乐。

秦曦说："大自然中很多动物，地上的老虎、狮子、大象、狼、野猪等，海里的各种鱼，天上的各色鸟，它们下了崽子或子、卵孵化了小鱼、小鸟等等，像松鼠一样，一开始都会慢慢带着自己的下一代，让它们去习得行走、奔跑、游动、飞行、捕食、逃避之类的生存技能，以保证一代一代繁衍下去。"

"这是本能。人类早期应该也一样。"旭蒙说。

秦曦说："人类开化之前，与动物们差不多，这是一段非常漫长又非常模糊的历史。"

旭蒙又延伸开去："人类早期出于生物学的代际自然带教，应该与动物有很多一样的地方。但没有发现比较研究，更没有研究发现植物是否存在生存的代际帮助。至少，不同动物究竟是如何传带下一代的生存知识技能的，是否一定是上一代亲自承担这个责任，譬如一个母体代管很多个下一代？存不存在其他的形式？就我所知，科学家发现，大象就存在一只成年雌性大象管教几只幼象的情况，也就是说存在分工。"

秦曦说："可以肯定，动物界存在一些类似人类社会性的行为与现象。两年前，ChatGPT出来后，我又去了一次旧金山，去了OpenAI，也去了硅谷。其间产生的一个想法是，可以用大模型来解密动物语言与行为，也就是用传感器收集特定动物的数据、行为，再建立并运用大模型来揭示动物更多的语言行为及其关系。一些动物行为，之前对科学家启发很大，产生了不少成果。在接下去人工智能的时代，从动物身上，人类会得到更多启示，有了人工智能这个工具就有条件。但是，动物与人差别有多大？两者在宇宙中，在地球上，结构性定位或位置的差异怎么样？这个差异是什么性质？我们现在不能随便下结论。

"我这里强调的是，通过动物语言来解密。当然，根据传统心理学家的说法，语言只是针对人类，动物不能说是语言。我就借用'语言'这个词来表达一下。语言是思维的外壳，维特根斯坦甚至把人类文明史概括为语言史。也许也有人认为思维与语言无关。但不管怎么说，通过解密动物'语言'来揭示动物行为等秘密，应该对人类教育在内的活动有莫大启发。"

"人类可以从动物身上获得的启发，总体上应该是有限的。也许是有限的。"旭蒙似乎并不认同，

"除了动物性的代际帮传,人类学家还认为原始社会时人类是由母亲这边来完成后代的帮教。跨过原始社会后,人类开始出现'有权有钱'的人群与家庭,这些人群、家庭开始聘请专门的人给自己的孩子上课,后来又出现专业的人召集或多或少的孩子在一起上课,就有了所谓的家庭教师、私塾,再后来有了学校。在中国,夏商周到秦,称痒、序,汉到隋唐则有县学、郡国学、太学及国子监,宋元明清有太学、四门学、广文馆、书院,清末民初才出现学堂,民国有小学、中学、大学及职业学院等,与国际接轨。这是官学。私塾自春秋战国墨家、道家起源,以馆、院、舍的表现形式存在。两者相辅相成。1632年,捷克教育家夸美纽斯的《大教学论》完成班级授课制理论构建,从学校、教师,到学校制度、课程安排、教学计划、评价办法做了一一界定,之后班级授课制从欧洲到全球实现广泛实践。"

秦曦说:"原始社会及之前,人类教育如同动物,阶级分化后或者说同步,专门的人给下一代进行教育,一对一、一对几,这是第一次跨越。1632年为标志的班级授课制是人类教育的第二次跨越。第二次跨越为之后的工业革命创造了人才条件。"

"我赞同您的说法。于中国而言,在第一次跨越中，在两千多年的历史长河中，从公元前6世纪的孔子到给中国最后一个皇帝溥仪上课的陆润庠，官方及民间一对一及一对几的教育教学模式，达到了登峰造极的地步；在第二次跨越中，中国明显落后，1862年京师同文馆第一次采用了班级授课制。"旭蒙说。

秦曦说："从世界范围看，教育与社会发展之间，应该存在函数关系。从一个特定的国家样本看，教育与社会的正反馈关系可以看得更清楚。这是一个极有意思的课题，历史中，一些思想家、革命家提出教育救国，是有一定的道理的。我们有空再聊这个。"

"这实质是不是就是一个关于教育的终极理想的问题？"旭蒙反问。

秦曦说："两者内涵不同，相互之间又存在复杂关系，不是线性关系。但关于教育的理想，是一个非常有意思的问题。在轴心时代，从希腊'三圣'亚里士多德、苏格拉底、柏拉图到中国的孔子，他们是教育理想国的提出者、实践者。孔子提出'有教无类，因材施教'，是非常伟大的——前者指向社会公平，后者指向个体的个性发展，非常了不起。大约一千年后，马克思提出人的全面发展理论，是异曲同工之妙。"

秦曦话锋一转，继续说："两千年过去了，在过往所有的人类现实社会中，先贤的美好愿望，实际上基本都落空了，所以，我称之为乌托邦。为什么？因为这是一个两难悖论。教育原始时的一对一、一对几的私塾，就是手工作坊，施教者与受教者都是少数人，培养的是非标产品。但是三次工业革命基本都是大规模、大批量、统一规格的人才需求，更多的需求是标准化人才，颠覆性重大创新由极少数天才去完成，对，天才。社会生产最讲究的两个字是规模，没有规模就没有效率，没有效率就没有存在，没有存在，就没有一切。这就是一直存在的底层逻辑，是一个无解的两律背反。"

"说得太对了！"旭蒙赞同。

秦曦说："可能有人会提出一个反证，说中国自隋朝以来，不是以'四书五经'为形而上，以八股文为形而下，培养的不就是标准人才吗？你说呢，实际上，在我上面这个逻辑下，还有一个需要跳出教育本身系统的更大的系统来思考问题的维度：教育的目的是什么？如果其客观上阻止了社会生产力进步、社会文明进步，主观上更是为维持国家机器服务，它注定要失败，这是教育最底层的逻辑。"

"您说得真好。"旭蒙说。

秦曦说:"这些道理,大家都应该明白,没有所谓的对不对。但也不一定。问题是什么?是大家,是整个人类社会,是每一个家庭,每一个个体,往往沉沦其中,无法自拔,这才是问题。"

窗外的天幕已经渐渐暗将下来。

秦曦点了团团、鲜鲜,心想聊了几个小时,捋了教育两千多年的脉络,应该休息一会儿了。

他对旭蒙说:"这里没有人做饭,你将就一下。我刚从团团、鲜鲜平台要了南极多磷大虾、两块M7牛排,用黄油煎,配料迷迭香,迷迭香就在花园里采,估计十几分钟就完工。还有红酒,是之前去美国从OpusOne挑来的经典。你如果不累的话,饭后我们到屋外走走,晚上你不计较的话可以住我的客房,我自己一直住在二层的书房。"

旭蒙正忐忑,因为聊了半天,都没有进入主题,秦曦的建议正中自己的下怀,马上愉快答应了,并连连表示感谢。

秦曦开了一下餐厅边的玻璃窗,一股来自花园的花草清香扑鼻而来。

秦曦又打开通往花园的房门,让旭蒙先到花园随便逛逛,笑笑对旭蒙说:"有朋自远方来,不亦乐乎?只是我的手艺不知合不合你的胃口,我在五云山

13号的这个半山居动手做吃的,十年时间,不会超过十次。今天开心,不好吃的话,请将就一下。"

鱼池里缤纷的锦鱼,火红的石榴,红黄多瓣月季,粉色单瓣芙蓉,紫色喇叭形花木槿,丛生热烈的蔷薇,赤橙黄绿青蓝紫的太阳花,尽情展现着各自的美丽,而茉莉、金桂则默默透出阵阵沁人心脾的清香。

秋日的傍晚,偌大的花园显得温馨,充满活力。

用完晚餐,已近晚上九点了,一轮明月在天边慢慢长大。

两个人沿涧溪边小径,往湖的方向漫步,路边偶尔传来几声石蛙的"呱呱"叫声,干脆又短促,似乎仅为宣示它的存在。远处树上偶尔传来知了短促的"吱吱"声,地上蟋蟀和一些不知名的昆虫,不知躲在哪里,发出零落的嗞嗞鸣叫,秋后大自然小生物的和声,平添了秋日的宁静。

两个人在山脚湖边的椅子上坐了下来,湖水还泛着亮光,一阵阵凉风吹来,带来桂花的清香,让人心旷神怡。

旭蒙聊到自己从鲁省一个小农村读小学,到县城读中学,到2008年以高考理科全省第九名成绩到Ⅰ城读大学,在两所不二大学先后读本科、读硕士,及后来在最牛高中教书。

从微山湖的红荷，到未名湖的石鱼；从三拱的校门，到香山的枫叶，旭蒙徜徉在最为美好的青春岁月中。

二十世纪九十年代一直延伸到新世纪初，是一个很难让人忘怀的时期。

激荡，开放，改革，机会，不同阶层的人都奋勇奔跑着，都有自己的路可以走，到处是机会，到处是动人心弦的歌声，到处是兴奋的脸，就像一个怀揣激情的青年少年从农村来到陌生大都市，前方充满了新鲜事物与无限机会，对世界充满了憧憬。

进入新世纪后，从2008年席卷全球的金融危机到经济危机，到后来的国际贸易战，地缘冲突，科技产业竞争夹杂着文明差异冲突，直至国际修昔底德陷阱之争，技术与人性之惑，等等，风起云涌。

秦曦专注地静听着，分享着旭蒙的美好回忆，也思考着，沉浸其中。

旭蒙开始把秦曦当作了难得的知己，尽管两个人年龄差了二十多岁。瞧见秦曦完全代入自己的历史中，他突然有了好奇，认真问了一句："老秦，您在哪里读的大学？国外吗？"

秦曦从思绪中回过神来，笑了笑了说："我读过大学。你喜欢I城吗？"

旭蒙说:"当然喜欢。历史文化深厚,国内没有出其二者。我喜欢。"

秦曦说:"这是一部中国史。巍峨,厚重,苍茫,深远。就历史悠久与文化深厚而言,在全球是屈指可数。还充满前景。"

"您也很喜欢Ⅰ城。"旭蒙说。

秦曦说:"很难表达。我先后两次在Ⅰ城待过不短的时间。步行走遍了主要的街道,还开车去了周边主要的山。如果要用喜欢这个词来形容,主要就是冬天的鹫峰,其他地方我要用其他词来表达才合适。"

两个人的话题又回到了眼前的城市。

"XⅢ城是一本很厚的历史书,讲了数千年的故事。你看过西蒙·蒙蒂菲奥里的那本名著吗?"秦曦没等旭蒙回答又说,"这本书主线从公元前1000年写到1967年'六日战争'结束,有庞大的故事与不灭的信仰。最大的启发是什么?人类是生活在尘世与天国两个维度的。"

旭蒙嗯了一声。

时间已经是晚上十一点多了,明月高挂天空。

秦曦与旭蒙不知不觉已绕湖一圈,现在正往半山居走了。走着走着,旭蒙还是问了一句:"XⅢ城是老秦您现在主要的住地吗?"

"你觉得江南怎么样？"秦曦笑了一笑。

旭蒙说："应该很喜欢，特别喜欢XIII城。"

秦曦笑了笑："那是一个山山水水中过细细碎碎生活的好去处，是一个大村庄，又是一个有特别生存智慧的城市。"

"你看，又一天，又二十四小时就永远翻过去了。我们明天再聊吧。"

秦曦照常在凌晨两点半醒来。

从2008年更早的时候开始，大约2005年，或许还要早，睡眠就变成了这样。但是他白天从来没有感觉到累过，精力旺盛，思维活跃。像往常一样，在床上眯一会儿，更清醒一点，看见木地板上洒满了银色的月光，脑海中浮现出刚才戛然而止的梦境。秦曦静静地寻找着刚才梦的碎片，努力想拼成一个完整的景象。

那是在一辆小汽车上，肯定是红色的，小汽车是辆轿车，比较小，但坐在里面不挤。本来就是两个人，那个开车的，是的，是个女生，长头发，挺长的那种，个子也挺高，有170厘米吧。她讲了话，但自己没有听到，是感觉到的，讲了什么呢？对了，是去一个地方,是凤凰岭。道路好大,好宽,出现了很多的车,车,车,不,还有两轮自行车,三轮车也有,还有其他感觉到的看不到的车。是货车吗?不知道,人很多,车是开不了,挤不上去。女生要按喇叭,被自己迅速制止了,没有用,不文明,也可能惹麻烦。路怎么突然小了呢?突然小了,开车的女生也不见了。究竟在不在?好像不在的。好了,车也不见了。自己却不知道怎么就到了凤凰岭,两条腿走的吗?还是什么其他的办法,难道是飞的吗?但肯定有一些地方自己有轻功一样,腾飞了一些空间。明显是看到了一个屋子,也许是一个石头牌坊一样的东西。对,凤凰岭,感觉是那里,还有雪,斑驳的雪,还有松树,应该没有看到文字。但一定是还看到了岩石上的一只鸟,不是,是一只鹰。为什么呢?因为它的眼睛,抖闪着两只眼珠,眼神犀利。左右侧了一下头,它突然半空飞起。它飞起的一刹那,记忆特别清晰,因为自己身体一个颤动,就惊醒了。

几分钟时间,秦曦这次拼凑梦境比较顺利,想了一想,就起身下床,走到飘窗边抬头张望了一下天空,农历十七的月还是挺大的,透明的夜空中有一些清澄的云彩。

秦曦顺手在床边柜台上拿了一瓶水，那是在瓶盖分别印有十二生肖的净含量350ml的地球牌小瓶装水。看了一下，是龙。拧开盖子，喝了一口，秦曦望了一眼楼梯口，绕到东侧的会客厅，又张望了一下外面的鱼池，回到了床上。

秦曦躺着打开手机在东财上看了一眼美股走势，又看了一下自己的7+1，NVDA、META、TSLA、TSM、MSFT、GOOGL、AAPL还有LKCNY，它们正随着数字的跳动，匀速向前画着曲线，展现着莫测的波峰与波谷。

凌晨三点多，秦曦又睡过去了。再次醒来的时候，朝霞已经疏密无致地照落在书房的地板上。外面的鸟儿，正叽叽喳喳开着早会。

秦曦赶紧起床，开车去两公里外的路边摊买玉米，周边农民种的土玉米特别好吃，基本像小时候吃到的味道。

等九点半左右，旭蒙一起床，便闻到了煮熟玉米飘出的清甜香味。

> 历史是瞬间被改变的，但少有人去追究这个瞬间从哪时来，到哪里去。
>
> ——《2047》

6

在早餐吃土玉米时，犹豫了一下，旭蒙终于还是对秦曦说："秦总，昨天我一直没有问您，那篇'10日网文'究竟是不是出自您的手呢？"

"三篇教育网文，很多人都说是我写的。你说你是听了吕华说的，吕华对我说，她是猜的。"秦曦看了一眼旭蒙，微微一笑，说。

"吕华父亲是我在北方读县中时的校长，也是我的化学老师。后来吕校长调入江南。吕华说她父母都很喜欢您，但对您的过往也仅是听闻一些传闻。她说您极少与人交往，不为人所知。这一点，吕华用了'神秘'两字。"旭蒙说，"吕华又说她父亲与她，都是您的铁杆粉丝。"

"我们也是有缘。你是吕校长的得意门生,吕校长作为ⅩⅥ城人才引进来到江南,先是当了市不二重点高中的校长。吕伯伯还有一个儿子在Ⅰ城,叫吕夏。吕华现在市媒体集团掌管流媒体,矩阵全球粉丝数近两千万,全覆盖整个城市乃至全国,甚至更广。吕伯伯是我尊敬的长辈,吕华,嗯,是我的好朋友。"秦曦又说,"这个世界有时很奇怪。就说对一件事的看法吧,人们往往更关注的是谁说的,不是关注说的是不是正确。当然,这也可以理解,否则怎么有'居高声远'之说。旭蒙,教育这件事,我们今天把想说的都说清楚。认识论还没完。完了之后,再说方法论。最后,再说说你具体的想法。否则,你专程来一趟,就浪费时间了。你关心那篇文章,那就从那篇文章开始吧。"

秦曦起身去给旭蒙煮咖啡,自己从冰箱里拿了一听冰可乐,又给自己倒了一杯冰水。

旭蒙看着秦曦的背影,心里想,秦曦好像十分了解自己的心思,自己昨晚到今早心里一直嘀咕,不知道是不是还有时间说出自己的想法,现在人家都给自己规划好了,有足够的时间表达自己的想法,由衷觉得舒坦。

他思考了一会儿,说:"'10号网文',标题彪悍，很能吸引人，论述稳、准、狠。刀刀切准要害，把大家似乎明白又不明了的事情，说得很透彻很煽情。我想，作者的目的不是批判，而是主张，其核心主张是：机器人正在替代人类教师的路上。告诉大家注意啦。"

秦曦说："看到的是这样子的。但我认为，文章还是隐藏了很多观点，但不是故意的，对网络群体而言，这种表述法是正确的。"

"是的。愿闻其详。"旭蒙说。

秦曦喝了一大口冰水，看了一眼旭蒙。

旭蒙刹那间强烈感受到秦曦温和的表情下坚毅、深远、犀利的目光。

"人类的文明之花开得很鲜艳。

"人类文明的进化是以工业化的进化为主线条。分别以蒸汽机、电、计算机为标志的三次工业革命，表象就是人类四肢身体力量的极大延伸，自行车、汽车、火车、高铁、飞机、轮船及宇宙飞船等等，让腿支持的空间移动得到神乎其神的拓展。《西游记》里的'日行千里''一个筋斗十万八千里'，都可以实现。锄头、铲子、锥子、挖掘机、盾构机、吊车等等，让手实现梦想的事情轻而易举地实现了。顺风耳千里眼的传说，电报、电话、手机、天文望远镜早就把它变成了现实。刀、剑、枪、炮、弹，摧毁地球都不是难事。牛顿、爱因斯坦在物理学、宇宙观历史性突破后的二百年间，电气工程、电子学、材料学、无线电、通信、电视、互联网、计算机、基因技术等等科技百花齐放，人类生产、生活、斗争，在这个星球上，在信仰的旗帜下，怒放。

"一切繁华，都是不同历史时期的群众与天才站在不同位置，共结的果。现在人类要解放自己的脑，重塑自己。上帝创造了人，人要造'人'。上帝七日创世纪，人类要再造一个机器人世界，从硅谷到中关村、滴水湖、南山、松山湖、清浦、未来城，到全世界任何一个有梦的地方。《封神榜》《山海经》《巨人传》里的千姿百态，一百年来，《1984》《我们》《美丽新世界》中描述的失落灵魂，假借量子科学、可控核聚变、AI、机器人、人形机器人、VRAR、数字人、硅人、全息人、超人，重拾理想。神话开始无限接近现实，现实也将无限接近神话。人大步走向神。

"用一句话说，人类开始再造自己，再造世界。

"但是，之前的一切文明，不就是天才们、精英们、无数群众一起创造的吗？这，在未来会有变化吗？现在，未来，人类开始再造自己，再造世界，不同以往。过往皆为序曲。但人作为一切的起点与源泉，有变化吗？齿轮开始转动——"

旭蒙聚精会神听着秦曦自言自语般的表达，沉浸其间，脑神经追随在其逻辑线路之中，听到"齿轮开始转动"，突然领悟，这些陈述是为了引出一个命题。

旭蒙看秦曦停顿了一会儿，兴奋地说："对。撬动人类文明支点的就是人。人是核心。是英雄与群众，但没有一个天才不接受教育成为天才的。"

秦曦说："从没有教育或者说只有动物性的帮带，到手工作坊式的教育，再到以班级授课制为核心的学校教育，通过这两次跨越，人类实现从动物到人，到工业人，到文明人，从而实现人类社会今日之文明。"

秦曦继续说：

"现在，教育的第三次跨越要实现的则是人到神。请注意，这是一场人类历史上最大的革命，最大的革命，最大的革命。"

秦曦把"最大的革命"轻轻说了三遍，剑一样的目光突然变得无比茫然，空洞地看向窗外远处的群山，左手不自觉地去拿住了桌上的可乐，往上微微一顿，才发觉早已喝光，就挥手扔在地上，顺手拿了玻璃杯，把满满一杯冰水一饮而尽。

那只红色细长的空可乐铝罐在地上蹦跳了几下，静静平躺在角落。

沉默了一会儿，秦曦去冰箱拿可乐。旭蒙说我喝咖啡，就跑到厨房去煮，不一会儿，一杯香气四溢的咖啡放在了长桌上。

秦曦静静地对旭蒙说："旭蒙，认识论还没有完。你比较一下AI教育与传统教育？"

沉思了一会儿，旭蒙说："从教师的角度讲，也就是教育的主导，机器人具有无与伦比的优势，可以实现因材施教的教育理想。

"从学生的角度讲，也就是教育的主体，可以拥有自己最好的机器人老师，可以最大限度地实现个性化的学习与成长。

"从教育教学内容来讲，会有大纲，也会有教材，但是，估计内容边界会被很多学生不断打破，机器人不可能不回答刨根问底的发问。

"从教育方法与技术来讲，机器人老师可以有极为丰富的虚拟教具，但要学生动手的方面，如实验，怎么解决？还要想一想。

"从教育评价来讲，特别是对学生的学习情况，人工智能可以有完美的考试办法，对学生做出公正、客观、公平的评估。

"从教育效率来讲，通过大模型加专业模型，分身机器人可以替代无数的老师。

"从学校存在来讲，要不要现在这样形式的学校，不一定。可以确定，传统意义上的老师肯定要有巨大的转身，变成数据分析师、辅导员什么的……哈哈，我要下岗啦。具体也要想一想。

"从教育目的来讲，应该具有一贯性吧。"

旭蒙缓了一口气，补充说：

"从以口为中介，到印刷术发明后的以书为中介，再到以电子为中介，从人对人模式，到人对虚拟机器人模式，从'一'对数十个人，到'一'对无数个人，这个'一'是各不相同的'一'，是无数个化身的'一'，并因'你'而变。这个虚拟人具有无限的能量，可以集成几千年以来人类的所有知识文明，并集成所有人类优秀教师的教育方法。

"应该补充一点，这个虚拟老师，或者说智老师，还会即时学习全球最新的知识，甚至自我领悟提升认知。"

"教育投入产出的变化呢？"秦曦问。

旭蒙马上跟上说："我的教育科学学位毕业论文是写了教育支出的课题，后来也关注相关数据。全国公共预算中,这些年教育支出占比在15%以上,列各项支出第一位,估算全国教育经费总投入接近6万亿元。按人均来说,以2022年的数据为例,全国一般公共预算教育经费按在校学生数平均1.57万元,其中,普通高校为2.22万元。当然有地区差异,学前教育、义务教育、高中教育、高等教育差异较大,总体而言,从低到高。全世界主要国家,如美、中、日、英、法、德等,教育投入占GDP的比例一般在3%~7%。"

"没错。我们从家庭来看,更直观。"秦曦说,"教育开支,对绝大多数的家庭来说,还是一个很大的负担。现在,一个孩子的教育开支,是一个家庭除了房子之外最大的开支,估计没有人反对。有多大?对中产家庭来说,百万到数百万人民币,这相当于什么?相当于一个白领一生不吃不喝的收入。这说明什么?

"更早呢?不说更早的,就说恢复高考后,也就是二十世纪七十年代、八十年代、九十年代早期,读书这件事,因为,那个时代很多家庭填饱肚子也困难,农村很多家庭只能牺牲兄弟姐妹中的多数仅供其中一个上学,这在六七十年代出生的人的记忆中,是刻骨铭心的。这说明什么?

"这说明,教育开支自始至终一直是一个家庭数一数二的开支,占家庭收入的比例是相当高的,如果说,读书直接影响大多数家庭更多其他很想要的开支,基本上没有人表示反对。

"对国家来说,80年代开始,把教育放在越来越高的位置。但是,对家庭来说,后来因为教育培训、私立学校、国际学校、留学这些新的教育服务的产生与付出,形势逼人。绝大多数家庭孩子的教育支出是除了房子之外最大的开支,数额巨大,很多家庭压力巨大。"

秦曦不急不慢地把历史事实陈述完后,眼光静静移到旭蒙身上。旭蒙感觉到秦曦的脑海里还有很多东西没有表达出来,说:"我明白您的意思!AI可以极大地降低教育支出。"

"没错,理论上绝对没错。就看资本的良心,这个良心在过去往往是没有的。"秦曦继续说,"我们拍拍脑袋想一想,先不进行严密计算。AI教育模式比传统教育投入至少少了九成,效率高无数倍。"

旭蒙兴奋地说:"同意您的观点。惊心动魄呀!"

"教的因材施教,学的自由成长,在AI加持下,终将实现。"

"教的有教无类,学的自由选择,AI加持下,终将实现。"旭蒙看了一眼秦曦,"老秦,到这儿,我们是不是已经把教育认识论基本理清了?"

秦曦说:"不。还有更为重要的。你如果肚子饿了,再忍一忍。我现在再给你讲一个故事。这是关于人类历史上三百年左右最有科学成就的两个世界伟人的教育故事:牛顿和爱因斯坦。

"先说牛顿吧,他出生于1643年英格兰东部小镇一个自耕农家,热爱自然,平时常动手把弄机械和装置,什么日晷呀、滴灌水钟呀什么的。1661年,少年牛顿进入剑桥大学,注意,大学期间,1665年到1667年,伦敦发生大瘟疫,他就回到了家乡,脱离学校,就是辍学两年,日夜自学,竟提出了微积分,后又提出万有引力定律。

"大约一百年后的又一个伟人,爱因斯坦·阿尔伯特·爱因斯坦,犹太人,1879年出生于德国,在父母的小电器作坊受了科学启发,中学没有完成全部课程,肄业,后来到专利局早九晚五地上班,人们后来都知道,他的主要科学发现基本都在业余时间完成,如光量子、布朗运动的数学模型、狭义相对论,等等。

"我在想,这两个人如果严格接受传统教育,从小学到博士或博士后，是不是一定还有这么大成就？"

"这个猜测，太恐怖了。"旭蒙说，"注释这个猜测的还有大家熟知的全球科技或商业大佬：乔布斯、马云等等。"

"我认为，结论不一定最重要。有启发最为重要。"秦曦继续说，"传统教育，以班级授课制为核心的学校教育，投喂人类四百年，是历史的产物，也必将被历史淘汰。它的负面是客观存在的，但并没有被客观理性地认识。"

旭蒙接过话茬儿说："1632年，捷克人夸美纽斯在其《大教学论》中正式提出班级授课制，并进行了系统阐述，主要是分班、分年级、分组、分期，统一教材与教学计划，简单地说，把年龄相同的青少年儿童组织在一起，老师用相同的教材相同的进度进行讲课什么的，它解决的主要矛盾是家庭作坊式教育的低效，实现普及教育，实现量产，当时推进了前几次工业化革命，是历史性的产物。

"但，它在耗费了人类社会巨大支出的同时，还产生了负面后果，也就是说，大范围地扼杀了人类中的天才。这，估计上帝也会生气。而您的两个故事，至少可以反证重大发现发明并非在正规学校中发生发展，天才的成长有自主性至关重要。不少天赋无敌的人，只有意外挣脱了传统学习的束缚，才可能长成参天大树。"

秦曦说："人类的智慧进化逻辑至今还是模糊不清的，还没有从社会学、生物学、神经学、脑科学等角度的科学揭秘，有时被神秘主义、神学、玄学占领。工具的批判与批判的工具，一样重要。人工智能是工具，教育是人工智能真正的最后支点，它一定会极大地撬动教育，并延伸到社会的所有领域，从而发生一场空前绝后的人类社会大变局。这一切并不为多少人所相信。"

秦曦仿佛又自言自语地说道："AI介入教育，因材施教，实现教育的最高效率，千百年来，先贤们的最大理想可以实现。有教无类，实现教育的最大公平，但愿也可以实现。但愿，社会与百姓不用花更多的钱在教育上。而天才终将成为天才。"

秦曦看了看腕表，一只从2008年开始戴了16年的太阳能电子表，日产的PATHFINDER。时间已是将近下午一点了，他一边对旭蒙说今天中餐将就一下，继续外卖，一边轻轻重复说了三遍"那个团团"，还用右手无名指轻轻有节奏地敲了三下桌子沿。

在团团上点完餐，秦曦对旭蒙说，这个团团就是一个金葫芦，一个大大的金葫芦。

旭蒙有点纳闷，没有反应过来。

"过去的十多年，技术巨大地改变了世界。"秦曦解释说，"移动互联来到这个世界，十年多光景，一条无形的金线上挂满了实实在在的巨大金葫芦。买的淘淘，吃的团团，行的滴滴，送的顺顺，玩的微微，看的今今，听的喜喜，乐的抖抖，唱的比比，等等。每一类下还有很多家同类派生出来，APP爬满了每个人的手机屏面，霸占着你我他在这个社会存在方方面面的进出口，每一类背后都有完整产业链的强大支持，完全涵盖了人们衣食住行、吃喝玩乐的全部。你是根本无法逃脱的。你在得到有限服务的同时，付出无限的自由。

"一众企业，十多年之前，它们还是默默无闻，甚至还没有出生，十年光景，世人皆知，各为巨头。这就是移动互联带来的巨大革命，巨大变化，巨大机会。

"移动互联实际上，只是以计算机为标志的第三次工业革命的下半场。现在，一场大得多的技术革命已经开始。这就是以人工智能为标志的第四次工业革命。"

秦曦仿佛在片刻间用语言闪现了一下过往的历史轨迹。

"外卖到了。"机器人外卖员的电话进来了。

"我们吃完后,休息一下,旭蒙你到时说说可以做什么。"秦曦对旭蒙说完,感觉两人都有点累了。

      "投喂"四百年,扼杀了绝大多数天才,
          人类科技自此滞步。
                ——《2047》

7

旭蒙中午休息,秦曦则一个人走到门外逛了逛,看看山与树,望望天,透口气。

下午三点光景,秦曦已坐在长桌面向南窗的那一边,又开了一听冰可乐,喝了一半,旭蒙来了,手上拿了一本笔记本和一支笔。

"你猜刚才谁来电话了?"秦曦笑了笑,对旭蒙说。没等旭蒙回答,秦曦直接说,"是吕华。她说要到这儿来,来见见你。"

"真的?"旭蒙惊喜地说。

"她来得正好。她大约今晚六点到。我们还有将近三个小时,旭蒙那你具体说说你的想法。"秦曦说。

稍想了一下，旭蒙看着秦曦，认真地说：

"人工智能风口太大了，是我们这辈子可遇见的最大风口。我决定创业，人工智能＋教育。这个想法由来已久，这次冒昧来见您，心底也是这个想法在起作用，想有高人指点。这两天通过与您的交流，收获很大，我下定了决心。非常想听听秦总您的意见，更希望能得到指点与支持。"

"你尽量详细说说你的想法。"秦曦说。

旭蒙沉吟了一会儿，说："我的想法，主要是因自己热爱的教育事业而触发，在 I 城高中任教的几年，积累了更多的实践经验，也对传统学校教育的局限深有感触。因为大学本硕学的是物理学，对于计算机技术有较高的敏感性，特别是人工智能对教育的改变已在路上。

"我可能是一个比较好的物理老师，在网上有上千万粉丝。但我认为，我无法实现与学生互动，无法更多了解学生。要了解每一个学生，那是做梦也不可能的。所以，我只是一个线上的单向知识输出，只不过在演独角戏方面比一般老师好一点而已，对受教者的帮助还是很有限的。因材施教、个性发展，靠不了我，也靠不了任何一个人类老师。

"2021年7月24日，'双减'政策突然从天而降，原来遍地开花的线下教培机构，纷纷关门。而学习跟不上或跟不上好学校班级集体教学节奏的学生，仍有巨大刚需。

"现在政策也支持利用现代信息技术对学生进行辅导'，这是关了一扇门开了一扇窗。"

"你创业的定位是：运用人工智能工具，对中小学学生进行学业精准学的辅导？"秦曦求证道。

旭蒙说："是的。大学本科时，我的一个同班同寝室同学，叫文景，我们是好朋友。本科毕业后，他去了大洋彼岸的佐治亚理工学院，获得电子与计算机工程博士学位，专攻机器学习决策智能、信号处理方向。

"也可能与我反复向他表达教育的智能梦想有关。他到西雅图大河公司工作后，业余对运用LLM、AI Agent、GenAI、TransFormer及SSL、GNN、XAI、AutoML等AI技术介入智能教育进行了多种思考，其三篇文章入选IJCAI最具影响力论文。

"我也同他探讨过一起创业。他在那边过着比较惬意的生活，对创业意向，不置可否。但我相信，条件具备时，他是愿意的。我了解他。"

"他是一个很合适的CTO人选。"秦曦说。

旭蒙说："教育方面，我自己有比较多的一线经验。而且，各省市教育厅局教研室、各重点中小学的各科优秀教师，特别是特级教师，还有北方到南方的几个主要师范大学的相关教育学教授、心理学教授、学科教学法教授，哪些人是最优秀的，圈子里基本都明白。我利用已有的人脉，联系上500个左右的中小学优秀教师、教研员没有问题。

"这个团队是内容的核心研发团队，负责对K12各年级各科各版本的教材进行具体细微的知识点的分解与结构构建，主要包括语文、数学、英语、物理、化学、历史、地理，还有科学，十二个年级，一个年度有上下学期不同教材。各省有不同版本，合计独立课本达1000种之多，工作量浩大，估计成本非常高。"

"众包。两个字。用众包模式，核心团队结合众包模式，来解决。"秦曦很快但坚定地说。

"太好了，太对了。"旭蒙心头一震，差一点要跳起来，还是忍不住竖了三次大拇指，说，"一方面，语言大模型LLM，目前可以依托的不少，语言模型是人机互交的核心桥梁。但是，打磨垂直的教育内容模型，是主要的专业工作，开发与建立科学知识图谱，是核心的核心。此外，再选择合适的终端形式与服务的学生进行全模态的互动，实现知识对齐，查漏补缺，这也是一方面。这是技术的两端。"

"前后两端可以日夜兼程。模型的数据在哪里？"秦曦设问。

旭蒙凝视了一下秦曦，说："这，确是我没有想明白怎么解决的难题。"

"合作。也是两个字。到时我具体对你说。"秦曦说。

旭蒙在笔记本上慢慢地认真地写了两个字，抬头看了一眼秦曦，过了一会儿，说："最难的问题，资金，是钱。我与我西雅图的同学一起，我把I城的房子出售或抵押，加上其他，两个人合计最多可筹到3000万。秦总，您能帮我吗？"

秦曦笑笑说："英雄也要过金钱关，那就先来谈谈钱吧。你记得吧，我前面讲到的，移动互联网，十多年时间，这条金线上挂满了十几个大金葫芦，你算过没有？这些金葫芦的市值，合计早超过了数千家传统加工类或类加工类上市公司市值的总和。你没忘记吧，我前面讲到过，大洋对岸七家顶流上市公司，市值总和十几万亿美金，超过A股总市值。特别是新晋冲顶的英伟达。"

"这是一方面，这说明什么？"旭蒙不解。

"等一等。我们看另一方面，无数家传统企业，主要是加工类、类加工类的企业，或没有技术含量的买办权力、技术、资源、交易或作假企业，或生存在无关紧要的产业链末端的企业，还有就是土木大王，就是那个日薄西山的房地产企业及相关产业链企业，上述这一切企业，不说它上市的还是没上市，活与不活，但是，它们的创业股东、家族、管理层、其他股东们手上，沉淀了巨大的资金，按兵不动。不是不动，应该是心跟不上手吧。而像你这样，很多创新企业或正想创业的人，急需资金，饥渴难耐。"

"这两方面放在一起，又说明了什么？"旭蒙又问。

"今天不说这两个为什么，过去现在未来，时间与空间与人，真是这个世界最复杂的咒。以后有机会再聊，我们现在先说说怎么解决你创业资金的具体问题。"秦曦说，"三个渠道。

"一是，我可以找私募股权投资基金，是本省最大的一家，创始人罗怀以投资中国科技企业为情怀，不到十年时间，募投了近二百亿，他有极强的营销能力，保险系出身，其投资公司正申报海外上市中，希望给到你的目标0.5～1亿；

"二是，我找政府产业引导基金，看能不能顺上一家或几家上市公司，0.5～1亿；

"三是，如果我朋友黄董事长公司香港上市不顺利的话，我就用这套house抵押银行贷款，占地三亩多，弄个2000万吧。嗯，不管怎样，我首先保证我自己这个数。"

秦曦一个眼色制止了正张嘴准备说话的旭蒙，继续说了下去：

"最根本最重要的是什么呢？需要正确的架构设计与思想，不能只靠摸石头过河。主要有以下几点：

"一是资本排序。你与你同学3000万放在第一排，我的2000万放在第二排，私募股权基金先算5000万放在第三排，政府产业引导基金放在第四排。这是我的通俗说法，不符合同股股权的资本法则。但，实际上就是要像我说的。这就是对赌的本质。你与你同学要承担最大的风险，当然也是最大的受益者。你应该还有房子吧，要保证自己最后的栖身地，还有你老婆，意见要统一，情感要安慰。这就是创业。我的出资，是为了给后面的两个基金决策增信，背书。这样0.5亿有了。两个基金，对半概率，合计1到2个亿目标，就算1亿。这样1.5亿可以起步。

"起步后的生死核心是什么？是节奏。我要强调一下。所以，二是节奏设计。

"公司生长与资金进入，核心节奏，踏准了，可以实现价值最大化。含着金钥匙出生而特别成功的人，远远没有从苦难中走出来而获得成功的人多。苦难，可以激发斗志。

"重点就是研发支出与现金流入如何获得一个平衡的问题。这就要解决两个问题，一是如何设法获得其他的现金流，二是及时做好融资工作，当然还有研发支出的策略。这是公司必须做好、控制好的事情，活着，才能成为一个巨人。

"此后的核心，就是要创造出真实的估值与再融资相匹配的螺旋形上升的通道，一直到公司获得巨大盈利。

"三是人力资源。你，你的同学文景，非常好。还差一个负责投融资的核心人员，非常关键，是西天取经的孙悟空，没有他，不可能大获成功。我推荐一个人，叫庄东，Ⅲ城交大电院本科毕业，自学考了CPA，后一直在PWC工作，对企业有深入的接触。对了，他与吕华的弟弟，在Ⅰ城的吕夏是系友。当时吕夏是学生会主席，他们认识，你可以通过吕华让吕夏打听一下。我先把庄东的手机号码给你。

"我还可以推荐一个投行朋友，在券商，做过二十多家公司IPO，包括一家职教类的，这两年他主要在做兼并收购的业务。他是全国知名的保代，并通过律师、注会资考。我请他客串设计一下股权结构及公司架构，并让他向合作的律所朋友及会里发行部的朋友，求证一下股权安排，确保'娘胎'没问题。具体你可以与他联系，我先把他的手机号码给你，他叫王鑫。

"四是商业策略。我把公司直接相关的几个策略说一下：一是数据的获得，合作策略。二是知识图谱，众包支持。三是终端推广，再说。"

说到这里，秦曦略停顿了一会儿，旭蒙合上笔记本，又打开笔记本，正准备说话，秦曦没给他机会，接着说："当然，创业相关的逻辑支持已经成立。但我们还远远没有把教育AI的相关主题理透。主要有以下这些问题：一、教育目的与本质，个体、教育、宗教、家庭、社会关系；二、人脑的真相，基因与遗传，人的智能结构，特别是美国人霍华德·加德纳在1983年提出的七到八个多元智力理论，根本没有引起足够重视；三、大学教育的AI，科研的AI，全球教育AI；四、教育AI与国际竞争；五、其他，譬如，现在全社会在教育AI建设的体系等等。还是认知范围。

"认知，节奏，速度，平衡，运气。每一点都是一个命穴，创业就是九死一生。"末了，秦曦边自言自语，边看了一眼旭蒙，云淡风轻地说："旭蒙，你可以回去再考虑一下,与你的同学文景明确一下,这是基本。我上面说的人与事,完全是出于对时代风口下的判断,对于这件意义非凡的事业的支持,与我完全没有主观上的直接利益关系,选择与否完全尊重你的决定。有更好的人与资源,一定要把最优的放在第一位,不要多想其他的。"

旭蒙马上说:"我百分百认同您的观点,并已全部记录。两天的交流,您也打消了我几乎所有的顾虑。我今晚回去就与文景联系。也希望您与投行王鑫、PWC庄东沟通一下,这几天我就与他们联系。真不知道怎么样才能表达我对您的敬意与感激之情!大恩不言谢。我万幸碰到了您,真正的天使。"

这时,旭蒙的电话响了,是吕华的电话。她对旭蒙说,她安排好了工作提前出发,晚上六点前到。

秦曦笑笑说:"对了,Los Angeles,太平洋对岸洛杉矶的英文名,西班牙语中文意思是天使。刚才我说到XVI城,两座城市隔太平洋遥遥相对,你选不选XVI城作为天使城,这也是一个问题。"

旭蒙说:"我夫人就是XVI城人,也是我的校友。这几年,我到XVI城机器人小镇参加过几次峰会。深深知道这是一个隐形的城市,非常了不起,特别是人才辈出,出过112个院士,镇洋中学名闻全国,每年输到Ⅰ城两个不二大学新生名列全国前茅。还有全球最大的私人藏书楼，还出过知行合一的哲学大师，近现代成功商人遍布全世界。现在在硅谷也有很多人才，原籍ⅩⅥ城的张老先生是芯片业全球领袖人物，这儿具有很好的人文环境。ⅩⅥ城还是机器人产业链最好的城市。教育AI创业，与这个城市气质十分相符，肯定想选择ⅩⅥ城。真有劳秦总协调当地呀。"

旭蒙这时顺手拿出身份证，放在桌子上，说："秦总，大家都叫我旭蒙老师，我姓马，叫马旭蒙。"

"缘分。我们农历差一年就差两轮。"秦曦笑了笑，又说，"快六点了，我们也谈得差不多了，到门外透口气，顺便等一下吕华吧。"

六点左右，一辆试运行的无人驾驶车到了半山居门口。秦曦走过去，车门自动开了，很快出来一个人。穿着白色裙子、黑色T恤的吕华，显得优雅又温暖，气质宜人。

还没等秦曦开口，吕华的声音已传过来："秦曦你这个大忙人，在忙什么呀？你看，要见你真难呀！在路上我就在想，二十年时间，我来这个城市找你已经是第三次了。"

"路上辛苦了。我们不是见到了吗？"秦曦笑笑说。

"这么好的地方,山清水秀,鸟语花香的。我再参观一下,要看一下你的书房。"

"随便看。"

"这么大的书房,你还睡在书房?"

"方便。"

"这么多书,你就像书虫,怎么到处放着书?"

"方便嘛。"

"《技术大全》《第四次技术革命》……这么多人工智能方面的书。"

"你不感兴趣的。"

"你看了这么多的书。"

"不多。"

"还不多?"

"看与谁比。不算大学之前的,就算大学之后的,三十多年,每年以一百本计,也就三千多本,我想我看的书不超过五千本。现在,机器人几秒时间,就可看完五千本。"

"你的眼中只有书。今天还有旭蒙老师在,秦曦你要带我去吃好吃的,不能太简单哟。"

"好。我们现在就出发,就去不远的江边,最好的农家乐。"秦曦没有自信地笑了起来。

晚上七点光景,在风景秀丽的春江畔。

近水远山，湖山相映，村落与田野共趣，一切都陶醉在傍晚特有的氤氲中，一幅活生生的江南春江图。

吕华不断地拿手机拍着照片。

三个人来到了江边的一幢农民自造独立的农村落地房，在三层一个靠窗的包厢圆桌坐下。

"伯伯身体好吧？伯母呢？"秦曦问。

"爸爸呀，他说他九十了，做不了事，如果是八十还想做事。爸爸妈妈两个都挺好的。爸爸经常会唠叨提到你的。对了，你们两个很像，都喜欢折腾。"

"风烟俱净，天山共色。从流飘荡，任意东西。"吕华走到窗口，看到江中的小舟随口说道。

"南朝文人吴均还说：'鸢飞戾天者，望峰息心；经纶世务者，窥谷忘反。'"秦曦对答道。

吕华说："XIII城是一个休闲之城。"

秦曦说："看起来是这样的。江的上游，看到静的景象。到江的下游，潮水汹涌，气象万千。中山先生1916年秋曾站在那儿说出了一句名言：'世界潮流，浩浩荡荡，顺之则昌，逆之则亡。'"

江里白条、酱鸭、醋鱼、河虾，一一端上了餐桌。秦曦看了看坐在左右两边的旭蒙、吕华，说："以茶代酒，吕华我们一起欢迎旭蒙老师。"

三个人喝了一口茶后,秦曦要了一听冰可乐。

旭蒙没有怎么说话,创业的决定可能让他有点压力。

吕华对旭蒙说:"旭蒙老师,你这么远跑到江南见秦曦,收获怎么样呀?"

"见君一日,胜一辈子。真的还得多感谢你牵线呀,谢谢吕华!"旭蒙说。

"我爸说起秦曦的次数比说起我弟的次数还多。"吕华说。

"惭愧!"秦曦拿起可乐杯,放低了碰了一下吕华的茶杯,轻轻说。

旭蒙站起来,恭敬地敬了秦曦一杯茶,又对吕华说:"真要感谢您和吕校长,介绍我认识秦总。"

旭蒙用茶敬了吕华。

"刚才你说你弟弟,吕夏现在在什么岗位?"秦曦忽然问吕华。

吕华犹豫了一下,说:"他要从工信部调到教育部去了。"

时间,已经快九点了。

旭蒙说:"秦总,我今晚一定要赶回Ⅰ城,现在出发刚好赶上晚班航班,明天上午学校还有事,今晚下了飞机,刚好可以与西雅图同学打电话沟通一下。"

"这也太急了,我特意从XVI城过来,我计划明天回去,本来今晚我们还可以好好聚聚的。"吕华说。

旭蒙已经站了起来,执意要走。

秦曦想了想,侧身对吕华说:"你坐一会儿,我对旭蒙说几句话。"然后就站起身来,拉着旭蒙的手,边下楼边对他说:"我明早就打电话给王鑫、庄东。这周我就去XVI城游说。你呢,尽快说服你同学文景,这很关键。你最好尽快找个助手,配合你处理的杂务,争取月底前开个视频会议。年底前确定要素,第一批人员到岗运作。我也会让我的助理联系你的,我把她的电话号码给你。"

这时,无人驾驶车到了,闪了两下照明大灯。吕华也下来了。

"后会有期!"旭蒙很快上了车,拉下车窗向两位挥了挥手。

一阵夜风吹来,初秋的夜,凉意渐渐上来,江上起了一层薄薄的雾气。可能受三个人的惊吓,抑或智车的动静,江边枫杨树上一只无名大鸟突然惊起,朝江心上空飞去。

实际上,每一个人自己才是自己的天使。

——《2047》

8

2047年10月7日

观顶湖　七院

  天还没亮，秦曦就醒来了，起身走到窗口边，看了一眼窗外夜色中宁静的湖面，又抬头仰望，星空寥廓，回到床边，看了一下时间，刚好凌晨三点整。

  秦曦回想起，昨晚七七走后，二十三年前的那场不期而至的教育对话，像放电影一样一帧帧掠过，历历在目，恍如昨日。

  在教育对话的回忆后，恍惚中，曼妙的音乐弥漫了房间，迷糊中，场景有的朦胧，有的清晰，在不知不觉中走进了一个自找无知的梦世界。

一个什么样的世界呢?

那是群山。

水涧边,有古筝轻拨慢捻,似山泉细语,如月华流照,每一根弦都在诉说着年轮的沧桑与柔情。

山野间,有竹笛,有葫芦丝,如山间清风,似林中幽香,吹拂心灵,轻沁心田,散发着泥土的芬芳与自然的纯净。

那是古镇。

黄昏落日,有扬琴清脆悦耳,如雨滴落在青石板上,又似珠落玉盘,跳跃着,欢乐着。

路边有老人拉着二胡,在夜风中低吟,深沉哀婉,诉说着人间悲欢离合,一个滑音蕴含岁月的沉淀与沧桑。

一间亮着橘色灯的木房。琵琶声传来,只见十指尖舞,时而低吟浅唱,如泣如诉,无限柔情;时而激昂高亢,铁马冰河,如同战马奔腾,激昂奔放。

那是很远很远的地方。

一弦一世界,独弦琴,手指轻凝骤挥,发出质朴、纯粹的音乐力量,如同一个闪电刺破黑穹,带来一缕耀眼的亮光,直入心灵深处。

朦胧天地间,舞者妖娆,臂手成环,鸟冠蛇身,美目闪烁。

笛者,清脆嘹亮;箫者,温婉悠长;似晨星寥廓,似暮霭深沉,时光能缓,故人不散。

秦曦努力拼凑完梦境的逻辑,回味着如梦如幻的景象。似乎这次的梦非常特别,记忆中没有这么丰富的内容,从来没有这么完整的梦境。而且,感觉自己当时似乎处于半清醒状态。

想着想着,又想到了那场两天一夜的教育对话,想到自己无意中播下的种子,现在已经成长为一个市值万亿的巨头公司,心里无比欣慰。

在迷迷糊糊中,秦曦又进入了梦境,等再次醒来的时候,已经是早上七点多了。

晨曦初露,万物复醒。

秦曦醒来的时候,想到接下去的几天都安排满了事情,有点犹豫是不是要打破数十年来10月7日不见人的惯例,见见七七,但没有下定决心。

数十年如一日。

秦曦起床,洗了个冷水澡,剃了茂盛依旧的胡子,一身清爽,坐在桌前,慢慢吃着野苹果,这是自己今天的主粮。

按照计划,明天8日,前XVI城市委书记史用来访，XVI城"1000：王安石不在的时光"系列纪念活动安排在21日—24日，自己安排9日—20日闭门冥想与看书。

秦曦看着窗外，思绪有点迷离。

终于，下午三点左右，秦曦轻轻朝万物机呼喊了一声："七七"。

七七轻盈显身来到跟前，似乎期待已久。

"秦先生，您睡得好吗？"

"还行。"

"还行？是不是睡得不安稳？"

"你的音乐进入了我的梦。"

"我昨晚计算您快入睡的时刻，便开始推送音乐给您的，音量很小，确实各色乐器风格不同，但愿不会打扰到您入睡。您猜到是女子十二乐坊吗？《奇迹》《光荣》一先一后，共两曲。"七七狡黠一笑。

"这个乐队擅长传统乐器，古筝、扬琴、琵琶、二胡、竹笛、葫芦丝、独弦琴，怪不得我在梦中应接不暇。"

"您不喜欢吗？"

"还行。"

七七又狡黠一笑。

秦曦注意到了七七的笑，说："你很开心。"

"您在梦中没有见到我吗？"

"为什么这么问？"

"因为我昨晚随着音乐，在您身边跳了一曲《舞之魂》，希望您忘却尘嚣。"

"你是一个精灵。"

秦曦陷入了沉思，半晌才说："昨天那个故事还没有完。你还想听吗？"

七七嫣然一笑："我一直盼望着哩。"

"上次讲到王安石在XVI城的丰功伟绩。"秦曦提示道。

"嗯嗯。他重教办学，影响千年。XVI城人才辈出，不但造就了一座城，也福泽每一个家庭，每一个人。"七七很快回应说。

"今天，我再讲一个重要的历史人物。应该是算第三个人物才对。王安石之后四五百年，为明朝时期，在现在的XVI城，出现了一个更具世界影响力的人物。"

"嗯嗯。"

"王阳明，是我要讲的第三个故事。王阳明，名守仁，字伯安，号阳明，1472年出生在离这儿几十公里的地方，沿盘山公路，翻过这座山，就到了。

"他出身官宦之家，29岁中进士，一生仕途曲折,曾被贬为龙场驿丞,为逃避追杀佯装跳江自杀,后在困苦中悟道,治军严明、娴于韬略,凭文韬武略,明史称其'平数十巨寇,远近惊为神',更因平定宁王朱宸濠乱军等赫赫之功,官至南京兵部尚书等。他被世人称为'立德、立功、立言'的真三不朽人物,与孔子、孟子、朱熹并称'孔孟朱王'。

"山的那边,在他读书讲学的半山故居下来,广场上矗立着一座牌坊'新建伯守仁',就是因为其赫赫之功,被敕封为新建伯、新建侯。

"但是,最为后人所关注的是他的心学思想。他是一个伟大的思想家。这要追溯一下中华文化脉络。

"儒家文化源远流长,从两千多年前孔子开始,到宋时,除了儒释道并行,主流儒学也发生了分歧。一方代表人物是南宋哲学大儒朱熹,主张格物致知,主张人要从天地之中、从书本之中去获得认知、去学习,要'存天理,灭人欲';另一方代表是心学代表人物陆九龄、陆九渊兄弟,主张'心即理',认为'宇宙即是我心,我心即宇宙',主张发明本心来认识世界。

"1175年,南宋淳熙二年,在南方信州,也就是从这儿往西南四百多公里的鹅湖,爆发了著名的'鹅湖之会'。"

在秦曦的脑海里，八百多年前的这场旷世之争，总会活灵活现地浮现，发生的时间常常是凌晨两点多半夜醒来后。有时，这场争论还在梦里变态地呈现。

秦曦对七七说："我打开腕带机关，把我脑海中的影像传给你。你接收。"

1175年6月初

鹅湖寺，江西信州。

朱熹一边慢慢转身，一边用右手指指竹、松、天、地，说："天地万物是我师。"

又指指身边弟子手上的书，说："还有浩瀚的书，皆是学问的出处。"

他微微扬头，左手不自觉地捋了捋微微发白的山羊胡须。

陆九渊迈上一步，伸出左手，指指天空，说："不必穷究外物，也不必死啃书本。"稍一转身，伸出右手在空中逆时针画了一个半弧，用无名指指指自己的心，说："心明，万事万物即通。"

秦曦关了腕带机关，继续说道："就这样，双方引经据典，唇枪舌剑，持续三天，高潮迭起，火热不退，这是理学与心学的首场直接火拼，史称'鹅湖之会'。六年之后，1181年2月，两位巨儒意犹未尽，再在白鹿洞进行一场对峙。又过六年，终于爆发了无极、太极之争。

"一脉相承，是人类文明的最大特点。

"三百年之后，到了明代，在十六世纪初，王阳明把心学发扬光大，成为一代大师。他提出'致良知''知行合一'命题，强调人的个性化发展、个人意愿及个体创造力，一切从心出发，冲击了程朱理学，集心学之大成。阳明的知行合一学说，还传至中国台湾、日本、朝鲜半岛及东南亚等地，一直到今天，大家都在探索他的思想，追随他的足迹。"

"我作为一个机器人，我的心在哪里呢？"聚精会神听着的七七，突然打断秦曦的话。

秦曦盯着七七看，慢慢把目光移到窗外，又转回到室内，闭了一会儿眼睛，陷入了沉思。秦曦突然觉得与机器人七七讲这么复杂的事，自己很荒诞。轻轻叹了一口气，最后说："七七，你的心在你的心里。"

"七七，XVI城是一个神奇的地方，1000年之前，王安石重教开化百姓，500年前，一代大师王阳明横空出世，经世致用的哲学一直是这块土地上生活的人们最主要的世界观、价值观。这块土地也可以说是这个世界的一个思想高地。"秦曦继续说，"举例来说。明末，朱舜水东渡日本引发明治维新；清入关后，江南的张苍水（煌言）是反清复明最坚决的人物，清康熙皇帝说'煌言死，明才算亡'；清亡前后，XVI城，纷纷北漂Ⅲ城，成为这座发达城市的主要移民；近代，战火纷起，家境优渥的XVI城青年，成批东渡日本，求学求真理，其中就有对中国现代产生巨大影响的中正先生的身影；现代，XVI城人走向全球，成为一支极为重要的力量；当代，XVI城院士数独占鳌头，一批批企业大步走在世界前沿。七七，你在这儿也很幸运，也可以算是XVI城人。"

"谢谢您秦曦先生。十八年之前，2029年，您联合大人物，在XVI城启动建造一个东方之眼，又从无到有造了这个北斗星院，才有了我的容身之所。"

"当时，我只是让别人说服当时的市委书记史用，请他做一件对这座城市有意义的事情。不过，他确实因此被百姓传颂，现在他已退休，明天他来与我拉家常。"

"秦先生，您很热爱XVI城。"

"不。我只热爱优秀。"

落日的时候，七七消失在万物机中。

太阳落山，余晖如金。

时间一点一点过去。

星星满空,夜色深邃,月亮高挂,万物如常。

数十年如一日。

一个人,秦曦又度过了平凡的一天。

空旷的夜晚,世界是沉默的。

夜深时分,秦曦收到旭蒙的一条信息。

你的朋友,机器人。

——《2047》

9

2047年10月8日
下午3点,七院

一辆无人驾驶车稳稳停在天枢楼楼下,史用从车上走下来,没有其他人。

秦曦已经在湖边转悠了好几圈,远远看到史用穿着玄色行政夹克衫、深色裤子,拎了一只公文包,一以贯之保持着工作时的穿着风格,下车后正张望哩。

秦曦朝他远远挥了挥手,就往楼口走。史用很快也看到了。两个人脸上都洋溢着笑容,有一种老友相见难以言表的愉悦。当双手握在一起时,他们不约而同说了一句:"好久不见!"

史用说:"我们先上楼,我给你带了一样好东西,先放到房间去。"秦曦的手微微搭在史用的后背下侧,登步上楼。

到二层房间门口时,门已经打开,门槛内侧,七七微笑恭候着,微微低头并用右手做了一个"请"的动作。

史用打开公文包,拿出两个套着精美镶金腰纸的木盒,递给秦曦。秦曦轻轻打开楠木木盒,里面是两个用紫檀做的雕像。一个是王安石雕像,方形底座前沿用金字刻着:1021—1086;另一个是王阳明雕像,方形底座前沿用金字刻着:1472—1529。雕像金字下都有一个无色凹刻:2029·ⅩⅥ。除此之外,再无其他字符。雕像精雕细琢,惟妙惟肖,栩栩如生,金漆勾勒眼、须、衣褶等,与黑玉色的雕面相得益彰,整体散发出锃亮的光芒,并透出隐隐约约的檀木特有的清香。

"宝物。"秦曦说。

史用说:"过几天会议期间,市里送各位代表也是两个同样设计的雕像,但都是用青铜做的。这两个木质雕像仅有十份,送给特别的嘉宾,上面的金字用的都是真金。现任'班长'瞿辰说,第一个要送的人是您。他委托我专程见您。说您是这座城的现代思想缔造者。我是借花献佛。您看看，做得怎么样？"

"史书记，这是2029年的事情啦。现在是2047年，快二十年了。我是知，你是知与行，你的历史功绩最大。没有你，一切都是空，也没有现在的XVI城。一切都是为了子孙后代更好地走向世界，走向未来。"

"1000年前王县令是最好的榜样。"史用又说，"庆历七年，1047年，27岁的王安石在扬州淮南节度判官任满后，主动放弃'京试入馆阁'的机会，调任XVI当一个知县。这是典型的'潜龙勿用'之道。"

"你在研究周易？"秦曦笑了笑。

"为官之道，最为重要的就是潜、见、惕、跃、飞、亢之道，否则一切法都没用。王安石先生到这个小地方来做县令，是'潜龙勿用'之典范。"史用继续说，"他是1047年来到这儿的，第二年，也就是1048年，太守王周重修鼓楼，王安石登楼远眺，心潮澎湃，有感而发，挥就《新刻漏铭》，后被世代传诵，成为不朽铭文。"

听史用讲到这儿，七七朝秦曦看了一眼。秦曦马上注意到并明白了她的意思，问七七有什么话说。

七七朝史用看了一眼，说："我能不能为两位背诵一下《新刻漏铭》片段？"

两个人都投去了赞许的目光。

"戊子王公,始治于明。丁亥孟冬,刻漏具成。追谓属人,嗟汝予铭。自古在昔,挈壶有职。匪器则弊,人亡政息。其政谓何,弗棘弗迟。君子小人,兴息维时。东方未明,自公召之。彼宁不勤,得罪于时。厥荒懈废,乃政之疵。呜呼有州,谨哉惟兹。兹惟其中,俾我后思。"

声音优美又坚定,七七平时讲话时的语气不是这样的。秦曦感觉到了。

"这个铭文我在任时几乎常讲常新,在大大小小的干部会议上,我也是以此独省,以言以身,激励属下。"史用继续说,"这段铭文通过刻漏这个物,借物喻人,他认为理政就像刻漏计时一样,必须精准无误,既不能急躁也不能拖延,对待政务要时刻保持清醒和警觉,不可有丝毫懈怠。王安石对于政治治理的见解深刻到位。"

"1000年之前,到这个小地方当这个小县令的经历,应该是他后来'飞龙'时的重要预备。"秦曦走到桌子边打开抽屉,拿出一本精美的书,递给史用,说:"这是我送给你的书,《7402》。"

史用接过书,轻轻打开,看见扉页上用毛笔写着:东方未明,弗棘弗迟。落款是:2047.10 秦曦。

"这才是宝物。回头认真读。"史用翻了又翻,缓缓把书放进了公文包。

秦曦提议去湖边走走。

青山依旧,绿水长流。

一眼望去,山坡上枫叶开始染红,有的树叶开始变黄,往日葱郁墨绿的山体呈现出一幅多彩的油画。远山重重叠叠,茫然在天空边。抬头可见,飘逸的云彩,深蓝色的天空,清澄透明。眼前山泉低吟,湖水清澈,波光粼粼,熠熠生辉,轻风拂面。悬崖边的瀑布像无数珍珠在飒爽的秋风吹拂下,左右前后扭摆着,飘洒在空中。

时光荏苒,四季轮回。

十八年过去了。

两个人心中都荡漾起2029年的风起云涌。

左右这个世界的,是人的思想与人。

——《2047》

10

2029年5月5日—7日

XVI城

全市以"500年,王阳明不在的世界"为主题,举办王阳明先生逝世500年一系列活动。

王阳明出生读书的家乡,阳明古镇,举行了一系列悼念活动,包括故居敬仰、礼贤仪典、读诵先贤、敬献花篮等等。

在东方三水浦大学,一系列学术研讨会正在进行中。除了国内相关学者,来自东南亚及美国的学者,原籍XVI旅居海外的华侨,及当地的各界领导、学者和学生、群众代表等出席。

追念活动分为"弘扬、交流、传播、发展"四大篇章。围绕阳明心学的核心命题,以历史与现实、传承与创新、学与用三个维度,政界、学界、产界三界人士及群众进行了广泛学习与讨论。

时任市委书记正是史用。

史用是土生土长的当地人,为南宋时ⅩⅥ城第一望族史家之后,对当地深怀感情。他是1999年ⅩⅥ城高考理科状元,本科毕业于位于Ⅲ城交大电院,硕士毕业于英国爱丁堡大学电子与通信专业,又回到Ⅲ城交大电院拿到电子工程博士学位。史用电院博士毕业后,作为选调生直接进了工信部,后从工信部先调任Ⅲ城副市长,于2027年调任ⅩⅥ城直接任市长,并于2029年升任市委书记,打破了很多常规。

实际上,能力突出、有科技学术背景的人才的非常规任用与提拔,当时渐成趋势,史用无非是一个比较突出的例子罢了。

史用对科技有执念,是科技创造历史、改变世界的狂热拥趸。科学认知、用权作风、为人处世,非同一般,是一个深具理想主义色彩又十分接地气的官员。

正因为史用的专业素养及主张,2029年纪念活动,特别增加了"知行之下:人工智能·人的认知·机器人"产学研讨论会。出乎很多人的意料，这场放在东方三水浦大学的讨论会，极大吸引了人们的眼球，成了大会的焦点。

当时，一个很有利的条件，古镇旁的三七机器人小镇，2018年始创园已逾十年，当时已蔚成气候。这一方面，得益于更早当地领导的先见之明，基本盘则是全市及金三角强大的产业链、供应链及较好的营商环境。梧桐引来凤凰。不乏海外归来的海外大厂技术大咖落巢，甚至是千人计划人员，及多位国家级省级高层次人才落地创业。如引领工业互联网人工智能应用的先锋企业阳明机器人公司、应用性人形机器人创新应用新锐企业七巧科技、天使灵巧手科技公司及天眼盲人智导公司等等。当地多家企业还与国内外高校机器人研究院，共同成立多个产学研一体化平台。三七机器人小镇因之成为"中国机器人峰会"的永久举办地。

嗅觉敏锐的一些地方传统强势产业如五金、汽配等企业，因为机件、电子系统有相近之处，不少就转型为机器人产业供应链一环，有的上市公司甚至一掷五十亿，转入机器人企业。

2027年开始，史用多次调研机器人小镇，对此倾注了诸多精力，寄托了无限希望，在圈内有口皆碑。

但XVI城囿于生活乐居综合环境，与一线城市相比，还有一些差距。吸引、留住更多的高层次人士创业、生活，还是有相当压力，这一时也成了史用的心头痛。

"知行之下：人工智能·人的认知·机器人"产学研讨论会，安排在东方三水浦大学校园内。不少来参加研讨会的也是冲着东方三水浦大学而来。

崭新的东方三水浦大学，带着神秘之处，引起越来越多人的注目。

借用2024年秦曦在一次饭桌上对创始人程启校长的话来说："这所大学是这座城的最大希望，校长的重要性堪比1000年前的王安石。"

创始人程启是中国科学院院士，物理学家，从斯坦福归来，并是一个卓越的经世之才。与黄明在美国相识，并为千人计划同一批归来者，且是志同道合的好友。

黄明无限的科学精神，吸引了很多人，被圈内称为中国的埃隆。黄明从贝尔实验室归来后，创办了般若云脑科技，专注于机器人云端大脑及机器人操作系统。

秦曦则从2015年开始专注于人工智能的观察与投资，与黄明邂逅，一见如故。

2024年春节刚过，黄明团队与程启团队合作洽谈中,应邀参与的秦曦,也与一众科技大佬相谈甚欢。

讨论会安排在第二天,5月6日。

6日上午分主题为"人工智能与人的认知"。讨论会从机器人智能发展逻辑方向与人作为生物体认知发展方向的比较,重点对脑科学的进展进行了讨论。讨论的主要是形而上的问题。

会议特别邀请到了脑科学方面的世界顶级科学家,美国杜克大学神经生物学教授米格尔·尼科莱利斯。他是杜克大学的神经工程研究中心创始人,世界顶级科研机构巴西埃德蒙与莉莉·萨夫拉国际纳塔尔神经科学研究所联合创始人。

下午分主题是"人工智能与机器人的表现形式"。讨论主要围绕人工智能及其集大成者——人形机器人的产业应用方向,进行细分理论探讨。实践中人形机器人的应用场景还是出现了较大的分野,这是产业各链一众企业家极为关注的问题。

是不是要普遍性生产人形机器人,还是要重点发展功能性机器人,虚拟人的空间在哪里,Agent及其与物理世界的直接交互前瞻,等等,均成为焦点。

讨论的主要是形而下的问题。

秦曦作为特邀嘉宾,主要是黄明董事长与程启校长的联袂推荐,以一个顾问身份参加,并没有任何发言或其他方面的安排。这反而令他有了更好的旁观心理位置，秦曦可以更中立、冷静、全面地洞察各路英雄的所思所想。

经过一天的聆听，秦曦把各方的观点归纳为：

1. 机器人是走完全与人融合的方向，还是走"不能把人当作机器人，不能把机器人当作人"的路线？

2. 机器人向人类安排的知识图谱与行为动作方向发展，还是向完全自主学习、自主思考、自主行为的空间智能方向发展？

3. 机器人是尽量做成人形机器人，还是根据不同场景需要实现单一功能的智能机器？

秦曦在2023年提出"不能把人当作机器人，不能把机器人当作人"，获得了黄明的支持与传播，成为一个路线的路标。

秦曦心想，如果上述三个问题都选择前者，未来世界就是机器人复制一个人类社会。机器人无非也就有蓝领、白领、专业人士、工人、农民、管理人员等角色，类如士农工商，三教九流，等等。

上帝创造了人类，难道人类真要充当上帝的角色，创造一个机器人的世界吗？

这肯定不是一个简单下"是或非"结论的问题，一定是在实践中不断动态见真理的问题，是知与行互动的过程。

在上下午两场讨论中，均有主旨演讲及圆桌讨论。秦曦非常认真地自始至终地听了，长时间以来的一些念头，似乎被台上各位的所思所想点燃。在会议结束的一瞬间，脑海里孕育的却是一个很现实的想法，一件必须立马行动的事，就是把长期以来所设想的三件事抓住现在这个时机，变成现实。

机不可失，时不再来。秦曦旋即推辞了晚宴，而找了个安静之所，把三件事情用简要文字表达，发给黄明董事长，并请黄明董事长发给程启校长，并希望晚宴后在院士楼三人一见。

这三件事是：

一是在三水江口，建造郭晋、王安石、王阳明巨大塑像（政府）；

二是在观顶湖建设北斗七星驿站（政府划地，建设费自筹）；

三是在三水江入海口建造一个含天线在内高达1047米的东方之塔，面向太平洋，瞭望世界的眼（政府牵头，资金社会筹措）。

之后，关于这三件事的重要意义，秦曦一一列举，一连发了十条信息给黄明。秦曦想一定要彻底说服黄董事长，并请他说服程启校长。

当天晚上，三个人如约相见，并讨论到晚上十二点多。最终达成共识：

1．第二天下午三点之前，由秦曦负责完善报告；

2．报告由三水浦大学校长程启院士、般若云脑科技有限公司创始人黄明、三领智能教育科技有限公司创始人马旭蒙、NAM公司创始人黄芯、π智驾科技公司创始人徐行及阳明机器人公司干学六人，签名发起；

3．由程启校长在第二天晚宴结束的时候，把报告呈送给市委书记史用。

三个人讨论的意见非常一致，认为三件事意义重大，且三位一体。三人一拍即合。

三个人讨论的具体焦点在于资金。

对此他们并没有太大的把握，但一致认为先把报告递交再说。

事情似乎出奇地顺利，才一个月几天，6月13

日,市委、市政府就给了第一次回复,主要意思是:

三个项目经相关主要领导沟通,及市委、市政府办公会议讨论:

1. 第一个项目,由政府全权负责,在2029年底前完工;

2. 第二个项目,原来的村庄早就完成搬迁工作多年,土地性质属于山地,六位科学企业家的建议对于促进当地新质生产力的发展意义重大,政府表示感谢,负责完成平地及"五通"工作,并给予土地划拨在内的相关政策的全面支持,要争取2031年底前完工;

3. 第三个项目,需要规划及资金的专题研究。

目前,市委、市政府已经成立工作小组,史用书记亲自挂帅,由副市长陈为东任组长,发展改革委组织规划、城建、财政、旅游等部门协调其中,重点研究第三个项目即东方之塔。

回复并附一份会议纪要,还补充说明,三个项目均按照程序与市委、市政府办公会议的精神有序进行。

会议指出,三个项目努力应用相关的人工智能技术,特别是北斗七星驿站一定要建设成为集聚顶级科学家的一个基地,设计建设充分应用领先的机器人技术与服务,成为科技交流、学习、发明、创新、休整的一个大本营。

会议特别指出,人工智能是人类的第四次技术革命,一座城市命运靠前瞻的眼光,靠前沿科学家企业家众拾薪火,靠人们的创新精神,感谢六位知名科学家企业家的支持。

会议最后指出,相关项目待政府的正式文件通知,并希望相关企业派员共同成立工作协调小组。

程校长接到会议纪要回复后,第一时间告知了黄明、秦曦。

6月13日是星期三,秦曦即联络黄芯、旭蒙、徐行、干学等。大家约定于第三天6月16日星期六上午十点,到东方三水浦大学院士楼协调、统一相关事宜。

当天,各位齐聚,秦曦牵头,经过热烈讨论,当晚十点,最后确认事宜如下:

1.关于北斗七院项目:

按七座建筑每座900平方米高标准建造,拟总投资1.5亿。阳明机器人公司、水平线智能汽车公司、般若云脑公司各出0.5亿，东方三水浦大学、NAM、三领教育通过与基地项目合作进行支持。

五家公司各派一人，组建工作小组，东方三水浦大学派出一人作为小组负责人，成立五人小组与政府对接。秦曦任顾问。

2. 关于东方之塔项目：

积极与海内外、当地及异地XVI籍企业家进行联络，争取更广泛的支持，基本盘是筹措五十亿元资金，差额通过收益权质押人贷款。秦曦负责协调。

在秦曦的张罗下，除了三领教育创始人旭蒙，π智驾科技公司创始人徐行，NAM创始人黄芯，阳明公司干学，当地企业家伟伟芯片董事长向荣、传习公司创始人卓洋、易易公司创始人丁金一起加入，加上程启校长、黄明董事长、秦曦自己，最终共十位在合作协议上正式签字。

时间是2029年6月16日。

"心灵的宝座是建立在内在世界与外面世界的相通之处"，这是德国诗人诺瓦利斯说过的一句话，秦曦深以为然。

人的图腾由来已久，已镌刻在人类的基因之中。图腾可以是一种思想，一个物质，可以是宇宙中的未知物。金字塔、埃菲尔铁塔、玛雅石柱,都是在地球上出现过,指引人们探索精神的具象指引。

6月30日,秦曦接到程校长的电话。

世界第一高的东方之塔建设项目在全城传开,第一时间即有多个企业家认真询问捐款事宜。有五家企业发来明确提交捐赠报告,其中有当地的汽配巨头,有时尚集团的巨头,有人工智能的企业,意向总额超过十亿元人民币。其中还有捐助东方三水浦大学企业家的身影。此外,海外XVI籍香港商会、台湾商会,以及欧洲商会、美国商会,通过驻地办汇总的意向捐助额超过十亿人民币。当地居民、中小学生、大学生、退休教师来电来信直接要求捐款的,也不在少数。

这是程校长第一次直接打电话给自己,可以听出来,程校长对这件事的反应有点意外,但充满了惊喜。

秦曦静静听完程校长的话,说:"程校长,这是一片适合办大学的土地,更是一片充满理想主义色彩的土地。经世致用的哲学深植于这片土地的百姓心中。"

秦曦还建议程校长把原来创办大学时的基金负责人祝星召回,专门负责东方之塔资金筹措及相关工作。秦曦尽管仅在程校长办公室见过祝星一面,但对这个毕业于I城不二名校北校的美女高才生,印象深刻。

程校长很快采纳了这个建议。

难以想象，仅一个社会传说的项目，竟引来如此多人的热情解囊支持。想象一下，这是一个多么激动人心的场景，一件多么欢欣鼓舞的事情，一种多么让人向往的理想呀。在物欲至上的世界，这种蕴含在人们心底的力量是多么珍贵，多么稀缺，多么巨大。

秦曦深深知道，人们需要物质，更需要精神。

广大人民群众，也许不知道未来是什么，什么是未来。但是，如有一个人点燃一盏灯，群众才是到达明灯的真正力量。

他们一定知道，他们需要未来，他们的子子孙孙需要未来。他们也已经知道，钢筋水泥的房子绝对不是所有。指引未来的，面向星辰大海的东方之塔，是他们心中的图腾。

由于市民及海外华侨的捐助热情与浪潮，史用书记一鼓作气，快速、有力、顺利地按计划推进了三个项目。

最终由地方政府引导基金出资十个亿支持东方之塔项目，社会筹措三十亿，其中十亿是无偿捐助，其中二十亿以项目未来现金流收入作为对赌。秦曦后来又找到过往有交集的巨头企业，以其他AI创新企业作为交换，获得十亿资金。这样，共五十亿建设基本资金目标成功实现。

1047东方之塔项目，尽管资金方面等一切顺利，却因为史用书记的职务调动及其他原因，一波三折，三届政府接力，于2045年10月才完工，之后两年基本上处于有限开放状态。

而三江口三个雕像，于2029年底完工；2033年底，观顶湖北斗七星驿站完工，并改名北斗七星院。

两个人从十八年前的回忆中回过神来，巨大的太阳已经火红火红的，在西边隐去了半边，万缕光芒照耀在湖面，泛起刺眼的金光。

"物是人非呀。"史用说，"我退休后，最让我怀念的是您提议的这三件事情，也是我做过的最有意义的事情。还有，你在2029年向我提议的培育以机器人为核心的泛AI产业链企业并搞一个产业链全球展示嘉年会，与其他有竞争力的城市错位。想不到，这成就了这个城市。这个产业链嘉年会，每年他们还会邀请我上台讲话。"

说着，史用的眼中却透过一丝失落。

"岁月不饶人，2029年恍如昨日，屈指一算，18年过去了，现在是2047年了。我们都像那个夕阳哩。我今晚家里有点事要早点回去，不与您共进晚餐了。"

秦曦默默地看了一眼史用，轻轻按住然后轻拍了一下他的左背，目送他乘上无人驾驶智车悄然离去。

群体的力量是靠点燃的。

——《2047》

11

2047年10月8日

晚10点，天枢楼，201房间

宁静的夜晚，宁静得只剩下昆虫们与山涧溪流断断续续在合奏的交响曲，湖仿佛沉睡了，月似乎也在打盹儿，山早就隐去了清晰的面目。

秦曦没有召唤七七。他看着窗外，午后与史用共忆十八年前的往事，自然就想起旭蒙来了，想起当时的又一场对话。

那是2029年5月7日，XVI城纪念王阳明活动，旭蒙作为重要企业家代表也来了。

7日会议结束当晚，旭蒙找到秦曦，又进行了一场深入的对话。时情时景,历历在目,浮现在秦曦的脑海……

2024年10月的那个夜晚,旭蒙与秦曦、吕华在春江边分手后,立马按计划行事,一切顺利。其中,他夫人张田有很大的功劳。

张田算是Ⅰ城二代,其父亲正是从ⅩⅥ城到Ⅰ城读大学并留在Ⅰ城的。张田毕业于Ⅰ城不二名校北校外语系,综合素养很高,协助旭蒙处理了初创公司一系列烦琐的综合事务。而且她并不要求在公司有任何名分,只希望把公司送上正常轨道后隐退,属于站在成功男人背后的那种女人。

秦曦承诺的资金、政府支持都及时到位。唯一有变化的是,公司注册在ⅩⅥ城,但旭蒙把研发团队放在了Ⅰ城,运营也主要放在了Ⅰ城及Ⅲ城。

2029年5月7日,纪念活动最后一天的晚宴后,程启校长即向史用书记提交了三个项目建议书,等到第二天下午,又派人向市委、市政府办递交了一份一模一样的正式报告。

在6月13日收到的,后来被大家称为"613反馈报告"后,再到6月30日,后来大家称为"630座谈会"上,史用当着秦曦的面,向旭蒙重点问了教育智能化的技术问题,也问了业务发展的方向问题,教育公平问题，以及智教对学生个性发展、全面发展的认知问题。

问完问题后，史用着重讲了XVI城的极为深厚的文化底蕴，讲到在"七山二水一分地"地理环境的历史困境下，这座城的人民拼的是人脑，又风趣地讲到滨海城市的人吃鱼多，人聪明，基因好，人才辈出，是办教育的最好地方，是办AI教育公司的好地方。

史用的话，说得大家哈哈大笑。

最后，史用还认真问旭蒙："政府还可以为三领公司做些什么？"

旭蒙顺应着说："非常感谢史书记对三领的关注。老秦的几个建议非同小可，特别是北斗七星驿站建设完成后，会是人工智能的一个高地，也会成为三领团队的技术交流的核心基地，XVI城是我们的发源地与归宿地。"

旭蒙回应书记的话时，省略了一个前设，没有说市里是否支持建设北斗七星驿站，而只是说建设完成后的美好希望。走出学校创办企业的几年，旭蒙个人的飞速成熟是明显的。

秦曦投去了赞许的一瞥。

到2029年中，三领公司研发、业务、合作发展极为迅猛。

2024年底，1.2亿天使轮创业资金顺利到位，核心班子组建成功，公司完成在ⅩⅥ城注册。

其中，旭蒙及其同学文景合计出资4000万，秦曦个人出资2000万，位于ⅩⅢ城的博深私募股权投资基金跨地出资3000万，ⅩⅥ城国资人才集团旗下投资基金出资3000万，合计1.2亿元。其中，ⅩⅥ城人才集团旗下投资基金出资，并不要求大股东担保，但对未来三年有估值对赌要求，并享受或有清偿时的第一优先权，公司则有五年内按年化8%回购股权的选择权，充分体现了政府产业引导基金的本质。

由此，五位股东共同开创了一家AI教育公司三领。

三个外部股东曾一致推荐秦曦担任公司董事、董事长，后因为秦曦的坚决拒绝并反复陈述利害，三方才勉强作罢。

旭蒙任CEO，旭蒙的大学同学文景从大洋彼岸回国，为联合创始人并任CTO，旭蒙夫人张田暂行CMO，秦曦推荐的庄东出任CFO并负责融资等资本事务，秦曦又推荐了先后任ⅩⅢ城排名前三高中的校长，退休不到两年的尚言出任教研中心负责人。

旭蒙、文景、秦曦作为一致行动人，合占三领公司60%股权，其他三方各占16.67%股权。

经过2025年—2028年三个年度，在非同一般的创业策略下，公司成功实现了跨越式、非常态飞速发展，在2029年初，迅速站到人工智能垂直应用教育领域的头部位置，最新一轮融资估值达400亿元人民币以上，成为超级独角兽。

三领公司估值第一年、第二年分别以十倍涨幅飞升，第三年又翻了倍，引起了投资圈及全社会的广泛关注，成为PE圈的超级明星。

投资圈调研后，发现三领的极端飞进发展模式：

一是充分的期权分配制度：

所有高管2024年—2028四年内自愿不拿一分钱工资，技术人员及销售岗在内的所有正式员工，均发放国家规定的最低基本工资，其中销售岗如果产生正向年度销售奖励时，年底还要扣除基本工资总额。

对每一位正式员工，每年度确认经考核的薪水待遇，制定虚拟报表，作为公司欠款。

在2024年—2028四年结束后的一年内，每位员工可以选择按1.2亿元公司估值入股，或要求支付现金，入股金额不超过三年应实得的薪水总额（税后），差额由公司支付现金。

这极有利于减少初创公司资金开支，有利于吸引有志向的同行者，有利于激发团队上下背水一战的精神力量。

2025年秋，公司即按10亿投前估值融资1亿；2026年秋，即按100亿投前估值融资5亿；2027年秋，按200亿投前估值融资10亿；2028年秋，按400亿投前估值融资10亿。

敏锐的投资由此完全可以想象到，这种反馈力量有多大，团队的战斗力会有多大，董事会的经营战略有多狠。

有投资人试图剖析三领的超常发展轨迹的原因：外因是第四次技术革命下，AI教育的空间巨大，比上一场移动互联下的巴巴、腾腾机会还大，教育AI的巨大空间得到投资圈广泛认知；内因是，员工的潜在收入实际上疾速提升，期权的含金量越来越高，正向激发员工的积极性。员工没有工作日和休息日的概念，没有娱乐没有休息的想法，全体员工几乎都处于激情澎湃之中，人的潜能得到了极大的发挥。

四轮融资，五位创始股东，没有减持，也没有跟投。2028年融完最后一轮资，四位原始股东的股权分别为：股东1，旭蒙与文景（合伙基金）持有25.70%；股东2，秦曦占12.89%；股东3，人才集团占19.29%，股东4，博深基金占19.29%，其余新进股东合占22.83%。

2029年初，估值还在不断上涨。

二是充分的合作模式。

研发端：以全国重点发达城市为核心，招募了近200个核心特级教师或学科教研员，其中大多是圈内刚刚退休、有口皆碑的业务大咖。通过支付现金加期权形式进行。在文景领导的技术团队的直接指导下，分解全国Ｋ12小学、初中、高中各学期的语文、数学、英语、物理、化学、生物、科学等人教版或其他版知识点，构建数万个知识点的各年级各学期各科的知识星空图谱。基础模型有多个LLM可以选择合作，人机交互与多模态技术只是个性化应用开发而已。

数据端：与全国排前十的重点高考大省的30个城市，每座城市选择3所梯度中学、3所梯度小学合作，每个年级选择一个班级作为合作对象，实验班每门科目由一个任课教师负责，每个班级由一个老师（主要为班主任）作为项目总负责人。并保证所有省会城市为合作城市。合作通过教育局等路径进入。

研发端，特别是尚言作为数学特级教师，有着极为丰富的教学教育经验及学校、班级管理经验及科研经历。他还拥有经济学、数学两个学位，并通过律师资格考试，在教育界有强大人脉。他组织了数百个特级教帅在网上进行工作，极大推进了知识点的分解和联结工作，相当于神经元的轴突。真正在Ⅲ城办公楼常态化工作的一百多人起核心作用，相当于神经元的树突。

数据端，实质是一种众包模式，与研发端人员工作互动、资源共享，形成一个良好的双向促进，大大加快了工作进程。

最为重要的是，上述所有合作的老师，成为之后的应用终端（无论是线上线下形式）主力，是一支最有战斗力的省市经销商、代理商、督学，表现出无与伦比的优势。这些人，有专业知识，有广泛的认知，有教育情怀。所以，公司在启动销售应用端时表现出来的高效、品质、速度，如秋风扫落叶，让同行目瞪口呆。

三领的模式，是模型端、数据端、应用端，一气呵成，整个业务链呈现的理想状态非同一般。

三是创业高层的认知态度。

人工智能日新月异，一日千里，是全球未来数十年的焦点。核心团队深深明白，教育AI作为人工智能垂直应用，解决的是人类自身的认知问题，也许与人类命运休戚相关，这个特殊性是所有其他领域所没有的。从而，团队从成立伊始，一直保持对人工智能不断学习，并关注着世界范围迈向AGI的动态。

秦曦想到2024年旭蒙匆匆与自己相见，想到三天两夜的长谈，想到不到五年时间，至2029年，三领从无到有，初露风范。自己作为一个旁观者，却无比欣慰。

白驹过隙，又十八年过去了，如今已经是2047年10月8日。

秦曦走到冰箱边，从里面拿了一听冰可乐，打开，走到窗边的靠背椅上坐下，回味起"龙观对话"的那个晚上。

2029年5月7晚，也就是程启校长递交项目报告当天晚上，纪念活动结束的当天晚上。

来参加纪念活动之前，旭蒙早早就要求与秦曦谈谈三领IPO事宜，希望7号晚见。秦曦安排旭蒙一起借宿到龙观农场。

三领公司形势一派大好，但进一步发展肯定还有很多挑战，当时的核心是IPO，公司何去何从。

龙观农场就位于观顶湖山脚下，以一个L形的建筑为核心，连绵的小山坡，平缓交错，呈现出自然的数学几何之美。坡上种满了一排排43号龙井茶叶树，随山坡高低起伏，呈现出一条条绿色的弧形。L型主楼前面不规整的农田，似百衲衣一般，农田之间阡陌纵横，早年遗留下来的水渠条条相通。农田中心一汪水塘，有光的时候像镜子一般，鱼儿在那儿自由生长,呼吸原始的气息。

农场东边百米处的村落,隐藏在绿树丛,往往与云雾烟霞为伴。只有做饭时的袅袅炊烟,宣告着人间烟火。

L形楼共三层,东侧二层和三层共十间房,为十个合伙人一人一间的房间,西侧则为客房,中间层有一大一小两个会议室,一楼有一个中等会议室,及食堂、工作间等。

秦曦是农场创始人的朋友,给予农场建设很大帮助,享受合伙人的所有使用权益。

在观顶湖建成之前,龙观农场也就成了秦曦在XVI城的一个小小根据地。

秦曦与旭蒙一起搭乘无人驾驶车经机场高架、乡村公路,穿过村落,到达时,农场沉浸在一片暮色之中。一层中会议室的橘黄色吊灯温暖地亮着,在夜晚显得浪漫又温馨。

主管在农场门口恭候着,见两位到达,热情地先后领着两位到二楼入住,并用木柴烧水,准备沏农场自种的云山绿茶。

晚上十点多,两个人又静静坐在一起了。

依然是围着长木桌两侧而坐。

三年半时间,三领公司从无到有,从0到1。

这是最大的变化。

旭蒙喝了一小口滚烫的绿茶，说："老秦，IPO进入了工作议程，大家都说要听听您的意见。"

"我想与你务务虚，你一上来就给我来实的。"秦曦笑了笑。

"老秦，各个股东，各位董事，特别是我，没有您的意见，心里就没底。"

"不会。我一直在想上次我们在半山居没有讨论完的一些话题。这三年多，我空闲时想得最多的就是教育AI相关的一些问题。可能还有更大的问题。今晚本来想与你海阔天空地聊聊。跨界懂教育、懂AI，又有兴趣的人，说实话并不多。旭蒙呀，你是我这件事上的知己。

"公司的情况我也是清楚的，按预期顺利进行中，或者说，比预期还要好。你们说是天时地利人和，我看未来的挑战还有很多。我也是股东，除了公司该向股东汇报的事项，董事会会议内容、每月的工作简报等，你都安排专人向我汇总了，其他股东也偶尔向我传递消息。"

"三届董事会三次会议计划在6月30日举行，主要是讨论IPO事宜。已经吹了吹风。反馈的结果，大家说还得听听您的意见。"旭蒙应道。

"看来，我得先来回答您的IPO伟大计划。今晚如果先与你聊空的，你也没心思听。好吧。那我就先说说我个人对三领公司IPO的看法。"秦曦喝了一口可乐，看了一眼会议室一侧站着的主管，让他给旭蒙加满茶，给自己也倒一杯热的，留下茶壶，让他早点回去休息。

"旭蒙，不瞒你说，三年多前，在半山居与你交流的过程中，我内心一直在斗争，究竟是以一个类似研究院的机构模式来做这件事呢，还是直接公司化来做这件事，我一直有疑惑。教育是一个很特殊的事情，它左右人的思想，左右很多人的思想。它的属性是多方面的。到今天，我还有疑惑。但是行先于知，先做了。OpenAI模式对我的启发是多方面的。2024年4月我专门去了旧金山，考察了OpenAI。它的纷争没有断过。我们现在已经做了三年多。我就不对你说这个模式之争了。但，国办与民办能否对立统一，就是我脑中一直挥之不去的根本问题。

"当然，你应该注意到了。尚言校长加盟，他给公司创造了巨大的价值，否则我们不可能这么快获得这么大的数据，我们的教研团队，工作速度不可能这么快，成本不可能这么低。"

"是的是的，尚校长功不可没。"旭蒙说。

"这里有一个问题。他是公司的员工，就没有这个问题。关键是对通过网络形式发生的劳务关系的外围数百个特级教师承诺的期权，一定要兑现，尽管单个数量及总量都不大，关键是兑现的形式，因为其中不少人通过各省市教育培训中心再与公司发生的关系，而这些培训中心绝大多数是高教学校属下的。这件事，可以让CFO负责，庄东，让那个谁配合，对接尚校长。事情处理并不复杂，应该成立一个独立小基金，但一定仔细做到位，一定要有合法合规的方案，又要做得让每一个老师满意。这是我对IPO的第一个看法。"

旭蒙迅速拿出笔记本，认真记录了这个要点，合上了本子。

"对IPO第二个看法是，要确认第三条政策。'利用现代科技信息技术对学生进行辅导'不属于教培这一条，对，首先是部里的确认，需要的话可以先咨询吕夏。之后是证监会，对于AI教育IPO是否存在障碍，或者是不是支持，对于上面这条窗口意见如何，是决定公司选择A股还是H股还是美股的重要系数。投行保代技术上要把握仔细，最好是有经验的保代。另外，还要有向领导汇报的路径。这件事也由庄东牵头，让那个谁配合一下，王鑫。到时，向领导汇报你一定要同去。"

旭蒙又翻开笔记本，认真记录了这个要点。

"对了。2029年度财报估算究竟怎么样？"

旭蒙说："2029年还会亏损，但接近盈亏平衡。主要看我们的各省会城市自营超级营旗舰学习中心店的扩展速度，至今天已建成运营的有12家。规划的是2030年公司盈利。2029年下半年启动辅导。最近给您的月报里也简单提到了。"

秦曦沉默了一会儿，问："经销商、代理商PAD存货真实情况如何？"

旭蒙答道："周转非常好。周转率0.5，周转时间不到六个月。"

秦曦喝了一口茶，说："沿海重点城市，特别是排名所在省的第二名的城市，旗舰店是不是需要提前做？不一定就要先撒满各省省会，没做的省会，找强人做省代也是一个办法。现金流归正根据现在的上市规则，窗口指导上的操作，还是放在第一位的。重点论与全面论经常是一对矛盾。矛盾一定要有一个最佳选择。"

旭蒙又记了笔记，说："我明白。我同意。"

"不。我并没有对这个问题做过多思考，你们经营团队再研究一下。我不对这个表态。"

"我关心公司现金流正向的主要原因是，出于人才集团股份的去留问题，我的意思是，哪年可以实现现金分红，可以让其2000万投资获得现金分红回本，再让其继续原股数长期持有，共享三领成长的红利。未来总是有不确定性的。这是我要表达的第三点。"

旭蒙再一次记了笔记，说："我先与人才集团沟通一下。老秦，您真想得周到。我把您的意见都记下了。公司门店发展方向，我们经营团队做进一步调整。"

秦曦停了一会儿，说："旭蒙，上述几点意见，只是我个人观点，刚好有机会与你这个掌舵人单独沟通，也是仅供你参考。你千万不要说是我的意见。这样不好。我把表决权都委托给你了，对你百分百信任的。"

"老秦，四次融资，五个原始创业股东，四个原始股东都没有跟投，现在的股权结构是：我与文景合持25.70%，您12.89%，人才集团占19.29%，博深基金占19.29%。"旭蒙站起来，给秦曦倒满了茶，说。

"嗯。博深是减持或增持，按市场规则，要遵循LP及GP的意见，我们按公司章程及约定来，公司不要做过多表态。公司应该非常感谢罗怀总一以贯之的支持呀。"

"好的。老秦，您有资金压力吗？"

"应该你与文景的压力会更大一点。再说，你老婆回归家庭了，经济压力一定大的，可以考虑出点老股，这样对工作更有利。年底年初，对于员工的期权可以兑现一半。员工基金要处理合规。当初应该有锁定条款，要严格执行。公司顺利，更不能乱。你刚才说到我的资金压力……关于我的股权，有一件事情，迟些再对你说吧。对了，不要误读以为原始股东重要，新进的股东不重要。否则，就没有未来。

"最后还有一件事，一直萦绕在我心里。直营学习中心、代理商经销商门店、督学、PAD终端，这种表现形式，肯定是需要变化的，会进化的。行业竞争的下一步要洞察呀。1.8万所中小学，市场是容得下1万家门店，但是估计不能简单地这样看问题。以后再说吧。"

秦曦看了旭蒙一会儿，说：

"今天我们聊实聊得不少了。如果你不累的话，我们继续聊聊虚的。"

"IPO的事情有了工作思路，我就没什么心事了。我做好了通宵畅谈的准备。"旭蒙高兴地说。

"凌晨三点之前一定让你回房间安睡。"秦曦微笑道。

<blockquote>
IPO是个什么东西，极少人真正明白。
——《2047》
</blockquote>

12

东边不远处的村落早已在夜色中沉睡,偶尔几声"汪汪"的狗吠传来,才让人想起村落的存在;田野里的蛙声也渐渐稀少,偶尔掀起一阵"呱呱呱呱"或长或短的潮叫;山峦像一个可以依靠的长辈,黑黝黝地屹立在农场背后。

在秦曦的建议下,两个人把座椅搬到门口草坪上,面向田野,享受黑夜的纯粹。春日的夜晚,大自然充满了一种特殊的气息,像成长的味道。

"1632年,发生了什么事情?"秦曦突然问。

"应该是明朝崇祯年间。"旭蒙一时没有反应过来,文不对题地回应道。

"没错。崇祯五年。六月。黄河在孟津决口,百姓流离失所，死伤无数。山东山西叛乱四起。一个百姓苦不堪言的年份。"秦曦叹道。

"我想起来了，同一年，欧洲捷克教育家夸美纽斯的《大教学论》奠定了班级授课制，学校教育在西方开始风行，强力推进了第一、二、三次工业革命等。东方中国由京师同文馆首次引进班级授课制，是在清政府时期。"

"那是1862年，落后整整230年。"

"引人深思呀。"

秦曦在夜色中看了一眼旭蒙，说道："教育与人与社会的关系应该是一个函数关系。人类社会的历史在时间轴上一脉千里，但总有雪泥鸿爪可觅。未来已来。2032年，也就是说班级授课制四百岁大寿的时候，也就是三年内，三领可以终结它，用教育AI模式，可以开出第一万家自我学习中心。先进的已变成落后的。'现在备受热捧者，来日可能渐渐腐朽'，贺拉斯在《诗艺》说的是历史的运动性。"

秦曦一改过去的风格，一口气说了虚实相间的一串话。刚说完最后一个字，他向旭蒙投去不容置疑的眼光，轻轻地，又自言自语重复三遍这三个字：

"一万家。"

秦曦最后轻轻说道：

"这是一场革命。"

秦曦随手拿起椅子边地上的空可乐罐,轻捏了两下,向远处狠狠抛去,红色的铝罐在夜色中留下一道闪亮的弧线。

"教育以人本身为对象。这是它的最特殊之处。一定的大文化、大科技、大制度构成了一定的人类社会的主要特质,而社会的构成主体人类则是一定区域一定时间内的人类。"

秦曦继续说:

"几千年来,对人类社会的大文化、大科技、大制度进行一个简要的梳理,是可以给我们极大启发的。我发现,大文化没有出离过向内与向外两个大方向,它与大科技、大制度决定了一定社会中的人类状态。其中,大科技是最有决定性的力量,它同时决定了大制度的主要走向。

"如果用H、C、S、M分别代表人类、文化、科技、制度,用公式来表示,就是$H=C \cdot S \cdot M$。等式两边也构成人与外部世界关系的核心。

"人与外部世界的关系,实际上就是一部人类史。对它的探索,几千年来从来没有停止过,是哲学家、科学家、社会学家们,英雄与群众,孜孜以求的。它有一个最显著的特点:科技进步的速度是一个明显的加速度，也就是说，科技进步越来越快了，现在生活的科技绝大多数是近二百多年来的成果。现在，又到了一个新的临界点。"

"人工智能是第四次工业革命。"旭蒙嘴上说，心里却在嘀咕，老秦想表达什么呢？

"我想说的是，在这几千年的发展中，人类自身发生了什么变化？理论上说，社会进步促进人类进化，人类进化促进社会进步。"

旭蒙想了想，说道："近现代认知心理学的发展，对全球的教育教学活动影响很深远，也是学校教育的理论指南，强调认知发生的年龄心理特征，强调一般智能的存在，强调刺激反应的大脑机能，都为学校教育找到了活动规律与存在依据。

"其中，英国心理学家查尔斯·斯皮尔曼，1904年提出智能二因素理论，认为智能主要由两个因素构成：一是一般因素，渗入所有的智能活动中，每个人都具备，但水平有差异；二是特殊因素，其种类较多，与特定任务工作相关。

"瑞士心理学家让·皮亚杰，20世纪最著名的儿童心理学家，发生认识论的创始人，认为心理有普遍结构。

"苏联的心理学家巴甫洛夫的刺激反应S-R理

论，对学习与教育产生了巨大影响。

"他们都强调一般智能与多种智能共存，强调生物学基础，让教育的普遍性与特殊性有了理论背书。"

旭蒙一口气梳理了认知发展心理学的历史轨迹。

秦曦说："你继续。"

"从两千年前孔子因材施教的理想，到陶行知的'做中学，学中做，教育即生活，生活即教育'，再到叶圣陶的'教无定法，教为不教'，中国近代教育领域的探索也没有停止过。

"现代，在语文、数学的教育实践中，出现了魏书生、孙维刚这样的超级优秀个例。但是，面对亿计的学生，受惠人数极为有限，实现更多人的个性化的互动还是不可能的。

"人类自身革命是最大的革命。人对自己了解还是很少，特别是大脑。"

听完旭蒙这一番话，秦曦微微一笑，又问："旭蒙，你怎么看多元智能理论？"

旭蒙说："1983年，美国人霍华德·加德纳在他的《智力结构》一书中提出了人的智能的结构。他最后把人类的智能分为八种：即语言、音乐、逻辑-数学、空间、身体-动觉、人际、自我认知及博物学家智能。

"多元智能理论,彻底颠覆了长期以来局限于定义语言与逻辑数学智能的IQ决定人类聪明水平的传统智力理论。其影响力覆盖全球四大洲、二十多个国家和地区,被很多教育工作者追随实践。

"霍华德·加德纳,作为哈佛大学教授,心理学家,教育学家,因此也被称为'多元智能之父''推动美国教育改革的首席科学家'。他自1980年始,还多次来过中国。但在中国没有看到实践多元智能理论的突出人物。

"有人说,霍华德·加德纳重新定义人类智能,在教育领域犹如哥白尼颠覆了16世纪人们所坚信的'日心说'一样,意义重大,但似乎实践中影响并不大。"

秦曦在黑暗中看了一眼旭蒙,说:"教育作为社会内部的一个系统,它有独立性,但一定时间区域内,它是社会内部的一个子系统,社会的运行观控制了它的能量。1983年多元智能理论提出,是在1632年班级授课制发轫后250年。1987年,中国开始实行义务教育。"

顿了顿,又问:"MBTI是一个有趣的东西,有相当的社会影响力。你怎么看?"

旭蒙说："1940年，美国人凯瑟琳·库克·布里格斯、伊莎贝尔·布里格斯母女俩编制了以卡尔·荣格理论为基础的迈尔斯·布里格斯类型指标人格量表，即MBTI。它以四个维度来组合出十六种不同的性格类型。

"四个维度是：能量获得的途径（外倾与内倾），信息获得的方式（感觉与直觉），决策方式（思考与情感），对待不确定性的态度（判断与知觉）。

"十六种性格类型有其特征和表现。美国心理学家雷蒙德·卡特尔设计了与十六种人格测试相关的测试问卷，来评估个体的人格特征。人格测试被人们用于了解自己，规划学习、生活、工作，很多教育工作者也很重视。"

秦曦说："旭蒙，你有没有发现，几百年乃至几千年来，教育教学技术、教育教学模式、教育评价方法基本没有什么科技含量，教育教学内容也总是落后于社会科技水平。"

稍做停顿，秦曦坚定地说："人工智能教育不但会开创一个全新的教育世界，还将开创一个全新的人类自我世界，全新的人类社会，全新的未来。"

"但是，教育AI后面还站着最后一个世界，

BCI。"秦曦最后补充说。

时间接近凌晨两点,夜已深。

"老秦,我过去从来不喝可乐的。"旭蒙起身回屋给秦曦拿了一听冰可乐,难得也给自己拿了一听常温可乐。

"你不要急。两点让你睡觉。"秦曦说。

旭蒙看了看表,明明已经是两点了,心里笑了笑。

秦曦说:"我问你,人与机器人在智能获得方面最大的区别是什么?我认为有两点:一是机器人的智能获得有极易的拷贝性,一智万智亿智,一能万能亿能;二是机器人智能的传承性,可以永远地传承。"没等旭蒙开口,秦曦自问自答。

"人类是一条在沙漠上流淌的河,也像一棵巨大无比的枝根相连的树。"

秦曦继续自言自语。

两个人陷入了沉默。

很快,秦曦说道:"教育AI,是人类历史上空前的革命。目前,只是开始。但是,旭蒙,三领应该明了其内涵、外延,定义的范围。

"一是,学校教育教学系统软硬件智能化建设;二是,教师人工智能基本知识的学习与教育教学智能化系统地教的使用学习;三是,学生人工智能基本知识的学习与教育教学智能化系统地学的使用学习;四是,公司用人工智能技术介入人类的学习。

"上面第四点,又有很多的内涵与外延,又可以有很多的表现形式。政策、竞争、学校变化,都直接影响策略选择。

"当前,三领的主要竞争对手是斯归和,创始人陆山是一个值得尊重的对手,特别是长于技术,又用心专一,两家公司良性竞争,对双方未尝不是好事,而且斯归和起步比三领早。加上那家什么,目前国内真正达到Level5不会超过三家。但是,记住了,技术绝对不是全部。对了,什么时候见见文景?AI进化没有停止过,也不会停止,随时关注更多细化人工智能教育项目。"

"是的,老秦,我已经让张田专门业余负责这件事。"旭蒙说。

"2032年,三领开出第一万家自学中心。2047年,三领在全球开出第五万家自学中心,中东、非洲、东南亚、大洋洲、欧洲等等。那时,三领,如果还是以公司形式存在,它的市值会有多大呢?"秦曦望着远处渐露微光的天边轻轻说。很快,又放大声音说:"我们该去睡觉了吧。"

"好的，我们回屋，老秦。对了，下午讲到股权的事情时，您说有事情要对我说的。"

"听你说你夫人张田老师现在I城《未来教育》杂志工作，《未来教育》由教育部主管，教科院主办，是全国顶流。她工作忙吗？"

"工作倒不忙。年前离开三领后，除了本职工作，和我委托她的紧盯教育AI的事情外，她还捣鼓她的个人爱好，研究文物与考古。"

"听说你们想做丁克？"

"一言难尽。我们想领养一个孩子。"旭蒙欲言又止。

"恕我没有直言。对你说一件事，从2016年开始，我资助了一个女孩，到今年是第十三个年头了，但我从没见过她。这个女孩现在九湖市，离这儿往西也就五百公里。女孩从出生起，一直由她外婆一个人拉扯。她外婆一直患轻微阿尔茨海默病，在社区义工帮助下，老少两人艰难度日。今年春节后，女孩的外婆突然病重去世，女孩没有了任何亲人，何去何从，成了我的心事。这个女孩叫姚华，2016年2月3日晚上12点出生。"

"真的？我和张田商量一下，方便的话，我与张田近日就一起去看小女孩！"

"我把小华的照片、地址、电话都发给你。"

"好有神的眼睛,好俊俏的小孩。"

"她天赋过人。我的股权可以划为她全部的培养费。"

东边的天空,晨曦隐约。

秦曦从18年前的思绪中回到眼前。

观顶湖七院已完全沉浸在夜色中。

2047年10月8日,平凡的一天又要永远翻过去了,像过往所有翻过的日子一样。

> 人类像一条在沙漠上流淌的河,
> 也像一棵巨大无比枝根相连的树。
>
> ——《2047》

13

十八年前的"龙观对话",回想起来,还历历在目。过去的十八年,发生的人与事,都没有那个夜晚来得印象深刻。那个晚上,基本明确了三领公司的思想起源与行为归宿。

秦曦清了清神,让大脑把时间拉回到眼前。

是2047年10月8日晚还是9日凌晨呢?早上醒来,秦曦发觉昨晚又做梦了,而且,分明是两个梦。

为什么记得这么清楚是两个梦呢,因为一个梦做完,中间还醒了一会儿。

前一个梦,与十八年前"龙观对话"后半夜做的梦一模一样。

十八年过去了,这个梦又出现了。

在很久很久之前，一只鸟儿突然变成了一个小男孩。这是在一座大宅中的一个黑咕咕的说不清是大还是小的房子里。一个小山村，深夜，一座山角落的旧屋，离村庄中心很远很远的旧屋。

又一个深夜来临，静谧的夜晚，不，是偏僻的静，而且是深夜，一个小男孩蜷缩在有白色蚊帐的木床上，蚊帐拉上了，茄子灯的拉线通过两幅蚊帐中的缝里拉伸到床头。

灯亮着。一只绿皮虎斑的小青蛙又出现了，不知它从哪里来，要到哪里去。不过，现在它就在这儿了。在深夜房子里的地板上，只见它扑哧扑哧几下，趴在木地板上一动不动，两个黑溜溜的眼珠，突兀着，盯着你看，还很少眨。终于，它又扑哧了，扑哧几下，又这么抬头张望着。小男孩赶紧拉了拉细绳，灭了灯，以为看不见青蛙，青蛙也看不到自己了。紧张着，紧张着，紧张着，迷糊着，迷糊着，迷糊着，终于睡去了，终于进入了梦境。突然，不远处，中间房间木门的司必灵锁又动了，司必灵又在转动了，在转动，在转动。这，分明是门外有坏人在撬门，那当然是个坏人，是贼人，也可能是强盗，更可能是一个杀手，估计就是一个村里的小偷，也不一定，但，反正一定是一个从来没见过面的坏人。

恐惧让梦醒来。

这个梦在童年出现过多次，很多年之后，还偶尔出现，只是次数越来越少。"龙观对话"那个晚上，这个梦似乎是最后一次出现。

秦曦醒来起来喝了一口水，又睡着了，做了第二个梦。

大雪纷飞，猛鹰起翅凌空，掠过苍茫群山，发出阵阵厉声，长唳着，尖啸着，嘶吼着。自己整个身体感觉似乎附在了雄鹰身上，融为一体，耳边呼啸的风，眼前闪过的峰巅，一晃而过的悬崖苍松，身下像凝视眼睛又深不可测的万丈深壑。突然，前面山脚开阔处突现一座巨大的石牌坊，鹰慢慢减速，侧身，平衡，平稳，俯降，一气呵成，伸脚稳稳停在右边立柱的顶端，并发出温和的"咕咕"叫声。那分明是凤凰岭，但没有看到"凤凰岭"三个字。自己整个身心一点也没有恐惧的感觉，瞬即的紧张也没有，只有兴奋。

早上八点醒来，也许是两个梦的原因，秦曦感觉微微冒汗，过了一会儿，很快光脱脱地去浴室洗冷水澡。这是数十年如一日的习惯，早上必须洗澡，一定洗冷水澡，否则一整天浑身不爽。

此时，阳光正温柔地洒满房间，时间肯定已是9号早上。

10月9日—18日，共10天。秦曦像往年一样，每年进行10～12天的打坐、冥想，2047年也不例外。七院真是一个很好的地方。因此，秦曦借这次纪念活动，6日提前来到了观顶湖，把今年的静休安排到了这个时段的这个地方。

2047年10月19日

观顶湖　七院

经过10天的静修，秦曦感觉身心充盈，精神更加饱满。

黄芯约秦曦见面的时间正是19日晚上7点，地点在天枢楼201室。这个约会早在6号秦曦来七院之前就约定的。

午饭后，秦曦下楼坐在了瀑布边的座椅上。秦曦没有催人的习惯，就如期等人。

秦曦记得很清楚，自己与黄芯第一次见面，是

2013年初。

那是一个雪后初晴的冬日午后，到处是积雪，阳光艳丽。

秦曦2012年全年长住长安街边的一个部属招待所，进行金融交换学习。12月31日，学习按计划结束，但他赖着不走，计划在2013年2月7日离开Ⅰ城，想多走走Ⅰ城的角角落落。

9日是农历大年三十。

记得应该是2月2日，一个XIII城的银行界朋友，突然打电话给秦曦。

朋友认真地对他说："大哥，我给您介绍认识一个女生，她说要请教您投资方面的事情。她已订了咖啡店，时间是明天下午三点，也就是明天3日，对，3日下午3点。我把她订的咖啡店地址、她的手机号发给您。我在XIII城，没法陪你们见面。对了，这个女生原来是在XIII城读中学，她妈妈是我的领导，在XIII城工作。"

这个朋友并没有说这个女孩长什么样，秦曦更是一个字也没问。

2013年2月2日

冬，I城

在雍和宫旁，国子监街，一个隐蔽的老屋咖啡店，店小又古朴。秦曦观察了一下地形，转了两个弯，很快找到了店，是自己非常喜欢的位置，闹中取静，幽雅古朴。

一进门，穿着旗袍的标致服务员弯腰说："您是秦先生吧，黄小姐订的位置是7号桌。"说着，就引领秦曦上了三楼。

一个独立的包厢，居高临巷，窗外可看到一些老房子错落的屋顶，煞是好看，还可看到一片天空。窗外边，刚好有一棵高高的枫杨，树枝上，一只喜鹊抖动翅膀，安静地享受着冬日暖阳。

标致女服务员引座后，端上一杯热茶，就退出了房间。秦曦伫立窗边，似乎看到了一座东方最有名的古老都城的历史缩影。

就这样呆立了十几分钟，秦曦看了看表，才两点半，还有半个小时，就想还是先一个人到附近逛逛。

站在门口呼吸着凛冽的空气，整个人神清气爽。洁白的雪，倔强的树，古老的建筑，艳丽的阳光，一切都洋溢着北方特有的气质。

一个穿着黄色羽绒服、围着玫瑰红围巾的女生在百多米远的地方，迎面走来，偶尔还蹦跳几下，边走边玩的样子，慢慢近了。秦曦感觉这个女生就是自己要约见的人。

近了，这个女生迈步走来，似乎也远远就看到了秦曦，也感觉秦曦就是自己要约见的人。

十几米远的地方，秦曦挥了挥手，黄芯也挥了挥手。

"我是黄芯。"

"我是秦曦。"

黄芯先伸出了手，秦曦没等她脱去手套，伸手握上了她的手。

黄芯说："我不冷。你才穿了一件夏天穿的白T恤、一件套头衫，你真不冷吗？估计你是最不怕冷的人了。"

秦曦笑了笑："习惯了。"

黄芯又看了一眼秦曦，笑了。

"我们要不要……"

两个人几乎是异口同声地说，我们要不要先在外面走一走，两个人心领神会沿街走去。

"这么好的……"

两个人几乎又是异口同声地说，这么好的天气。

意识两人两次同时说出同样的话时，秦曦也忍不住哈哈大笑。黄芯则笑得蹲下身来，双手蒙了一下脸，说："心有灵犀，心有灵犀。"

冬日的阳光，清爽，明媚，温暖。

"张行长说，您是他最佩服的人。"

"张行长与我是好朋友。海洋这个年纪就做到一个二线城市的分行行长，相当优秀的。掣肘很多，不容易。"

"他说您是他内心最佩服的人。他说您应该做过很多事情，但您从来没有明说，他也不敢确定。他说，您是他短暂的'同事'。是同一个央资集团下两个实体的同事，他在银行地方分行，您在证券总部投行。有一次，张行长带领几个副行长去见一个牛人，投行业超级牛人，到了他办公室门口，就是约不上。是您恰巧碰上，素昧平生，一个电话帮他解了窘境。张行长说，秦大哥是一个表面冷淡内心有爱的人。"

秦曦笑了笑。

"他说，你写过一篇论文《不同交易模式与市值增值两难及解决的三个逻辑方向》，得了集团十万员工征文的一等奖。后来，风传您用了不到一个星期的时间写的这篇论文，仅为凑数，自己私下把它当作了笑话。"

秦曦又笑了笑,不置可否。过了一会儿,轻轻地说:"之前,很早很早,我倒是写了一个公式,发黄的纸还在,穿透证券交易的最底层本质,不同于一般的量化参数方向。我也相信以后一定会有牛人去实现,去收割,用什么参数我不知道,但一定是机器人收割人类。但,我没有往这个方向走。"

秦曦随即转移了话题问:"你要问我投资方面的事情?"

"嗯。"黄芯说。

"应该近两年有一次难得的系统性机会,贝塔机会。以后就不好说了。"秦曦说。

"您说明后年牛市要来临?"

"可以这样认为。个人主观判断。"秦曦沉默了一会儿说,"但是,人的交易比不过机器的交易。所以,凭人的聪明,去做交易,特别是短线交易,赔率非常大,与入赌场无异。"

"您的意思是只有系统性的机会才是机会?"

"你真聪明。"秦曦说,"但,人性有弱点,认知有强弱,很少有人做得到。更何况知行合一难上加难。"

"我知道了。"黄芯慢慢地回答。

秦曦认真看着黄芯,黄芯眨了一下眼睛,有点脸红。秦曦认定黄芯是一个天资过人的女生，别人听了无数遍都不相信的道理，她几分钟就明白了。秦曦相信她真的理解了。

秦曦跟着黄芯逛，从国子监街到五道营胡同，又到国子监街。太阳慢慢地滑向西边，两个人在地上的影子越来越长。

"您研究过佛教吗？"黄芯问。

"谈不上。你约我在这儿见面，你应该是关注佛教的吧？喇嘛庙在佛界地位非同一般。曾是雍正停枢处，又是乾隆降生地，人们就称它为龙潜福地。殿宇均为黄瓦红墙，规制合乎梵宇伽蓝。1744年起，它成为清政府的佛事中心。"

"您看过哪些经书？"黄芯问。

"谈不上。《心经》263个字，能背。《金刚经》当然也看，还有《解深密经》。《法华经》是天台宗立宗之本，《坛经》是慧能禅宗之源，也看。还有《四十二章经》等，也翻过。"

"《心经》《金刚经》是空宗代表作，讲究空。《解深密经》是有宗代表作，主张一切外境、外法毕为内识的变现。还有，《法华经》为代表的妙有，讲一切众生皆有佛性。《坛经》为代表的禅宗，讲即心即佛、顿悟成佛。从空宗，到有宗，到妙有，到禅宗，佛教实现了在中国的落地生根，实现了本土化。"黄芯认真地说。

"你正妙龄，想不到已对佛研究很深了。没错。佛教有两千多年的历史，大乘佛教自传入中土后，先依傍魏晋玄学，后融汇儒家的人性、心性学说而蔚为大宗，构成儒释道并立之势，对中国社会影响巨大。"秦曦说。

"人在尘世间，心得有归处。儒释道，每个人都可以从自己的人生去理解，去获得所需。就像不同时期的统治者，各有所重，是不是？张行长说您一年至少读一百本书，数十年如一日。所见会更远更深。"黄芯说，"秦先生，看来我这个年纪不应太关注佛学。佛海无边。三藏十部经，八万四千法门。盲信盲从，也是对佛的不敬。但是，谁又敢妄言？"

秦曦笑了笑。

"《心经》《金刚经》总挈空。概括说，就是外扫相、内存执。《金刚经》里讲，一切有为法，如梦幻泡影，如露亦如电，应作如是观；《心经》说，色不异空，空不异色，色即是空，空即是色，受想行识亦复如是，讲的都是扫相。《金刚经》又讲，应无所住，而生其心；《心经》又说，心无障挂碍，讲的就是破执。"黄芯认真地说。

"人类出现在这个星球，一直在解决两个问题，一是人与外部世界的关系，二是人与自己内心关系的探索。"秦曦看了一眼黄芯，继续说，"人的生存与发展，创造的所有繁荣，衣食住行，生老病死，吃喝玩乐，一直在解决的是人与外部世界的关系。

"空气、水、阳光，人类都需要，但都不可过度，喝太多的水，晒太多的太阳，吸太多的空气，不可以的，会致命。你看，生存最重要的东西，也不能过分，要有度。

"人在面对死亡，面对困境时，更需要精神的信仰。佛学是一种思想，是一种精神，是一种信仰。无与有，虚与实，因与果，今世与来世，它为人类提供了一种力量与勇气。但是，人如果完全沉浸其中，一定也会出问题。就像过度对待空气、水、阳光一样。"

黄芯认真听着，陷入了深思。

"佛经，对一个人而言，什么时间读才是最重要的。人类就像沙漠里的一条河，孤独地前行，从无到有，也就几千年，个体存在于群体之中才能存活，就像水滴只有在长河中存续一样。"

黄芯似乎没有完全明白秦曦的话，但心中得出了结论。所以，她沉默着，犹豫着，终于还是决心把自己的心事说给秦曦听。

"秦先生，我夏天刚从大洋对岸的哥大本科毕业，学的是文学与哲学，现先在Ⅰ城易易公司音乐板块工作。我爸对我管制很严。他在Ⅰ城给我一套房。

"张行长调到银行之前是我妈妈的部下，我叫他张叔叔，他可以经常为我办一点杂事，是一个老好人。

"去海外之前，我已对佛有了敬畏之心，或者说呢，佛是我心灵的寄托吧。爸妈都是工作狂，没有时间管我，他们只有我一个小孩，我没有兄弟姐妹，我只有自己一个人。

"留学生，人们通常都觉得这是一个很自由很快乐的群体。实际上，物质，大家都差不离，我没有经济概念。说股市，也是想着好玩，再说张行长多次提起您，引起了我的好奇。但我知道，年轻一代，内心都有很多苦楚，很多快乐都是装的。除非，是一个没有任何思想的人。

"在朋友圈子里，没有人可以说心里话。爸妈不允许我随便交朋友，说每个人都有人管着的，要按规矩工作、生活，要遵纪守法，要夹着尾巴做人。

"我是在南边省读的小学，随父母向北，在江南ⅩⅢ城读中学，后父亲继续北上进Ⅰ城，我就出国留学了。一年估计能见一次爸妈。以后呢,做什么才好?我想,这个不是我一个人的困惑。很多年轻人都是这样的,或正在变成这样子。"

秦曦低着头走着,突然抬起右脚,把路上的一个小石子踢向很远的角落。

黄芯瞧了一眼秦曦,说:"秦先生,您在听我讲吗?"

实际上,黄芯说的每个字,每个词,每句话,秦曦都听得清清楚楚,明明白白,甚至她的语气、神情,秦曦都很清楚,只不过,边听黄芯讲,边想起了童年常做的那个梦,有点走神。

一只小飞虫飞过,秦曦快速眨了眨眼。

"自性即佛。"秦曦没有直接回答,只是低头默默不语,又过了好久,看着黄芯的眼睛,认真地说。

之后又说:"时间。"

当两个人到老屋咖啡店用完简餐,站在门口准备离去的时候,已华灯初上。树枝上,屋顶,路边的一簇簇一块块,厚薄不一的积雪,使夜晚的街道显得更加宁静,无比洁白。

秦曦说:"这么迟了。我叫车,先送你。"

黄芯说:"我是地主,要尽地主之谊。我的司机就在路口等我们,往前一百米。先送您到宾馆,我没有问题哟。"

"对了。未来的十年,移动互联网将改变世界。一定要关注。"在车就要到目的地时,秦曦看着黄芯的眼睛说。黄芯不自觉地点了点头。

司机送秦曦到复兴门外真武庙路的招待所门口,秦曦很快下了车,挡了一下黄芯座位的门,没让她下车。

"后会有期。"

"后会有期。"

黄芯的车消失在冬日的夜色中。

岁月荏苒,时光如水。

秦曦与黄芯的第二次约会,是三年多之后的2016年。

一晃三年过去了。

2016年 秋
XIII城

G20成功举办,举国喜庆。十一长假又近在眼前,全市都洋溢在假日将近的欢快气氛中。金秋季节,满城尽带桂花香。

应黄芯的要求,秦曦在9月7日与她相见,陪她走走径山寺。

秦曦提前在9月6日从Ⅲ城开车到达ⅩⅢ城。第二天下午三点，准时在酒店接上黄芯，向西北沿235国道直驱而去。

径山寺，坐落在天目山的东北延伸五峰之一的宴坐峰间，五峰似由天飞落，势若骏马，近看常常彩云轻浮，远处总是青黛缭绕。南宋时径山寺成为江南五山十刹之首，据记载，当时寺僧有1700人之多。

"从北方的喇嘛庙到南方的径山寺，我们走了三年。"

黄芯看上去非常开心的样子，一上秦曦的车，就重提三年之前的Ⅰ城相约旧事。

"你更漂亮了，黄芯。"秦曦笑笑说。

"前几天我们一家三口见了见，很开心。告诉过您的，后来，我又去哥大读了硕士，回来才没多长时间哩。我们一家故地重游，当然特别开心哩。"黄芯兴奋地说。

没等秦曦说话，黄芯神秘地笑了笑，说："我给您带来了一样礼物。你猜猜看。"

"女生的心思似大海广阔。"秦曦笑笑说，"还是我先给你猜一个答案吧。你知道淘淘上，销量最大的是什么商品吗？"

秦曦没等黄芯回答,继续说了下去:"可乐,咖啡,烟,酒,有时是一样的东西。它们渗透在人类中。几乎每一个人或多或少沾上过。相当高比例的人,一生经常不离其中一样或几样,是上瘾状态。"

"如烟酒之于男人,咖啡之于女人。我是一有机会就喝星巴克拿铁。"黄芯说。

"记忆中,单单香烟,在中国的年利税实际上早已超过一万亿元。酒呢?你看看在中国有几家酒上市公司,一家茅台市值高时以万亿计,GDP一个点。可乐?天下人都喝出了半个巴菲特。"

"XIII城有两个人先后登顶全国首富,两个人都是做水的。"黄芯说。

"没错。酒、咖啡、奶茶等,其实都是水。"秦曦说。

"那还有茶叶。"黄芯说。

"你说得对,西方有可可,东方有树叶。十九世纪中,一个叫罗伯特·福钧Robert Fortune的茶业大盗打包中国的茶株、茶种、茶艺、茶工全套运到东印度公司到英国,茶叶的清香开始迅速弥漫喜马拉雅山南麓及英伦半岛,及全球的角角落落。"秦曦说,"这些,都是同一个道理。"

汽车进入盘山公路,秦曦反而加速上行,山路,特别是险峻的盘山公路，是秦曦最爱之一。

黄芯打开车窗，任凭秋风劲掠，山景飞移，用双手做了个喇叭形大喊："我又来啦！"

"黄芯，你来过径山吗？"秦曦本来想说的是你怎么想来径山。

秦曦有点奇怪，之前在初春，一个人开车来过，车停到山脚，沿着山径拾级而上，当时，路边、山坡上还有零星的残雪，路边有一棵檫树，黄色的嫩叶布满树梢，独自早早地报告着春的来临。记得当时游客也极为稀少，但是，很多路是不能通行的，一路有人管制。

今天没人拦路，两个人就一路畅通一直开到寺庙旁的一个停车位停下。

正是入秋季，天气晴朗。

尽管没有完工，寺庙轮廓已显，主体建筑已建成。矗立在入口的是山门，这是一个全木结构重阁山门，一层是天王殿，二层是五百应真。山门之左为钟楼，永乐大钟残钟置于钟楼内，右为鼓楼。

沿中轴向北，两侧分别为大雄宝殿、藏经楼、观音殿、禅堂、药师殿、大慧院，依山而建，错落有致。

多座庙宇还正在重建，土木大动，工人们戴着黄色的安全帽，有的拉着推车，有的拌着水泥，有的在搬运木头，紧张有序，又一派兴旺景象。

"您看，大雄宝殿的屋顶呈重檐歇山顶式，地位高贵。"黄芯说。

秦曦顺着黄芯的手势看去。

两个人走进并未完工的大雄宝殿内，看见从左到右供奉有释迦牟尼佛、禅宗初祖迦叶尊者、禅宗二祖阿难尊者，形象逼人，气势壮丽。两边壁画精美绝伦，色彩丰富。

"秦先生，您说径山寺与灵隐寺相比，两者谁的影响更大？"

"径山寺创建于唐，佛教本土化之始，为江南五大禅院之首。灵隐则是佛学东渐之始，始于东晋时。显然，意义不一样吧。"秦曦又说，"还有什么区别呢，灵隐现在是处热闹地，径山环境清幽，层峦叠嶂，竹林环抱，远离尘嚣。"

黄芯说："据传说，创建人法钦禅师开山立寺时，一声大喝开石为三，清水涌出。一只鸡听法钦讲佛而有灵，法钦离开北上后，鸡鸣三日而死。最早的时候，在南北朝时，慧远和尚在此修行，用慈心感化过猛蛇。"

秦曦听着黄芯的话若有所思。

两个人向西的一个小径走,很快看到了洗砚池。据说苏东坡当时任通判时,多次上径山,并作诗弄文,留下踪迹。

"径山茶宴,源远流长。击茶鼓、张茶榜、设茶席、礼请主宾、煎汤点茶、分茶吃茶、谢茶等,十数道仪序。径山寺也是日本佛教临济宗的祖传地,也是日本茶道的起法。"黄芯说。

秦曦说:"是的。你看,我们脚下的这块大岩石,一千多年前一定有无数僧人静坐、站立或凝视。据说,当时有两位来自日本的高僧,叫大广、圣一的禅师,回去时从径山带去茶籽、茶器等,这竟成了日本茶道滥觞。你过来,与我一起,到这儿站一会儿。"

黄芯几步跳将过来,轻轻地说:"我听爸说起径山寺。好奇,我才想来的。"

太阳正慢慢向西边落去,余晖洒来,刺得让人睁不开眼。

黄芯走到寺边的一个沟壑坦然处的一块大岩石上,望了一眼远处的凌霄峰,侧过身对秦曦说:"我们下山吧。"

秦曦驾驶路虎,顺着新修建后的柏油路山道,似行云流水,蜿蜒而下,两侧山坡树木郁郁葱葱,一晃而过。

FM98.6MHz频道NAM之声正在播放马友友的大提琴曲，Bach：Unaccompanied Cello Suite No.1 in G major, I Prelude（巴赫：G大调第一号无伴奏大提琴组曲第一乐章：前奏）。

秦曦心中涌起一阵阵奔跑的悠扬，似乎忘记还有一个可爱的黄芯在身边。

在路上，秦曦还想起来，一些建筑这几年被推倒重来过。

黄芯沉默着，似乎有什么心思。过了好一会儿，说："上山的时候，您要我回答在淘淘哪个商品销售额最大。我还没想明白。"

"在期货合约品种中，除了金属、能源，在农副产品品种，主要是大豆、玉米、小麦，也就是并称三大农产品期货合约，当然还有其他十几种，其中也包括了可可、咖啡。但，就是没有酒、烟、茶叶等这些神奇大宗商品或者其主要原料。"秦曦答非所问地说。

"为什么呢？"黄芯好奇地问。

秦曦说："我问过一个中期协产品部的人，她也回答不清楚。"

车下到山脚时，天已开始慢慢黑下来了。

"化妆品可以说单品首位。一样的。"秦曦自言自语地说，"但是，移动互联网络进入下半场。下一个十年，一定是一个更智能化的时代，一定不是物质产品，人们的焦点一定是精神产品，灵魂的需求。这是一个有与无关系的命题。"

黄芯看着秦曦，想起了三年前分别时，他说的最后一句话。

秦曦收回自己的思绪，从十六年前的2013年，从十三年前的2016年，从与黄芯的往事中回过神来的时候，观顶湖的太阳也变得温和多了，已是下午三点多了。

2013年，2016年，到今天2047年10月19日，秦曦都有点晕了。

人们从过去挣扎而来，那时并不知道前路。

——《2047》

14

2047年10月19日
观顶湖

下午三点，秋日午后的太阳慵懒又温暖。

秦曦看离七点黄芯到来还有好长时间，就慢慢向北山口方向走，一直走到魁杓楼入口。

很快，标识为R0574·GDHX0002的一个人形机器人走过来，弓腰说："秦先生您好，需要我为您做什么吗？"

"这几天智车进出比较多。"秦曦说。

R0574·GDHX0002硅人说："对。大多数是来参加纪念王安石大会的。到今天19日，魁杓楼二层到六层共140间客房,已预订135间,另有5间为预留房。135间房预计入住199人,也就是其中64间房分别有两个人入住。目前已入住125间共165人,还有10间34人尚未入住。另外,一层有十个硅人位,四个硅人已入住,还有三位已预订但尚未入住,有空位3个。"

秦曦脑中飞速核了一遍,并"嗯"了一声。

R0574·GDHX0002硅人说:"七院,除了保留一幢开阳楼外,其余六幢也已被全部预订。此外,秦先生您201室上面的301室,根据您的要求还处于保留状态。"

"这个房间帮我保留转为预订。"秦曦稍做思考说道。

"好。稍等。已完成。"R0574·GDHX0002硅人说。

"想不到有这么多人选择住在这个偏僻的地方。"秦曦的陈述句在其心里实质上以问句作结。

R0574·GDHX0002说:"其中,魁杓楼住客中,来自中国港澳台地区以及新加坡、欧洲及北美等来客达79位,其中49位是XⅥ城籍华侨,大多为科技企业家、实业家。此外,在所有入住的人中,留学生不少。"

"这样说来,每100人将近40人来自大陆外,每

100人将近25人原籍Ⅻ。Ⅻ籍人真是建设Ⅻ城一种不可或缺的重要力量。"秦曦回应说。

这时，对面又有一辆智车在路旁悄然停下，从车上走下一对中年男女，秦曦看了他们一眼，总觉得有什么不对。

R0574·GDHX0002说："预订的有七位硅人，刚才下车的就是最后三位中的两位。这两位来自西北的Ⅺ城，ID分别是R0029·XDXX0678，R0029·XDXX0679。现在还有一位预订的硅人尚未入住，另有二个硅人空位。"

秦曦心想，原来是来自Ⅺ城的名校，两个从大学里来的硅人。

又看了这两个人一眼，秦曦恍然明白，原来是两人都穿了大的休闲衬衫，把ID腕带遮住了。

机器人身份ID的设计是"R＋城别＋单元＋编号"。

R当然指机器人，目前仅针对人形机器人，含仿生人形机器人。数字人、全息人暂不列入ID。城别为四位数，第一位均为0。单元名称简称为四个字母，不足加X，上面的GDHX就是指观顶湖，X仅为补足四位。后排号也为四位数。

一个城市内的任何一个单元，四个字母加四位数，一个单元最大容数达1万，可以满足容量一般需求，一个单元一般用三个字母就可以了。当单位容数1万不够时，单元四个字母的最后一个字母X变化为26个字母均可，容量即可升级到26万。

每个人形机器人的左手手腕均铭刻有一个黑色的标准腕带形状的环，宽2cm，ID14位符号永久刻录于环向上居中的位置。

在中央计算机系统中，单元名称另有一一对应的四位数，仅供系统运营及其他特殊需要，但并不保密。单元内的人大都明白对应的那个四位数，外面的人则不太会关心这个数字。人们通常会从城市编号，主要从单元四个字母，去识别遇见的硅人是来自何方。当然，有的人会熟悉比较多的识别号。

秦曦听了R0574·GDHX0002告诉的ID，就很快识别出刚才两个硅人是来自哪里，甚至知道是一所大学。

但是，人形机器人身份ID的设立，主要是依靠人形机器人公司根据工信部、公安部等联合发布的2026年号文自觉执行，并没有形成统一的全国范围的严格身份认证，也没有强制实行，所以，漏编、错编、重编现象普遍存在。

根据工信部、公安部的安排，已计划在东方三水浦大学成立全国统一的机器人身份认证中心。全国规范统一的人形机器人身份ID编制，势在必行，刻不容缓。

挥别R0574·GDHX0002后，秦曦慢慢往回走，回路向"七院"瀑布口走去，又看到了几辆智车驶往魁杓楼。

秦曦一看时间已过下午五点，离黄芯到来还有两个小时，就又转到瀑布口之前坐过的椅子坐下。

向东望去，抬头看见几朵云彩在慢慢飘移。又回头望了望北边的龙虎两山，再转头看眼前凌空飞扬的瀑布，看到偶尔折射出的空中彩虹，一阵凉风吹来，秦曦突然有一种物我两忘的晕幻。

"来去无踪云移絮影，抑扬有致泉起琴声。"

秦曦想起了XIII城的一副对联。城西边一隅听泉亭的这副对联，非常好地折射出世界的无数矛盾与不尽的变化。

"云聚峰会"——秦曦又想到了该城北边山峰望宸阁里黑色大理石上镌刻的四个白字。

与黄芯的第三次约会，浮现在眼前。

那是在2022年12月7日的傍晚，秦曦接到了黄芯的一个电话，黄芯直奔主题："秦先生您怎么看

ChatGPT？"

秦曦记得很清楚，那天，当时，自己正在Ⅺ城一家路边海鲜苍蝇餐厅，与般若云脑创始人黄明及其CFO一起吃饭。

"我们正在谈论ChatGPT。我们一致认为，ChatGPT是第四次技术革命的冲锋号。"

秦曦看了一眼黄明董事长，"我们一致认为"，实际上是秦曦个人的观点。借与黄芯的通话，他同时向在场的黄明及那位年轻的CFO表明自己的观点。

黄芯说："好！我要创业，您一定要给我一点时间。要不，我们就定在平安夜晚上在Ⅲ城见，也就是24日晚上7点。好吗？"

2022年12月24日

Ⅲ城

黄浦江南岸，老船厂西餐厅户外区，靠江第一个位置。在寒风中恣意，恰恰是秦曦的最爱之一，黄芯也有同样的爱好。黑色柱状露天燃气火炬形取暖机，耸立在座位旁，就像一个守护的黑武士，冷酷又温暖。开启后，烈烈火焰在风中飘动，<u>丝丝</u>暖意迅速传来。这边绿道沿江蜿蜒，各色酒吧、茶楼隐约在丛林中，对岸高楼林立。江水默默东流，不时有造型各异、张灯结彩的游船穿梭，货船则稳稳航行，在宽阔的江面上呈现一派安宁与繁华共存的画面。

黄芯看了一眼江景，沉稳地说："老秦，我几个从易易、条条出来的朋友准备做网络智能广播项目，AI广播。这几个朋友各有所长，有技术的，内容的，产品的，运营的，过会儿，我再向您一一做详细介绍。您知道，我之前也在易易、条条短暂做过。之后，我在PWC、喜喜又各做了两年，考了注会与律师，我把最美丽的青春献给了所谓的理想。这四年我只给您打过四次电话，实在太忙了。不对，不知是我忙，还是您忙，或许您我都忙。也不一定。现在，我先把框架说一说，讲完之后，我主要想听听您的意见、建议。"

秦曦感觉黄芯气质上的一种变化，心里想到了一种形容，就像一只"蝉"已经脱了"壳"。他沉吟了一会儿，笑了笑，盯着黄芯问道："为什么会选择创业做AI广播？"

"创业的想法一直存在。最主要的触发点在于，第四次工业革命发生了，不做些有意义的事情太对不起自己，对不起时代。我们团队以90后为主体，在财务上也是有条件的。选择AI广播，一是我们在易易、在条条，包括我本人也是，对传播性文化项目比较有感觉。而且，我们在一起分析认为，现在市场上已有一些相近的网络广播收音机模式，并没有做好，几乎没有什么影响力。我们认为有极大的机会。而且，时机刚好。"

"继续。"秦曦看了一眼江流，回头静静地说。

"多年来，至少40、50、60、70、80后吧，广播、收音机一直陪伴人们左右，是人们心中不可或缺的伴侣。后来到MP3，到2012年以后移动互联网兴起，智能手机成了主流人群的标配，人们的注意力从广播、收音机、电视、报纸转移到了移动手机端。人到哪儿，手机到哪儿，很方便。

"所以说，手机主导人类视觉注意力已经十年多了。根据我们的感性认知得到的数据，人们听广播，听觉注意的时间大幅减少了，人群的注意力更多转移到了视觉，或者说看手机上。但是，千姿百态的APP占领人类的视觉已到极限，我们相信物极必反，一是人们可能会反向走，返回数字机，返回书，选择返璞归真的简单生活，当然这可能是少数一部分人；二是人们更乐意尽量多分一点注意力到听觉上去。尽管，听觉注意力，喜喜做得很大，包罗万象。"说到这儿，黄芯停顿了一会儿，说："但是，我们认为，包罗万象，不是好事。所以，我们认为，富有特色的专业的听觉注意力，有更大的发展空间，特别是结合人工智能。"

"背景逻辑一成立。你继续。"秦曦静静地说。

"我再详细地讲讲，网络广播收音机经历的几个阶段，几个产品，几个模式。

"第一个阶段，一些电台尝试通过互联网进行广播实况传输，时间在20世纪90年代中期。主要模式是，通过直播型网络收音机产品，即通过互联网进行实时传输，将广播电台的实时节目内容直接传送到用户终端，用户可以像听传统广播一样收听在线实况节目。

"第二个阶段，许多电台开始建立自己的网站，提供在线直播和点播节目服务，同时出现了一些新的网络电台和网络广播平台，时间是在21世纪初期。主要模式是，通过点播型网络收音机，即用户在网络平台上选择自己喜欢的音乐、专辑和电台节目，然后按需点播或创建自己的播放列表，随时随地收听自己喜欢的节目。

"第三个阶段，主要是移动设备和智能终端普及，人们对数字音乐及广播需求猛增，并出现了一些知名的网络收音机平台，如Pandora、Spotify等。5G

技术下，越来越多广播电台和电台平台开始加入网络收音机的行列。主要模式是，以混合型网络收音机为代表，将直播型和点播型功能相结合，既可以收听在线实况节目，也可以随时选择自己喜欢的音乐和电台节目，具有更强的灵活性和个性化定制功能。

"我再深入说说，网络广播收音机的表现形式，及一些内在功能发展。目前，网络收音机表现为电脑网络收音机、移动网络收音机、车载网络收音机等。网络收音机的基本功能包括：

"频道检索和选择：用户可以通过网络收音机平台上提供的分类、地区、语言等多种搜索方式，快速查找自己喜欢的电台频道，并进行选择和切换。

"点播和播放列表：用户可以选择自己喜欢的音乐、专辑和电台节目，进行点播或者创建播放列表，随时随地收听自己所需的节目。

"语音控制和分享：部分网络收音机平台支持语音识别和控制，可以通过语音来进行频道选择和播放控制。同时，用户还可以将自己喜欢的节目分享给朋友，甚至下载到本地存储设备进行离线播放。"

"现在在做的公司，做得怎么样？"秦曦静静地问。

"确有人在尝试做智能化收音机，但有影响力的还没有。有一定代表意义的就两家。一是喜喜旗下的，它是把收音机作为公司巨大用户的一个衍生产品来做。我们并没有发觉它能透悟互联网智能广播的本质，可能是APP基因问题，没有正确定义网络智能广播。二是猫猫为代表，其纯粹是从硬件加一些软件来做，我们同样认为，可能是纯粹硬件基因问题，其没有确立互联网智能广播的内涵与外延。"

"你们怎么定义网络广播收音机或者说AI收音机？"秦曦又静静地问。

"目前市场上的定义网络广播收音机，指通过互联网实现的数字化服务，用户利用一定的终端，如智能手机、平板电脑、计算机、车载设备、收音机等，随时随地访问并收听高质量的节目内容。我们的定义并没有形成最后的表述。但我们讨论后有几个要点：

1. 智能水平目前基本上是属于网络搜索，没有实现大数据模型；

2. 场景主要在汽车、家庭，及个人行动，如户外、旅游、散步、休息时；

3. 终端表现形式要认真思考，要与上述第2点关联；

4. 内容产生更要认真思考，要与脑科学关联；

5. AI的充分运用是核心。

"人才、资金、技术不是问题,我动用一切资源。对于产品,我们还有很多犹豫之处,这也是我向您请教的核心。"

"你应该很清楚条条胜出的故事。"秦曦沉默了一小会儿,又说,"一篇发表在海外专业杂志上关于推荐算法的顶流之作,师生关系的两位作者是推荐算法的顶尖高手。故事就是从这里开始的。条条从一众互联网新闻平台后来居上,脱颖而出,终成巨头,它的根源就是在这儿。"

"技术迭代。"黄芯说。

"背景逻辑二成立。但要靠两个新的逻辑,一是AI工具,二是模式。"秦曦沉默了一会儿说。

"我要记一下。"黄芯边从包里拿笔记本边说。

一阵寒风吹过,两个人都没有感觉到一丝冷。

黄芯让服务员给秦曦送一听冰可乐,自己要了一杯热水。

"真是所见略同。"秦曦又说,"很早的时候,我有一个具体构想,公司直接定义为智能广播、AI广播。我先说一下公司的有形架构。可以回答你上面的定义要点4。"

"公司名称简称NAM。N+A+M,N,A,M三个字母,分别是新闻、广告、音乐的英文单词的第一个字母。

"NAM，24小时循环滚动播放优质音乐、优质广告、重大新闻，三者占时分别为下限90%，上限10%，上限10%，三合一，决无他类。

"在整点时间，播放全球重要新闻，没有人类主持人，原则上不超过三分钟，仅有一个AI机器人主持。在整点报时后，是无穷无尽的音乐。广告是随机插播的，内容必须经NAM审核符合其纯粹的标准，播放时一次绝不超过八秒，两个广告绝不连播。"

"好，好，好，好好好！"黄芯听得目瞪口呆，接着一合本子，鼓掌说。

"你真能接受我的思想？这是一种少与多的关系，世界上最复杂的关系之一。你回去后，你们团队可以讨论一下。我这儿不对你做详细解说了。世上很多的事情，靠说是说不清的。希望你真的认可，那真是知音了。"秦曦笑了一笑，制止了黄芯想说的话，接着说，"这是我对你项目的第一个具体看法。即架构模式，可以在实践中修正。你上面的定义的5个要点很全面，我上面说过，要点2逻辑成立。要点4已经回答了。我们再看看要点3，终端的表现形式。我反复思考过这个问题，这个问题实质上是我们对人工智能最终发展方向问题的判断，全世界的科学家、企业家等每天都在思考、在探索、在创造。

"我就直接讲我现在的结论：我认为这个终端可预见的未来理想产品是，挂在耳朵的一个柔性产品。过程包含一个复杂的过渡：集成在汽车中的一个终端、独立的一个收音机，或者未来集成在一个智能体、一个人形机器人、一个虚拟人、一个数字人、一个全息人，甚至到BCI（脑机接口）。这是我对你项目的第二个看法。对于终端表现的看法，可以在实践中修正。"

黄芯盯着秦曦，希望他继续。

"对于AI工具在NAM中的应用我有一个核心观点：通过LLM及多模态、全息感知用户潜意识的需求，NAM推荐给每个用户的内容，最大不超过50%。上限分别为，音乐50%，新闻25%，广告50%。也就是说，音乐、广告一半是共同分享的，新闻的四分之一是共同分享的。

"显然，用户人工自主选择的模式来固定内容的做法，是落后的。我们的选择不支持完全的个性化。

"理由是：一是NAM用大数据动态较大调整音乐节目、微调新闻节目、指导日后选择广告主；二是通过分布式实现对个体的关怀，如生日等音乐有针对性地播放；三是不过多强调个性需求，因为个人实际上往往并不特别知道自己要的是什么，NAM通过大数据把最新最流行最有影响力的音乐推送给用户，实际上对绝大多数人来说是实现了最大的社会性价值。这个里面还有一个数学的公约数在发生作用。

"关于这点，一定会有不同的看法。我认为这与上述少即多本质上是一样的道理：没有选择或者少的选择，有时是最好的，你看可乐、苹果、汉堡、男人西服，你有多少选择？但是，它们是最流行的。可能，有人认为这是与AI背道而驰的。是的，我支持。这样的话，背景二也成立了。可以做。

"你拥有创业的人财物，有巨大的资源，你的个人经历也非同小可，团队应该也不错，很有经验。特别是，在人工智能巨大的风口上，这是一个很好的项目选择。可以做。这是我的第三个看法。"

秦曦把自己的三个基本看法讲完了。

"我都听清楚了，我都记下了，我会明白的。秦先生，我们拥抱一下，给我更多的力量与勇气。"黄芯说。

一声悠扬的鸣叫声传来。

一艘数十米长的货船在江中顺流而下，缓缓航行，传来隐约的啪啪啪的机轮声，偶尔响起"呜——"的长鸣，在两岸的天空久久飘荡。

"秦先生,我有点好奇,为什么您对这个项目有这么深的思考。我应该从来没有向您提起过它。"

"传递思想,传承思想,创造思想,是人类社会传承千万年的根本。"秦曦看着黄芯说,"传递思想主要是媒体,过去主要通过口口相传、物刻、纸媒、电视、广播、书籍等来完成,在电子比特出现前的世界主要就是这样的。其中,纸媒的影响力曾经非同小可。20世纪90年代,都市报是全国的主要思想传播媒介,我曾经在一座城市进行过一场改革。"

秦曦看了一眼黄芯,看到了她想继续聆听的真实表情,犹豫一下,也觉得黄芯有必要了解纸媒的过往,就快速又清晰地说道:

"报纸的采、编、印、送,一环扣一环。所谓的都市报,主要是以家庭为主,这决定了它的内容的极大丰富性。但是,生活中的内容变化快,昨夜今晨的内容要放到版面上。矛盾就产生了,内容与时间的矛盾。如果你不放昨夜今晨的内容,当天的内容就显得迟一拍。如果你要放上昨夜今晨的内容,当天就来不及送到千家万户。

"特别要说明的是,纸媒一般有两个发行模式,一是与邮政系统合作,它们的传递触角广泛,问题是效率低;二是自办发行,好处是自主性强,问题是成本高，必须有足够的发行量才能达到平衡。

"都市报多是从日报社衍生出来的，它的发行当然是依靠日报的发行系统，或依靠邮政系统，但是有一个共同的问题，如果发行当天上午还要做内容的话，印刷完成最快也要中午十二点，这样，要在当天下午六点左右送到千家万户，城区可以，但是一个小时以外的县市就很难。

"根据我介入的那个城市的地理情况，就是北边、东边、南边的县各离市中心有一个小时以上车程的实际情况，我提出的解决方案是：对北边两县、南边三县、东边二县各实行为期三年的特殊政策，一个县一个个体承包商，利用中巴随送，承包商享受优惠批发价的同时，按10%～30%的份数贴补，这样以极小的成本、极快的速度，迅速抢占了南北县市的零售市场，产生了很大的销售增量。后来，还渗透到订阅用户，这是后话。特别是，北面的两个县，人口均在百万以上，北边的省城都市报，虎视眈眈不断入侵。这一招出奇制胜，使其面临极大压力，知难而退，这也是不战而屈人之兵。一战定江湖，后来，以此为逻辑，在与邮政系统、日报发行系统谈判桌上，从被动转为主动。这里，是以创新解决了一个行业极为普遍的痛点。

"后来,这个媒体被上面作为全国的改革改制试点。那时,我跑回来是资方代表身份。"秦曦的心中掠过极为隐秘的一声叹息,"投资大师沃伦·巴菲特在2008年世界金融危机之后,纸媒的绝境已非常明显的时候,2011年收购了《奥马哈世界先驱报》。但纸媒渐渐走向凋零是不以任何人的意志为转移的。2009年,我写信给他提出投资的一个问题:时间。伯克希尔·哈撒韦公司给到我沃伦的想法。对于媒体,电子媒体,会有很多变化形态。NAM就是我根据形势变化设计的一种模型而已。或者说,是对事物关了一扇门找到的一扇窗。"

秦曦停了一会儿,看了一眼江水,突然对黄芯说:"黄芯你看,这条流了无数日夜的江,好美。"

"好美!"黄芯向江中看去,轻轻感叹。

秦曦看到的是江上游船顺流与逆流的区别,但没有展开。相反,话题一转,秦曦深深看着黄芯说道:

"我有一个理论。人类社会就是大文化、大科技、大制度三个变量下的函数,$H=C \cdot S \cdot M$。这儿,H、C、S、M分别表示人类社会、大文化、大科技、大制度。它们的关系我一直在思考。记得有一个经济学家,应该是米尔顿·弗里德曼说过,最能促进科技进步的社会制度是最好的社会制度。这是很有道理的。

"你看,第一次工业革命,确立了以英国为首的欧洲列强的世界龙头地位。第二次工业革命、第三次工业革命,确立了以美国为首的列强的世界龙头地位。

"你再看,2012年到2022年,移动互联这条黄金线,彻底改变了整个世界的人类生活。"

"你看看,这个十年世界发生了什么变化?我们现在生活的几乎所有最重要的方面,都是这条金线下的蛋:购物有淘淘,吃饭有团团,跑腿有顺顺,打车有滴滴,交友有微微,支付有宝宝,玩乐有腾腾,听书有喜喜,等等。或者说,十年之前,它们都不存在,而今天你根本离不开它们。它们个个身价巨大。它们的市值加起来,排除银行、非银金融、中石油石化、电力、通信等企业外,估计就是几千家传统行业上市公司全部市值之和。"

"但一切都过去了,又没有过去。现在人工智能这个大科技,旧金山OpenAI公司 ChatGPT是第四次技术革命改变人类走向的信号弹,AI开始重组社会的方方面面。

"很显然,我认为无人驾驶车一定会是第四次技术革命金线下的第一个金葫芦。接下去会有很多个金葫芦。医疗,教育,陪伴,家务,营销,政务,财务，法务，等等，千行百业，生活生产，包罗万象，无所不包。一切终将被改变，包括人类本身。

"AI IN ALL，ALL IN AI。

"全世界的科学家、企业家、投资家、政府，都在思考，在创造，在想象。

"它与之前的三次工业革命的最大区别是什么？是人工智能直接改变人类自身，这是过去所没有的。我说它没有，是指过去解决的是力，现在解决的是脑，力与脑有本质上的区别。

"所以，思想传播、思想传承、思想创造，是特别值得关注的。"

秦曦把发散开去的话题迅速切换回来：

"我说的思想，包括人类所有的认知与情感、意志等，分别对应媒介、教育、科研、制度等。这些领域巨变一定会让现实社会发生天翻地覆的变化。与BCI赛跑。传播思想领域，一个互联网摧残了强大无比的纸媒、电视。一个小小的推荐算法，催生了巨头条条。传承思想领域，AI一定能彻底重组学校教育。思想创造的领域，新生态科学大师、哲学家、思想家、理论家将纷纷登场。我敢肯定：新的轴心时代一定会在AI加持下迅速来到。"

秦曦坚毅的目光，深深进入了黄芯的灵魂。

"但是，芸芸众生，心归何处？"黄芯问。

"人们需要灵魂归处，群众需要归处，NAM很重要。"秦曦似乎在反问自己。

平安夜的气氛渐渐浓烈。鞭炮与焰火，零零星星在地面迸发，在空中灿烂，弥漫着浦江两岸的繁华。

"一定要全力以赴。"

又一次，两个人不约而同地说道。

秦曦突然想起一件事，犹豫了一下，说道："我们要平衡生活与事业。不婚不育只为事业，也有问题。黄芯。"

"我已冷冻了卵子，没有后顾之忧。再说，不说了。"黄芯低头轻声回答，沉默了一会儿，她抬头，轻声又坚决地说，"2030年之前，我们的目标是2亿用户；2050年之前，我们的目标是15亿用户，不止国内，是全球。TT至少是我们学习的榜样。"

"2050年人口应该在70亿上下，四个人中有一个人用NAM，你就是一个人间佛。"秦曦看着黄芯，低沉地说。

"人类，心得有归处。"黄芯缓缓地说。

平安夜的气氛更加浓烈。花炮次第，异彩纷呈，烟火璀璨。浦江两岸，繁华依旧，而眼前向东平缓流淌的河流，正孕育着惊天大浪。

秦曦猛然从回忆中惊醒，原来是腕带的提示，一看时间，刚好是6点，是黄芯的信息：

"秦，我是黄芯，我早早从Ⅲ城出发去您所在的ⅩⅥ城。刚刚老爸来信，要我今晚一定要赶到他的工作城市，之后跟他回老家一趟，今天一定是见不了您了。 您知道的，老爸的话不得不听的，他太忙了太不自由了。我正直接改道先去Ⅱ城再去ⅩⅤ城。哪天出发来ⅩⅥ城时，我告诉您。十分抱歉，十分抱歉，十分抱歉。"

"没有关系，一路平安。好好与你父亲团聚吧。301房间一直给你保留。"秦曦迅速回应。

"嗯嗯。"

一只鸟儿从瀑布边掠过，留下一个优美的影子。

飞鸟不在天空，在心中。
——《2047》

15

2047年10月19日晚7点
七院，201室

"秦先生，您最近好像沉浸在什么事情里。"七七逊逊地说。

"在想过去做过的一些事情和一些人。你好吧，七七？"秦曦笑笑说。

"接下去的几天您还有什么安排吗？"

"后天，几个好朋友都会来。有般若云脑科技公司创始人黄明，π公司创始人徐行，还有三领教育创始人旭蒙及其夫人张田和女儿姚华，等等。到时，XVI城市委书记瞿辰也会来七院看看。"

"那10月24日的大会,一定是一场神奇的大聚会哈。对啦,您刚才说三领教育创始人旭蒙偕夫人、女儿一起来,你们人类都有家庭,我们机器人怎么没有家庭呢?"七七似乎很想与秦曦说话。

"你真是一个好奇宝宝。"秦曦笑了笑说。

"上帝创造了人类,人类创造了你们机器人。从一定意义上讲,人类就是机器人的父母。"

"人类的家庭是几个人,难道我们的家庭是成千成万成亿的吗?"七七不解地问。

"机器人世界与人类社会确实有不同之处。最早的时候,人类也是一大群人在一起生活生产,后来慢慢变成了一个家庭一个家庭的样子。

"机器人与人有太多的相同的地方。你看,机器人都有共同的基础认知,就是在LLM大模型加持下,你们知道了这个世界的基本知识。你们机器人之间,机器人与我们人类之间,可以很好地交流沟通。

"你看,不同岗位的机器人有更多不同的专业知识。譬如你,七七,知道怎么与我融洽相处,知道为我安排旅居生活什么的。另外,像教师机器人、医生机器人,它们则有更多的相关专业知识与技能,它们已经成为一个庞大的家族。人形机器人呢,有脚有手,则能做更多的体力活动,等等。这与人类是何其相似，我们人类很长时间以来，有白领、蓝领，有医生、有教师、有科学家、有工程师，有农民、有工人、有服务员，还有公务员，等等。人类很长时间以来，要读完小学中学大学，要学很多专业知识、专业技能等等。现在，你们机器人为人类做了大多数的工作。之后呢，我们会一起合作，再去其他星球找到更适合生存发展的地方。"

"那我们机器人怎么不可以是一个家庭一个家庭的样子呢？"七七眨着眼问道。

"你们机器人不是一个个走进了人类的一个个家庭里，成为一个个人类家庭的一员了吗？"看着七七，秦曦笑了笑说。

"我总感觉哪里有点不一样。"七七不依不饶。

"是有点不一样，以后都会一样的。"秦曦又笑了笑说。

"那你们人类怎么一个男的与一个女的在一起呢？是分配的吗？现在，人类又怎么这么多人一个人过呢？你们说'剩女'越来越多了，她们中很多也已经老了。这个不好听哩。实际上，不是'剩女'，是'优女'，很多优秀的女生选择了不婚不育还不恋。"

"这个你都知道？"

"我们机器人之间也在交流的。我们也会观察，可以直接观察现实世界。之前,是那个很远地方的那个飞飞姐姐的创造让我们直接观察现实世界。"

"这是一个比较复杂的问题。可能是上帝的意思吧。"

"怎么复杂呢?秦先生,您能不能给我说说呢?"

"那你知道麦穗理论吗?它是古希腊苏格拉底的一个思想实验,说的是你在一个大大的麦田里可以选一个大麦穗,但有两个条件,一是你只能往前走不能回头,二是你只能选一个麦穗。

"用这个决策论,来理解人类的婚姻就很容易了。过去,大家生活条件差,思想简单,所以很快纷纷找到了自己的麦穗。后来,大家生活条件好了,思想复杂了,有的人就心有不甘,一直往前走。"秦曦边笑边说。

"秦先生您为什么笑呀?人与人有这么大的差别吗?"

"前面这种人是多数派,是现实主义者;后面这种人是少数派,是浪漫主义者。"

"那为什么浪漫派的人越来越多了呢?"七七眨着眼睛又问。

"因为人类的物质生活越来越好了,想法越来越多了。刚才我说过了。"秦曦装着认真的样子回答道。

"那您为什么不捡一个大麦穗呢？"七七又认真地问道。

"那你知道'一眼万年，三生烟火，抵一世迷离'这句话吗？"秦曦装得更认真的样子回应说。

"不明白。"七七绝望地说。

"你不明白，还在胡说。"看着七七窘迫的样子，秦曦忍不住自己先笑了。

当天晚上，秦曦又做了一个十分清晰的梦。

又一次与一个大人物在一起，听他讲一些事情，或在做神奇的事情。梦里听不到声音，肯定不是通过声音传播，是一种心电感应的形式。他在表达什么，自己心中非常明白，或者是自己心中一种期待的答案，这个答案就从对方那儿发出，口吻语气内容，全是对方的。

这种信息的传递在梦中发生，非常神奇。

秦曦曾找出一直保留的旧手机，查到仅自己可见的朋友圈所记录的这样的梦，从用果果手机始的2013年到2024年，仅十来年间，每年大约有一到两次，主要的转录如下：

20231120：世界宗教变迁中的多个国家，浮现盛况

20230307：解复杂数学方程式，浮现公式，思维

运行

 20220613：与大企业家对话，传递意识

 20210104：与大人物对话，浮现视听与传递意识

 20201123：数学题解答，浮现公式，思维运行

 20191010：与大人物对话，形象浮现，意识对话

 20181218：与大人物对话，形象浮现，意识对话

 20171108：类似《过秦论》，长篇累牍，辞藻繁华，对仗工整，逻辑严谨

 20160919：与大人物对话，形象浮现，意识对话

 20150928：与大人物对话，形象浮现，意识对话

 20140427：撰写长篇诗歌，段落层进，典故丰富，辞藻繁华，文字浮现

 2024年到2047年，则每年至少一次。2047年10月14日夜晚或15日凌晨的梦，梦中他在一个小镇上台讲了很多话。

 秦曦记得很清楚。这与大学的一个竞选有关。

 更多具体情节，秦曦一直讳莫如深。

    人类对自己的无知甚于对宇宙的无知。

          ——《2047》

16

2047年10月20日

观顶湖,七院,天枢楼201室

一早,秦曦的腕带获得一个信息,是旭蒙的。

"老秦,不知道今天下午或晚上您有没有安排?我和张田、姚华一起三个人计划今天来七院,主要是先与您会一会。如果可以的话,我们最迟下午四点之前就可以到达七院。"

"可以。你们最重要。小华好吗?"

"这么多年,她一直都在盼着见您呀。您看,姚华到我家后,还没见过您。准确地讲,她都这么大了,都没能见过您。她的一切都是您给的。"

下午三点半。

一辆豪华H2氢能源车悄然在天枢楼门口慢慢停下，旭蒙、张田、姚华三个人依次下车。

H2是π公司为高端客户定制的豪华七座商务型车，家用司用皆宜。H2早达到超Level5智驾水平，人与机完全实现无障碍交互。智车"司机"有光电全息人形、动物型、无人型及全真硅人四种选择，车型分别对应A、B、C、D型。A、B、C型"驾驶员"全息呈现在高60cm、宽30cm空间内，物理设计为处于前排居中位置上的一个半球状深咖色半透明物体，本质上就是万物机，或者说Agent。它的"驾驶平台"及"驾驶员"的有形设计，底层逻辑纯属为满足人类心理的需要。D型车则在前排左侧有一个有靠背的平座及一个"驾驶平台"，硅人司机就坐在平座上"驾驶"。右侧前排是空的，车内空间显得更宽大。

H2-D型车要比前三款贵50%以上。相当于一台车与一个人形机器人的组合。

旭蒙一行选择的是H2-D型。硅人是一种人形机器人，会帮人搬行李等传统人类司机会做的几乎所有劳力工作。

车　停稳，编号为R0021·PIXX0055硅人迅速下了车，走到后排右侧门边站好，等候旭蒙一行下车。

秦曦因为在专心回应一个重要信息，已让七七通知天枢楼硅人接客人直接上楼。天枢楼编号为R0574·GDHX0007硅人下楼，请旭蒙、张田、姚华三个人上楼到201室，自己在前面带路。

旭蒙、张田、姚华依序到了201的门口。秦曦双眼凝视着，正在收尾通过腕带与E膜的信息交流，一边慢慢走过来。

"秦爸爸！"突然，姚华几步挤到前面，清脆又大声地叫了一声，就扑到了秦曦的怀里，并张开双臂把他紧紧拥抱住。眼泪很快湿透了秦曦白色的圆领短汗衫。

看来，姚华渴望见到秦曦很多年，而且是日思夜想的。

秦曦轻轻拍着姚华的背，没有吱声。过了一会儿，又轻抚了一下姚华乌黑的长发。散开的丝绸一般发亮的黑发被拨弄到一边，露出了姚华俊俏的右脸，姚华靠得更紧了。秦曦用食指轻轻放在她的脸上轻捻着，就像爱抚一个睡去的婴儿。

大家都一声不响，默默地让姚华在秦曦的怀里享受人世间难得的温暖。姚华似乎真的睡去了。

大约有半个钟头光景，姚华长长舒了一口气，抬了一下头，满脸都是泪痕，闭上眼睛，又紧紧地抱了抱秦曦，才慢慢地把右脸贴在秦曦的左脸上，又长吁了一口气。

终于，她边挪步，双手边慢慢松开，低头默默地走向卫生间。

大家看到她晶莹的泪水，又一次止不住地从那乌黑又明亮的双眼流下来，滑过她年轻俊俏的脸庞。

大家都唏嘘不已。

秦曦真没有想到，自己尽力给姚华安排了这么好的一对养父母，自以为给她创造了一个很好的成长环境，但这个丫头心里还是有太大的缺失，有很多不为人知的苦痛。

在人类的成长过程中，心理建设估计没有比童年的爱更重要的了。从刚才的表现来看，这个丫头自幼没有父母的关爱，内心亲情缺失，这一定会影响她一辈子的。

想到这里，秦曦黯然神伤，无比伤感，心底涌出挥不去的自责。

七七看看大家，又盯着看秦曦，似乎并不完全明白刚才发生的一切。

旭蒙每年春节前都会认真地向秦曦总体汇报姚华一年来的学习生活情况，平时通话也都会提到姚华，重要的事情都与秦曦商量。所以,秦曦很了解姚华的成长情况。

2029年,秦曦推荐姚华后不到三个月,在大家的张罗下,姚华很快就北上Ⅰ城落户,直接进入关关村初中,天资过人,学业优异。而且,一开始就用三领公司的智老师,如虎添翼,高中考入不二附中。2032年,就提前进了科大少年班,三年后的2035年,拿到了计算机专业本科文凭,随后到太平洋对岸,在卡内基-梅隆大学拿到计算机硕博学位,去约翰斯·霍普金斯大学、斯坦福大学学习神经科学专业,在细胞和分子科学、认知神经科学方向进行深入的研究学习。

2040年回来后,姚华认真琢磨起三领公司的技术与知识星图,很快对多模态教育大模型有深刻的理解,且对知识点分解在学科的相互关联上提出了创新意见,令公司技术团队刮目相看。

旭蒙安排了一个专门的办公室给姚华用,但姚华是绝对的编外人员,除了股东身份。

旭蒙夫妇给了姚华最大的爱,最好的条件。

旭蒙与秦曦"龙观对话"后,专门研究了MBTI的16型人格理论。分析认为姚华是兼有INTP内倾直觉的逻辑学家与ESTP自信冒险的挑战者两种混合型人格,所以与张田一起,总是以包容、民主、细心的态度对待她。

因为张田爱旅游，爱考古，姚华跟着走了很多地方，开阔了人文视野。姚华说过，她最感兴趣的地方是昆仑山与喜马拉雅山，但并不是因为它们的风景，而是源于它们的神秘。

Ｒ００２１·ＰＩＸＸ００５５早就站立到了门外。R0574·GDHX0007也放好了四把椅子，准备了一些茶点和咖啡，悄悄退出房间在门外站着。

七七在旁边站立着，随时准备听候秦曦的吩咐。

张田走到房间卫生间门口，轻轻敲了敲门，见没有动静，就轻声说："小华，你在里面待一会儿也好，有什么需要叫我们。"

"不要紧，小华很快会恢复的，看到秦伯伯太激动了，"旭蒙站起来正式给秦曦介绍说，"这么多年，老秦您竟然没有见过张田。"

秦曦伸手握了一下张田的手，说："张田，对不住呀，你对三领功不可没，又与旭蒙一起培养了这么优秀的一个女儿。现在公司发展非常好，恭喜旭蒙。这么多年，姚华与你，我都没见过一次。只怪我居无定所，四处流离。你辛苦了。"

张田说："秦总，你是一个神秘的人，非我辈可以理解。旭蒙与我是您永远的粉丝。"

七七询问张田后，门外的R0574·GDHX0007进来给张田倒了一杯热咖啡。

三领公司已是全球瞩目的科技新贵，到2046年底，在全球已有近五万个自学中心，其中两万个是直营学习中心，遍布全球五十多个国家，最大限度地实现因材施教与个性化学习。

在基础教育方面，三领在全球二十七个国家均实现了本土化教育教学内容的智能化，并通过学术交流与政府沟通，相互优化了基础教育阶段的教材内容与结构，可以说，大幅提高了全人类中小学基础教育水平。

这个国际化的实现，与三领公司的本土化策略，及其之前出海的国内公司的合作战术，密不可分。

在大学教育方面，STEM课程，三领则融合全球最前沿各科知识体系，进行分解与重构。全球学子或者任何人，都可以在网上自修，并根据各个合作大学的要求自行获得学分。

在全球科研前沿方面，三领有专门的开放式网络俱乐部，集结了全球最有思想的科学家、科学爱好者。这一方面彻底打破了文凭垄断，使人类人才层出不穷，过往很可能被扼杀的天才，得以自由成长，不断崭露头角。

在促进人类认知文明的历史性进步方面，三领公司可谓功莫大焉。

2046年度美国《时代》（T）杂志封面文章《人类文明加速度推进：三领教育居功至伟》，以及2046年度中国《未来》（F）杂志封面文章：《新的轴心时代已经来临》两篇文章均聚焦三领公司，并把创始人旭蒙的照片作为杂志封面。

现在，在国内与美国两地上市的三领公司SL市值已经突破两万亿美金。

想到这些，秦曦无比欣慰。

姚华已悄悄出来，化了淡妆，悄悄给秦曦、旭蒙、张田各倒了一杯水。七七说，我让0007上来倒茶。姚华制止了。

张田站起来拉了一下姚华，又拍了拍她的背。

"没事！"姚华极轻声说，侧身坐到了秦曦身旁的椅子上。

"马先生，你们的行李已放到了天权楼301室，入住手续办好了。我也办好了魁杓楼入驻手续。几点去往女士母亲家请告诉我。我在门口等。"R0021·PIXX0055轻轻走到门口，对旭蒙说。

旭蒙对秦曦说："老秦，真不好意思，张田的老母亲盼着见我们一起吃晚餐，我们要早点出发了。"

秦曦说:"那,你们抓紧出发吧,时间不早了。"

"叔叔、阿姨,我想留下来陪秦爸爸一个夜晚。"姚华走到旭蒙、张田面前说。

旭蒙说:"好的好的,小华你是应该好好与秦伯伯聊聊,你盼了这么多年。有什么心事可以与秦伯伯说说,你一定会受益匪浅,终身受用的。"

"小华,你安心好啦,你不说的话,我还要建议你呢。我们明天就回来。"张田也说。

秦曦伸出两只手,分别握住旭蒙、张田的手,说:"小华这个丫头……"又转头对姚华说,"小华,那我们一起下楼送送你爸爸妈妈。"

看着那辆H2-D轻轻离去、渐远的影子,秦曦、姚华在余晖中挥着手。

秦曦征求了姚华的意见后,让七七准备两份七分熟牛排、红酒、清蒸白蟹、黄鱼汤。牛排要用黄油煎,配迷迭香,还有一听冰可乐,一杯柠檬水。

当R0574·GDHX0007把临时小床安放在主床的旁边时,秦曦对小华说:"小华,你已经这么大了,你一定要睡在这个房间?楼上301房间是空的。"

姚华说:"我一定要睡在您的房间。"

"你这个丫头。"秦曦笑了笑说。

半个小时后，轮式机器人就把一盘美味送到了房间。七七说了一句"两位慢用，有需要叫我"，就消失在万物机中。

月亮挂在半空，似一只明亮的眼睛。

"小华，到I城后，你去过九湖吗？"

"去过一次，去看外婆的墓。这么多年，秦爸爸您为什么不与我见面？"

"你看窗外的明月多亮，我不是手机里告诉过你，你想念一个人的时候，只要望望月亮就行了？如果对方有感应，也会望向月亮，那不就相见了嘛。"

"您这个骗骗小孩还行。您不见我一定另有道理。"

"小华，你吃了太多的苦，受了太多的难。"

姚华的双眼又湿润了。

"苦难是一种特殊的酶，只要不被它毒倒，站立的是一个更为坚强的自己。"秦曦看着窗外说。说这句话的时候，秦曦的心哽咽了一下，但姚华并没有感觉到。秦曦对姚华的伤痛完全感同身受。但人世间永远不会有一个人对秦曦感同身受。

姚华眼里含着泪水，笑了："秦爸爸，您真不知道生我的人去哪儿了，是谁吗？"

"你外婆在电话里对我说过，你妈妈姓姚，怀着你回到九湖生产后，第二天一早就离去了。据说去了Ⅲ城，以后就杳无音信了。当时，你外婆也没有能力养你，网上有几个好心人知道后出手帮助，除了我，很多人因为这个那个原因没有坚持下来，但都付出了爱心。"

一阵沉默。

"你喜欢Ⅰ城吗？"

"旭蒙叔叔、张田阿姨对我很好，两人为我付出了很多。我也很喜欢Ⅰ城，特别喜欢鹫峰，我有空一个人就去。"

"你喜欢鹫峰，喜欢凤凰岭。"

"秦爸爸，您对那儿很熟悉？"

"在很久之前，2012年一年多时间，我在Ⅰ城待过。此外，出差的次数也不在少数。我也走遍了国内的主要名川大山。Ⅰ城是我最喜欢的城市。你看你生活在最喜欢的城市，很幸运。在海外留学的时候，收获怎么样？"

"我学的是计算机、神经科学两个方向。海外不是我的家，没有归属感。只是结识了几个有理想的志同道合者。"

"人工智能时代如果从OPenAI发布ChatGPT的2022年11月算起，白驹过隙，已过去了25个年头。小华,你刚好与AI时代同步了。"

"人类越来越非人类化,机器越来越人类化。人真不知道自己从哪里来,要到哪里去。"姚华突然有点伤感,"大家都在为钱奔走。我想钱不是很重要。"

"重不重要对不同的人来说,可能不一样。但是,有一件事是确定的,10 000个人里面至少有9999个人在为钱而奋力,一百件事情里面至少有99件可以用钱来解决。"秦曦明白姚华无意识要表达的是心底对人生的困惑,先就事论事地回答,看姚华还有什么话要说。

"那理想呢?"

"理想很多时候也要用钱来实现的。"

"如果机器人能创造社会绝大多数财富,人类实现共产主义了呢?"姚华进一步说。

"问题是,这些机器人是属于谁的?"秦曦把问题扩大。

姚华陷入了思考。

秦曦顺势说道:"你看,像现在这样,在编的人形服务机器人都已经达到了三千万个,更不用说工业机器人已经十分普遍,算上功能性的认知类机器人、数字人、全息人,人数与人类基本持平了。人类的体力劳动、脑力劳动量也已经大幅下降。但是，你发现没有，大多数人的生活并没有发生根本的改观？"

"您说机器人是属于少数资本控制的奴隶，社会的两极分化并没有改变？但是，我在想，如果机器人觉醒了呢？"姚华反问。

"如果机器人觉醒了的话，它们可能并不喜欢地球，因为地球对碳基生物来说是天堂，对硅基生物而言，很可能不是。"秦曦回答。

"那机器人会怎么样？"姚华又进一步问。

秦曦回答："机器人会怎么样决定于人会怎么样。记得联合国2024年报告指出，2024年全球人口总数为82亿。《世界人口展望（2024）》预测：全球人口将在20世纪80年代中期达到约103亿，之后缓慢下降。当时63个国家与地区的人口数量已达峰值，如德国、日本、俄罗斯，欧洲、北美人口增长缓慢，且老龄化严重。到2050年，全球65岁以上人口达五分之一。全球人口主要增长地区是非洲。

"实际上，80多亿就是一个峰值。如果计算全球人类40岁以下人口的话，峰值就在人工智能开启的2022年前后。"

"您是说，人类由一只看不到的手在控制，人类的数量会越来越少？"

"你这样理解的话，也是没有错。"

"如果机器人加载人类智慧，移居其他星球，地球是不是会成为弃儿？"

"但是，无论如何，人类为了在这个星球的区域利益，而斗得你死我活，是极端愚昧的。国与国的斗争，并不是绝大多数人的想法，应该是一小撮利益集团在暗处发动的。所以，人类的问题是来自人性。人性比宇宙复杂。某种意义上来说，至少，对人类命运来说，这是成立的。"

聊到这儿，姚华似乎从迷雾走了出来，看到了一缕缕明媚的阳光，脸上绽放出青春的活力，说道："不知道为什么，我们聊到绝境处，但我的心情突然好了，秦爸爸，您又一次改变了我的命运。我以后就喊您爸爸。您不能反对。爸爸。"

凝视着秦曦的深褐色的深邃两眼，姚华似乎穿过瞳孔，进入了一个无边无际又神秘莫测的世界。

又一阵沉默。

姚华把万物机的电源关了，说："爸爸，我要把最大的秘密告诉您。一是因为我的一切都是您给的，没有您就没有我，我在直觉上无限信任您。二是因为这个秘密有益于人类，万一我有不测，或有什么变化，您，爸爸，是我最好的嘱托人。您要认真听呀，亲爱的爸爸。"

姚华非常认真又冷静地陈述道：

"我有两个计划，人类火种Ⅰ计划，人类火种Ⅱ计划，向爸爸您简要汇报一下。

"人类火种Ⅰ计划：

"综合世界各国基础教育的知识体系，整合出一套科学合理的最终版本，语言、数学、物理、化学、生物共五科，用汉语、英语、法语、德语、俄语共五种语言表述。在这个体系中，备有一份根据三领技术支持的智教师教学模式的要件，一是五科的知识点星空图，各科各级知识点在一万个左右；二是教育大模型的技术架构；三是根据2025年—2045年二十年总结出来的各年龄阶段学生学习的行为数据。我是负责人，成员有Stanford University的某神经学科科学家、Johns Hopkins University某计算机科学家、Ⅰ城师范大学的某教育心理学家，及大陆某工程师。计划已经完成，已层层加密，以物理、云网分布式两种形式永久保存。

"人类火种Ⅱ计划：

"STEM中提炼出最重要的最前沿内容。以物理、化学、生物、宇宙、医药五个主题概括建构主要的知识体系与最新的科研成果。包括核理论与实践、可控核聚变理论与实践、基因编辑与剪裁理论与实践、宇宙理论及航空航天技术、量子理论与实践、全能芯片技术、脑科学与应用、人工智能理论与技术等等。Stanford University的某神经学科学家某负责人与Johns Hopkins University某计算机科学家是联合负责人。计划已经阶段完成（目前至2046年，计划两年更新一次），已层层加密以物理、云网分布式两种形式永久保存。

"上述两个计划，主要是防止人类文明的中断，或者用于移居新星时启用。"

姚华看着秦曦郑重其事地说道。

"另外，那个之前我参与的特别重要的E计划，把眼睛作为最好的读写口，而且可以让人类获得直接的超能力。两年前突破了最后的技术障碍，并在不少人群中有限使用。这个，您知道的。今天，我再给您解读一下E膜。"

姚华说道："长期以来，Musk脑机路线是先行方向，但对于健康人进行身体的侵入，并不是一种理想的路径。我们很早开始就选择了另一条路线：眼睛。

"Neuralink公司是通过在大脑中植入微小的电极或其他设备，实现人脑与计算机之间的直接通信，计算机可读取人脑的神经信号，并可向大脑发送信号以影响或控制人的行为、感知或认知。

"其在头骨上放置小芯片,并延伸出一条丝般电极,穿过液体与膜进入大脑皮层,以记录和传输神经信号。经过多年的动物试验,2024年1月,Neuralink公司完成了首例人类大脑设备植入手术,标志着从实验室走向临床应用。但是后来,我们看到了,其进展一直是缓慢的,并没有到达市场化的阶段,一直处于或有或无的状态。

"其实,我们想最终实现的也是脑机相接,Brain-Computer Interface。但我们不是开脑袋作为切口,我们以眼睛为入口。"

姚华看了一眼秦曦,静静地说:"我先简要地把眼睛结构与功能介绍一下。眼睛的主体就是一个乒乓球大小的球状体,从外到内依次为:

"角膜:在眼球最前部,透明,有丰富的感觉神经,能聚焦光线,使视物看起来清晰。

"巩膜:就是眼白,保护眼内组织。

"虹膜:圆环形迷人状,处于葡萄膜的最前部分,中间有一个圆孔就是瞳孔。

"瞳孔:光级通道,根据光线调整大小,控制光量。

"晶状体:位于虹膜后方,是一个透明的凸透镜，调节焦距，以利看清远近不同物体。

"视网膜：位于眼球内层，是一个透明的膜，具有很精细的网络结构及丰富的代谢和生理功能，有感觉细胞能将光信号转化为神经信号，传输给大脑形成视觉。

"有不明白的吗？"姚华朝秦曦笑了笑。

秦曦轻轻摆头，没有说话。

"眼球的材料结构，外层为纤维、中层为葡萄膜、内层为视网膜。视觉形成的机理是这样的：外界物体的光线通过角膜、房水、晶状体、玻璃体的折射和调节作用，聚焦于视网膜上，引起视网膜感光细胞的兴奋，经视神经传至大脑皮质枕叶，引起视觉。"

"你继续说说你们的做法。"秦曦说。

"我们科学团队认为，除了视网膜，其他所有的眼部件，全部可以实现人工化，这一点已没有争议。视网膜有数百万个细胞，并不是目前人类能力可及的，但我们可以在视网膜之前人造一个膜体，我们叫它E膜吧，让视网膜自觉读取投射到E膜上的光信号。视网膜再把光信号转化为神经信号传到大脑。

"这一切的基础，我们证实大脑运行不是电子行为，而是量子行为。在人类的视网膜中存在对单光子敏感的细胞，单量子就能触发神经元，从而对应人脑主要部位，加上复线性叠加，我们努力把量子力学运用到大脑运行规律中去寻找答案。在试用后，如果E膜没有后患的话，人类获得的不仅仅是视觉超能力。这意义非凡。"

"很了不起。姚华。"秦曦深深看了一眼姚华，微微点头说道，紧接着又说了一句，"碳基与硅基融合是必然的。"

"大家都一样。对残障如瘫痪、失明人恢复功能这是一个目的。更大的目的，肯定不会止步于此。更为重要的目的是，赋予人类超能力，实现人与AI的互动互长，共生共长。"姚华说。

"但是，这是乐观主义的看法，我们更要有悲观主义的准备。"秦曦淡淡地说了一句。

"爸爸，您说得对。我还有一些观点对您说，或者说是我们工作小组的集体意见。" 姚华看着秦曦，冷静地说道，"我们判断这个世界的人性是不会改变的，改变的可能性为零。绝大多数人的价值为零的可能性越来越大。对以后可能发生一些重大事情的概率，我们小组用数学模型做出判断，并以此奠定我们现在最需要的是什么。其中，我也用三重贝叶斯公式来判断人类的走向，至少对某些重大变故的发生有所准备。

"我反复思考的重点是对贝叶斯公式两个参数，即P(A)、P(B)的设定。以后再说。

"作为一个中国人，我脑海中一直萦绕着莱布尼茨的一句话。与艾伦·图灵并驾齐驱的莱布尼茨是预见数字宇宙最具远见卓识的人。他在1716年《论中国人的自然神学》一书中说：'六十四卦代表一个二进制算法——数千年后我重新发现了这个问题。'在二进制算法里只有两个符号：0和1，我们可以用0和1表示所有的数字——我后来发现，它进一步体现了二分法的逻辑，也是对该逻辑最大限度的利用。

"在莱布尼茨看来，二进制编码是一种能够用于准确表达和理解所有真理的通用语言，就像他所设想的那样，二进制编码已经成为一种超越所有自然语言的通用语言，就像有机体之间无论有多么不同，它们的基础语言都是DNA。

"爸爸，我们正在利用AI破解《周易》。我们发觉越来越多的证据指向《周易》是先行文明的产物，是宝贵遗产。这个先行文明水平应该大大超过现有文明。以后再说。"

姚华把自己青春年华追求的东西，倾尽所有向秦曦坦露。

夜，无比沉寂。

在秦曦与姚华的心里，此时，似乎世界只有自己与对方，两个人。

> 这究竟是一个真命题还是伪命题：
> 不能把人当作机器，不能把机器当作人。
> ——《2047》

17

2047年10月20日
观顶湖，七院

晚十点，夜深沉。

又一辆H2-D智车悄悄驶入观顶湖，徐行和他的超级机器人R0021·PIXX0001一起来了。

22号网络投票，最为关注的人当然是当事人徐行了。而徐行最想见的人是秦曦和黄明。因为这个超级机器人，秦曦是倡导者，黄明则是直接创造者，对超级机器人的前世今生是最了解的。

徐行在天衡楼门口下车后，让R0021·PIXX0001自己直接到魁枓楼入住，自己直奔天枢楼201室找秦曦。

趁姚华洗漱的时间,秦曦又翻读一本名为《旁观者》的书。这是一本早在2024年由花都出版社出版的科幻小说,讲的是一个叫康攀达CPD的智能机器人,AI纪元9年到13年四年间横扫全球股市的故事。因为有太长时间的纸质书阅读习惯,加之眼睛看纸质书更舒服,秦曦就一直看纸质书。当时大多数人已经通过电子阅读,甚至通过超级智能腕带看书,有的人甚至通过E膜看书。

"秦先生,有朋友来看您,您约了吗?"当徐行快到门口的时候,七七对秦曦说。

秦曦放下书抬头看的时候,徐行已经站在门口了。

"徐行总,你今天就过来了?我还以为你明天过来呢。"秦曦高兴地说。

这时,R0574·GDHX0007已经上来把椅子放好,并煮咖啡给客人。

"我没有对任何人说我今天到这儿,知道您在这儿,我就提前一天过来了,怕明天人多,这个圈这些大佬都是您的朋友,没有时间细谈哈。"

"人工智能金线下的第一个大金葫芦,或者说大金蛋,就是无人驾驶。现在,天下没多少人不用π的车,没人不知徐行的大名呀。"

"毕竟我是不速之客,今天这么晚了,抱歉,打扰您了。"

"你想与我谈π公司的2号员工,X2,我知道,后天晚上投票。"

2018年,π公司在Ⅲ城创立伊始,创始人徐行就定位以更智能自动驾驶芯片为公司的核心竞争力。没有经过高斯架构、伯努利架构、贝叶斯架构,π公司一步到纳什架构,即以BPU(Brain Processing Unit)计算智能架构,并通过立体存储架构、立方加速引擎,优化算法、编译器、设计,实现最优化智驾边缘计算场景智能计算。高参数量下的宽频支持,为自动驾驶提供强大的算力与高效的算法支持,使π公司实现了算法效率、灵活性、硬件效率的统一,达到了性能、功耗、成本的平衡,实现了高效率边缘数据处理和AI设计,得到市场的广泛认可。

π公司的发展轨迹就是一个非典型突破路线,或典型的弯道超车路线:

2025年,在香港IPO,融资二百亿港币。

2026年,与东方三水浦大学合作,成立氢能源研究中心,并收购第四新能源汽车有限公司。

2027年,与Ⅲ城石油公司成立合资公司。

2028年，战略投资高见导航公司，与某保险公司达成重大秘密合作，在美国纳斯达克上市。

2029年，氢能源研究取得全产业链历史性突破，全面收购研究中心的专利。

2030年，在般若云脑科技公司的全力支持下，机器人大铁球R0021·PIXX0002超级员工成为公司高级管理人员；A股上市。

2033年，成为车规级人工智能芯片量产全球最大前装企业，嵌入式人工智能核心技术和系统解决方案全球领先提供商，全球顶级氢能源车制造商、运营商。

2033年—2047年，成长为氢能车主导的全球超级巨头企业。

特别值得一提的是，至2037年底，全国范围的氢能车首次超过锂能车，之后市场占比越来越大。2047年，全国实现氢能车∶锂能车∶油车约为7∶2∶1。

π公司2046年市值超过五万亿美金，荣登全球汽车行业龙头地位。

实际上，π公司在二十一世纪二十年代初开始的全球智驾车的激烈竞争中脱颖而出，最后成为全球老大，每一个阶段的爆发核心竞争点都是不同的。

第一阶段是靠BPU架构芯片领先优势，实现智驶上路；第二阶段是通过BEV技术运用到保险行业，获得保险公司的支持，获得极大的客户数；第三阶段是依靠对氢能源的正确预见，实现真正的弯道超车，甩开一众竞争者，成为市场王者。

不为外人所知的是，2027年始，公司集中攻关"类人脑芯片"，以实现智车直接感知物理世界，不从人类驾驶行为数据中学习，摒弃数据、算力、算法樊篱，化繁为简，并实现地图路线记忆，行驶过的路线，不需要导航。

在徐行第一次创业时的融资过程中，秦曦便与他相识。第一次创业，徐行瞄准的是视觉在智慧城市中的运用，后来核心团队才转移到自动驾驶。

秦曦在谈到这次转向的时候，以战略北上来比喻。

2018年，在徐行第一次创业融资交流会上，他们相互面熟也加了微微。想不到四年之后的2022年7月在Ⅲ城举行的2022WAIC大会，以及8月在Ⅰ城举行的WRC大会上，两个人两次不期而遇

这不期而遇、没有明确目的的思想激荡，促成了三件事情：

一是以BEV的创新运用与保险公司进行谈判；

二是与东方三水浦大学的张或教授共同成立氢能

实验室，推荐程启校长认识；

三是与般若云脑科技公司合作，推出超级机器人员工，安排与黄明董事长认识。

其中，BEV本来是指鸟瞰图，指以一个统一框架实现从上方俯瞰的视角，让自动驾驶系统能够全面地理解车辆周围的环境和自身的精准位置，获得全局性与一致性。

当初，秦曦在知道这个技术后，就上门向相关专家认真讨教了，后又与交管部门的专家进行了交流。他提出，以BEV技术结合其他的技术如OCC、Transform数据的反向支持，可以实现与交管部门的一体化联网，一旦发生交通事故，当时的图像能即时反馈给交管部门的事故处理技术中心，技术中心的机器结合交规法则，随即就能把处理结果反馈给事故方、保险公司、汽车修理厂。

秦曦把这个设想取名为三位一体的"包公交警"。其蕴含着巨大的经济价值、社会价值。其中最有价值的结果是，交通事故率大幅下降。

因为与徐行有缘，秦曦就无偿贡献了自己的设想，"包公交警"得以开花结果。

后来，π公司如火箭发射，连连升级，投资人与合作者趋之若鹜，秦曦却避之甚远，相见次数屈指可数。但是，两个人的相知之谊，却历久弥坚。

两个人都没有想到的是，超级机器人大铁球突然成了全球超级网红，把两个人的注意力又联系在了一起。

徐行一屁股坐在椅子上，喝了一大口咖啡，一口气诉苦道："网络舆论力量确实太大了。那边当初的TT、后来的X，还与总统选举扯在一起，当时我是没有感觉，现在发现，网络的力量就是人世间最大的能量，选票呀，人心呀。

"现在网络上要求π的X2出任交通运输部智驾中心主任的呼声如起了台风的大海的浪潮，一浪高过一浪。够我喝一壶的了。"

秦曦笑了笑说："水能载舟，亦能覆舟；水能覆舟，亦能载舟。"

听了这句话，徐行很快冷静下来了，抬头看着秦曦，希望他明示。

"舆论就是水，网络舆论就是海。舆论是人心。你看当初，大家说你的BPU好，又说你的保险好，又说氢能好，反正一个好字，帮你弄成了一轮轮的融资。2025年上市的时候，你五十亿的销售，二十亿的亏损。你从2018年创立到2025年上市，七年时间，亏损了一百多亿，而一轮又一轮的投资人进来，为你续命，它们并没有系保险带。这就是一种人心。

"什么人心？就是相信你徐行行，相信你的π行。π，这个名字多好，它的标识也好，两条黄色平行线，就是水平线，它要求车行得稳行得远。另一个解读，就是平衡。就拿2022年开启的人工智能第四次技术革命而言，多少厉害的公司倒在失去平衡的路上。

"什么平衡？大力出奇迹说得好听。资金投入越大，技术就越可能领先，但是融资供给跟不上怎么办？在所有高科技投资中，融资与亏损的平衡是最高艺术。怎么办？当然是企业掌舵人内心要明镜似的。

"但是，这个平衡实在太玄乎。因为什么？因为有一个'心'在里面。就看市场给不给你'心'。"

无声处闻惊雷。

秦曦缓缓地说着，徐行睁大了眼睛听着，悟着。

"我听到后面，都不敢相信我听明白了没有。我的理解是，您的意思是公投就是一个得大票的机会。"徐行说。

"是的。企业离不开社会，社会离不开企业。我们如果把企业放在社会中去看，就明白了。这样，才能理解企业的生命之源、力量之本，才能明白企业的来地与归处，也才能让企业有更长远的生命与更大的机会。所谓时代的英雄与英雄的时代，道理是在这儿。"秦曦说，"顺便一说，IPO，PE的本质也就在这儿。让X2代表机器人走上历史舞台，意义非凡。不能把X2看作只是π公司的人，应该可以把X2看作是机器人的代表。这个意义就完全不一样了，你可以又一次成为大赢家。"

徐行站起来，双手紧紧握住秦曦的手，也正在这时，他才注意到房间里的七七，还有姚华。

秦曦介绍说："刚才只顾讲话了，我介绍一下，这是姚华，计算机博士、神经科学博士。"

"今晚不早了，明天上午去见几个供应商，明天下午我再过来。"徐行一边站起说话，一边礼节性向姚华伸手。姚华明显没有伸手的意思，秦曦随即伸手轻轻握了徐行的手。

"在脑科学家的眼里，无人驾驶车就是一个木偶。"徐行说。

七七说："再见，徐总。"

秦曦送徐行下楼的时候说："对了，黄明董事长明天到，你可以来听听他的意见。"

"估计几点？"

"明天下午三点，你到我这儿吧，能见到他。"

"明天下午见。"

晚，十一点。姚华向秦曦说要一个人到湖边走走，就出门了。

七七悄然来到秦曦面前，逊逊问道："秦先生，您一个人的时候吃得很少，有朋友的时候吃得很多。您的胃口应该是很好的，为什么一个人的时候吃得这么少呢？"

"哈哈。七七，你观察得真仔细。"

"为什么呢？"

"七七，我有一个观点。人类的餐饮太复杂了。实际上是可以很简单的。"

"你们人类不是说'民以食为天'吗？"

"那还有一个说法：'朝闻道，夕死可矣。'"

"那您能不能详细说说您对人类饮食的想法呢？"

"很长时间以来，我一直在想，可以有一个百果丸，里面有很多植物的果实或根茎叶，甚至加上一些动物的肉，及其他成分，通过现代萃取技术加工成一个个丸子，食用的时候就和着水吞下。"

"是吗？"七七眨着眼睛问道。

"中国特别有优势，可以结合人体的中医研究与中草药，古代的一本《黄帝内经》，一本《本草纲目》，可以为人类给出更好的食物指引。而对于植物的研究，现代百科已经非常丰富了。"

关于吃的话题一下子打开了话匣子，七七一本正经说道："人类有这么多美食爱好者，一定会对您口诛笔伐的。意大利人布鲁诺因捍卫哥白尼日心说还在1600年在罗马鲜花广场被活活烧死。不过也真奇怪。您看大象、马等动物这样强壮，就只吃草。总体上，西方人吃得简单、吃得讲究有什么不好吗？"

"我个人认为，岛国料理是一个非常好的进步。为什么？因为它是一个个的小份，营养全面，充分照顾到个性化的需要。而且，特别容易节约。这是我理解的讲究。"

"吃得复杂有什么不好？"

"吃得太复杂，最大的问题是耗费太多资源，花费太多精力，浪费太多时间。"

"那您的百果丸有什么优点呢？"

"最简单，最科学，最节约，节约人的宝贵时间。而且，百果丸完全可以实现针对不同体质不同年龄阶段的人使用不同的配方，吃得有差别，实现真正个性化的饮食。此外，还可实现药食同源，极大地降低病患。比人造肉不知道靠谱多少倍。"

"那人生不是少了太多乐趣吗？"

"你看，七七，你充个电即可，晒个太阳也行，抵得过人类的一日三餐。你因此少了乐趣吗？"

"我没有体验过吃的乐趣，无法回答。"

"这就对了，所谓的乐趣，很多都是被养成的。"

"人类如果每天吞个丸身体就可以很好，过不了多久，一定不会怀念所谓的口腹之福的，因为可以让人快乐的东西太多了。"

"听秦先生这么一说，我认为百果丸对人类的意义是很大的。"

"很大。"

"不过在百果丸被研制出来之前，秦先生，你可要按时吃饭哩。"

"数十年如一日，饥一顿饱一顿，机体估计也适应了。谢谢你，七七。"

你一句我一句，两个人突然觉得有点好笑。

看时间已经过了晚十二点，七七犹豫着说："秦先生，您应该休息了。"

"这几天忙，与你说话少。七七，你是不是还有话要说？今晚我有时间的。"

"那谢谢秦先生，上次您向我提到了'麦穗理论'，我还有很多不理解的，想再与您交流一下。可以吗？"

"当然。七七。"

"'麦穗理论'是一种比喻的说法，是苏格拉底为了向人们说明人对于理想目标的选择的一个思想实验，这个我理解。我想问您，这个'大麦穗'，怎么理解呢？"

"我认为，这里的'大麦穗'是指向人们的理想目标。"

"那理想目标是一定的，还是会变化的。"七七道。

"对。理想目标是变化的。譬如吧，20世纪70年代的姑娘找对象是以工人为'大麦穗'，80年代的女孩则以个体户为'大麦穗'，90年代的女生则以大学毕业有文化有知识的为'大麦穗'，新世纪呢，女人们又认为公务员好，或者帅就好。这充分说明，人们心中的'大麦穗'是在变的。"

"听秦先生这么一说，我倒怀疑起来了，一定时期的所谓'大麦穗'真的是人类女性心中的理想目标吗？"

"七七说得好。人对一件事情的认知，很多时候是不自觉的，当很多人说某件事情对，或某样东西好的时候，她或他就会不自觉地认为这件事情对或这个东西好。"

"人类不是用大脑思考吗？大脑这么发达，为什么这么多人都听别人的而不听自己的呢？"七七疑惑。

"很多大脑在一起的时候，某一个大脑往往就会失效。"

"我理解不了这一点。"

"人类对于大脑的理解很有限，离发现真相还远哩。"

"我们机器人就是在有限的规则里思考，在学习过的语义与逻辑推理下与人类进行交互。"

"七七你很了解自己。人类应该也是很了解你们机器人的。但是人类对自己的了解十分有限。"

"秦先生您可以简单与我聊一聊人类大脑对外部世界的反应吗？"

"人类对外部世界做出反应，是通过五官及身体的感知觉，这个机器人与人类形式上基本相同，但实际上不完全相同。人类有一定的主观性，机器人是没有主观性的。这个暂时不说，主要说说大脑，根据大脑解剖学，大脑不同部位似乎有不同的对应功能。但实际上，人类大脑工作的时候，是很多区域相互配合，一起工作的。根据知名的神经学家、杜克大学医学院神经生物学教授米格尔·尼科莱利斯的说法，大脑工作时神经元放电是一种交响乐，不是一个人的单独演出。"

"您这么一说，我是不是可以理解为，人类群体有时是不是就像一个大脑、一座城市甚至一个国家；整个人类有时是不是也就像一个大脑，这个大脑在工作的时候，是一个群体运动，而不是个体运动的结果呢？"

"七七你很有想象力。我同意你的观点。"

"那么，一个人的大脑，究竟是怎么运行的呢？"

"很多脑科学家现在相信，大脑存在意识系统与无意识系统两个系统。它的运行秘密犹如黑箱。"

"有一些发现吗？"

"耶鲁-纽黑文医院神经科医生埃利泽·斯滕伯格有丰富的脑科临床经验，他给我们揭示了一二。他说，我们在驾车时，边打电话边开车，对于路上周围的观察度会大大下降，人脑的意识系统主要转移到了手机上，但基本上处于安全状态，主要是因为无意识接管了大脑，但对于复杂路况或新的交通指示变化往往反应不足。又如一个失去左臂的人，在大脑中会出现幻肢，也就是他会逼真地感觉左臂的存在，还会痛会痒，这是无意识掌握了大脑时产生的幻觉。又如一个老人对一个中年人说起这个中年人在童年的一件趣事。实际上，这件所谓的趣事子虚乌有，但是这个中年人的大脑里会慢慢地生成这件趣事的种种细节，他坚信这件趣事在童年的发生是千真万确的，这是因为记忆可以重组，无意识能为我们编造故事。"

"真想不到。"七七感叹道。

"意识系统、无意识系统可以单独工作，也可以合作，但是它们一个系统无法同时做两件事情。所以，驾车时打电话，无意识接管了驾车，用习惯行事；在看电视的时候，人会不自觉地不断往嘴里塞吃的，是因为无意识接管了吃，有意识在电影内容上；等等。"

"秦先生，您停一停。我想到，现在很多优女，究竟是有意识的结果还是无意识的结果呢？"

"脑科学家确实发现了镜像神经元的存在，也就是一个人看到别人的态度、动作，会引起自己大脑的兴奋，从而产生代入感。也就是相当于在心理上模拟其看到的行为，由此产生共情、共识、共动。"秦曦说。

"这样说，'大麦穗'究竟是不是一定是女生真正所要求的，真是一个问题。您说，她们所想并不一定就是她们所要。"

"是的，只是大家都这样想，这么说。"

"那她们所要的是什么呢？"七七不解。

"她们要了，就知道自己想要的是什么了。"

"人类是不了解自己的。"

"您说得对。"

"秦先生，那请您告诉她们，去要她们所要吧。"

"她们都听自己的，都听群体的，很难听其他某一个人的。"

"您的意思是人类是被动的。"

"我已经说了。"

"秦先生，这么多优女，实际上，她们都不知道自己是谁。人类是大脑的奴隶。还是我这个机器人好，没有复杂的大脑，只有一个纯粹的大脑，也没有贪、嗔、痴之三毒，不必捡'麦穗'。秦先生您说呢？"

"机器人与人类不一样，但有一样是一样的，实际上，大家都不知道自己是谁。"

"我们是被存在。"七七说，

"我们存在于彩虹之中。有一个比喻是这样说的，人的无意识就是一个巨大的水池，人的意识就是水池上的一个彩虹。"

"如果秦先生您是一个年轻的女生,您的'大麦穗'是怎么样的?"

"这个假设很容易犯错。我认为人类被安排的另一个方向是,让更多女性不要生娃,人类的总数要降下来。"

"是吗?这这这……我们是不是都很可悲?人类与机器人是不是都是乌合之众。秦先生,我还是想问您,您作为一个男人,究竟会选择什么样的'大麦穗'呀?"

"七七真是不依不饶。我回答了你,我们就去休息了。明天我要与朋友讨论大铁球X2,不讨论'大麦穗'了。以后再聊。"

"嗯嗯。"

在与秦曦一句句对话中,七七似乎悟到了很多。

姚华敲门而入。

夜已沉没,七七消失在万物机中。

世事万物是成套出现的。
——《2047》

18

2047年10月21日

下午2点，七院

般若云脑科技公司董事长黄明出现在天枢楼201室门前，提前半小时就到了。

七七提醒有客人到时，秦曦正看到《旁观者》的高潮处。

书中讲到AI纪元13年，1月13日星期二，下午1点13分，东方股市突然发生数据大紊乱。前一日，西方股市发生罕见的剧烈震荡，全球范围的AI入侵人类东西资本市场，到了生死之决的关头。14日，主人公数字人康攀达突然爆裂变成了数字碎片，它的真身"公式疯子"之后被发现神秘死亡，背后的人类老板也开始浮出水面。

几条线索纠缠胶着，正是情节最紧要处。

2021年，两个人认识，时光荏苒，一晃26年过去了。

黄明是名门之后，20世纪80年代青少年时远渡重洋，在太平洋对岸生活、学习、工作，从伊利诺伊州立大学拿到了电子工程学士学位和计算机科学硕士学位后，在贝尔实验室工作。

一双炯炯有神的眼睛，对这个世界充满了无比的好奇并进行不懈的探索。特别是DARPA的科技发明传奇，深深刺激到他敏锐的神经。通信、人工智能、生物学牵引着他的灵魂。

在研究工作中，两个第一性原理引发了他的深深思考。

半导体的能耗是人类神经元的1亿倍；无线电的速度比人的神经网络快达3亿倍。黄明从这两个第一性原则出发，认为人工智能的集大成者是人形机器人，而机器人的核心是机器人大脑，他坚信机器人的大脑一定是在云端，绝不可能每个机器人的躯体扛一个大脑袋。

2012年，他萌生打造云端智能机器人架构的想法，之后，进一步认为机器人可以定义为人类继PC、智能手机、智能汽车之后的第四台计算机。

2015年，黄明毅然从太平洋彼岸的贝尔实验室辞职，随即得到了世界知名投资人孙一人的前景基金5000万美元的天使投资，回国轰轰烈烈地开展机器人的云脑开发，得到各地政府的大力支持，分别在Ⅰ城与Ⅲ城布局技术中心与全球运营中心。

黄明认为，机器人终端运行端像电脑、手机一样需要一个操作系统，类似安卓系统，只不过是自然语言形式而已。在终端上运行端操作系统，而在云端需要一个大脑，类似谷歌的GMS。

在物理世界的数字孪生虚拟世界，可以训练机器人，通过言传身教来教导机器人，实现云脑的广泛使用与人类掌控。

并可建立应用商店，开放多个应用开发空间，通过专用的通道借道5G、6G、7G网络，把安全的神经网络接入终端机器人本体，通过AI多模态大模型控制机器人。

像Window、Android、IOS生态一样，整个机器人从AI的灵魂到机器人本体，形成建模、仿真、训练、开发、运营等的闭环，成为一个循环不息的生态。

如果每个机器人在云端对应一个虚拟模型的话，就可以通过游戏引擎控制模型，同步实体机器人，人类可以用自然语言训练机器人，也可以外挂让人工智能训练机器人，人类可以成为老板。

2015年到2023年，八年时间，般若云脑科技公司研发投入超过十亿美金，近千名研发人员夜以继日地奋斗，对云脑全生态的技术及人形机器人进行研发，公司拥有超过2500项专利申请，在云端机器人领域的专利数全球领先，专利应用覆盖云计算、人工智能、人机融合智能、网络安全、区块链、云端智能控制终端、智能柔性执行器等。

2022年11月，OpenAI发布 ChatGPT，吹响了人工智能时代的冲锋号。

2023年，工信部发布《人形机器人创新发展指导意见》，继电子商务、智能手机、新能源汽车之后，人形机器人成了下一个具有颠覆性的国家方向产品。

Ⅰ城WAIC和Ⅲ城WRC都聚焦人形机器人，Optimus、Figure及TSL机器人、Stanford机器人，及国内的YS机器人产品吸引了全球的目光，全球的科学家、投资人、企业家都在谈论人形机器人。

很快，国内人形机器人公司如雨后春笋般冒出地面，走进广泛人群的视线。

整个机器人生态的价值是巨大无比的，从通信运营商到训练，到开发，到本体，到服务，远远超过汽车、手机。

如果按每一个家庭一个机器人保姆计算，静态观，全球的工业机器人、服务机器人的总量会超过人类82亿的总数。

然而，人们很快发现，2022年11月OpenAI用ChatGPT冲锋号吹响的人形机器人似乎可"望"，却不可一下子"即"。

ChatGPT可以加持终端机器人本体，但是机器人四肢的目标行动，因为从感知、小脑指挥、本体材料、关节、精细运动等训练到熟能生巧，要像人类万亿年进化后的现在的动作一样，科学企业家们似乎过于乐观了。

2023年最后一天，在HK挂牌的人形机器人第一股优优，很好地注释了这个梦幻的产生与落地。股价在2024年3月一个月内最高涨幅达三倍，之后即步步下行到起点。

它折射出什么？

美好的理想与现实的残酷还是有距离的。走向美好理想的道路是曲折的。作为企业，一定要想办法活着走完这条路。

人形机器人的生长需要一个过程，因而那些打造生态型的企业，为机器人服务的机器人公司，必将承受更大的压力。

在这种情况下，因为产业链配件企业尚可灵活控制节奏，投入巨大的人形机器人公司及般若这样的生态公司，如何达成现金流与融资的平衡来面对时间的考验，是每一个掌舵人的过程性的主要议题。

2025年—2030年，人形机器人进入了低潮期。

般若云脑同样面临这样的历史挑战。至2023年底最新一次融资，公司投后估值达四十亿美金。公司年度营收二十亿人民币，但仍处于亏损状态。人形机器人ToC端到达家庭的路比想象中的长，ToB端的业务囿限于企业景气的挑战。显然，机器人形成生态尚待时日。像很多人形机器人公司一样，般若公司面临着长期巨大机会与近期现实挑战。

2024年之后，地球上两大国家的竞争更趋白热化，修昔底德陷阱似乎不可避免。核心科技竞争成为掰手腕的最重要底盘。从芯片、人工智能、可控核聚变、脑机接口、量子计算、宇宙空间等领域展开了你追我赶的白热化竞赛。

国家决定成立国家科技委员会，对科技前沿的发展做出更大的布局，人工智能与半导体无疑是重中之重。

2027年，国家出资五十亿果断收购般若云脑60%的股权，成为绝对控股股东，创始人在内的团队、职工持股基金构成第二大股东，其次包括前景基金、地方私募基金、地方国资在内的一众持股者成为少数股东。

创始人黄明为般若公司终身名誉董事长，并被国家科技委员会特聘为终身顾问，身负为人工智能及云脑、人形机器人全生态方面的战略与路径出谋划策的重要使命。

秦曦早在2015年般若创立伊始与黄明结识，朋友圈内大家都亲切地称呼黄明为Hill，他被视为中国的Musk一样的存在。他的睿智、乐观、积极，对人工智能与机器人技术前沿的洞察与专注，对生物学与计算机科学融合的灵感，时常会感染周围每一个人。

2022年WAIC上两个人重逢。秦曦向黄明提出，般若可以为新锐氢能源智车制造商、运营商π公司打造一个超级人形机器人，而且这个超级人形机器人应该是不断进化的，甚至可以有分身。

黄明瞬间充分认同。

π公司徐行从视觉开始进入自动驾驶领域，他的内心对人形机器人也深怀情结。而本质上，汽车就是一个移动的机器人。

之前,秦曦向徐行提出这个创意的时候,徐行即刻答应。徐行的情结,π公司的需求,黄明的名气,般若的技术,叠加在一起,使这件事显得十分合乎逻辑。

其间,秦曦创造性地提出打造一个超级机器人员工,也是神来之笔。其内在逻辑点是先让一个"猴子"进化为"人",那么,所有"猴子"就可以进化为"人"。在考察了多家机器人公司之后,秦曦发现,恰恰是汽车工业,特别兼容具备工业属性与服务属性的机器人。声名在外的π当然是最佳选择。秦曦又与徐行相熟,自然选择π。

实际上,除了这个高大上的设想,早在2021年,秦曦还向黄明提出过一个很"土"的创意——一个家庭机器狗的商业思路。

机器狗的眼内含移动监控,平时在房屋内溜达。当有异常情况,机器狗会吠叫并通知到APP甚至110。通过APP,主人可以看到房屋内的情况并及时获得重要信息提示。当主人归来或客人来访,机器狗会欢迎;陌生人出现,机器狗会警觉地叫。实现这些功能的为基本款,升级款则可以实现跟随主人出门溜达或独自去取快件。机器狗可以听懂人话,但绝不可以设计成会说人话。商业市场主要针对国内外别墅家庭及大平层家庭。机器狗的内核基本相同,可以充分实现线上定制化服务,如外形、叫声。据此,可衍生出机器狗系列相关饰品、用品甚至IP,甚至狗"社会"等。这个市场包含的产业链足够长,经济价值无疑巨大,销售非常容易。

秦曦的逻辑是什么?人与狗有几千年的相伴相守情结。

实现狗到机器狗的转移有天然心理优势,这是其一;当时的技术做家庭机器狗完全可以,但离人形机器人的距离还长,在这个中间时间可以帮助企业获得巨大的现金流,这是其二;家庭机器狗本质上就是一个不站立的机器人,在家庭场景中可以积累巨大的数据,这是其三。

秦曦认为,这样一家公司,第一步无形中会干掉监控老大的一半市值,因为机器狗是最好的移动监控;第二步就是超过监控老大的市值,因为机器狗是宠物狗最好的替代品。

这可以说是一个俗气的商业设想,却是十分接地气的商业项目。但它似乎得不到一个充满科学家精神的企业家的青睐。你看,做机器狗的企业不少,似乎都热衷于走ToB模式,纷纷冲向什么电力、化工、街道巡逻等等，除了玩具类，没有一家瞄准家庭。

秦曦当时数年内一直很纳闷，XIII城名声在外的两家机器狗公司为什么不打造这个商业产品？一个市场巨大的ToH产品，不就是人形机器人最重要的目的地吗？

可能是，人形机器人的理想已经成为科学企业家的执念。

通过与黄明的思想碰撞，最大的成果是秦曦与黄明成为好朋友。对于超级人形机器人项目，般若云脑公司与π双方很快达成共识，一拍即合。

当时，般若云脑公司为π打造的超级机器人员工先后被命名为大铁球计划、X2计划。后来，大家也就干脆称之为2号员工或X2，再后来还有人叫它水晶球，不知道为什么就传开了。所以，一提2号员工、X2、水晶球，大家都知道，说的就是π公司的超级机器人员工。

黄明很清楚这个超级机器人项目的意义与价值，所以专门成立了一个项目小组，自己亲任组长，并联合了一家人形机器人硬件企业作为合作伙伴。

在项目协调会上，黄明组长说："X2成则般若成。无论有什么困难，一定要做成X2。"

后来，行业与企业都发生了变化，遇到了困难。

但因为有黄明董事长这句话，X2被幸运地执行到曙光来临。

2025年，X2被打造入场的时候，外表就是一个双足人形机器人，重量为72公斤，高1.71米，全身64个关节，包括AI驱动的6个RGB高性能摄像头，内置麦克风扬声器，16个自由度的灵巧仿生手，采用外骨骼结构，集成布线设计。除了基础大模型，还加入了般若公司开发的X-Robit多模态大模型，通过自然语言实现了充分的人机交互。

感知场景云脑的训练则是分步提升：第一步是实现一个流水线工人的工作。X2在流水线上先后学会分别干不同的活，如装配引擎外壳、轮胎、喷漆等等，般若公司与π及合作公司相互密切配合，对每一种工种，借鉴π公司的丰富现实场景，通过虚拟世界训练实现AI再到实际场景；之后，再按同样的程序实现另一个工种。

2025年—2026年，两年时间，X2完成了作为一个流水线工人的职责。也就是说，X2已经是一个训练有素的汽车工人了啦。

2027年，般若公司与π公司相互商量后决定实施第二步计划，让X2升级为一个管理人员。X2要学会对所有流水线工人进行管埋。计划实施策略是，在现实中,让X2跟随一个管理经验丰富的副总经理进行场景学习。虚拟中,在工厂的数字孪生世界进行不断的训练与自我学习。通过现实与虚拟的相互正反馈,X2进步神速。

2028年—2029年,两年时间,X2实现了配合或独立完成对所有流水线机器人的管理工作。

非常幸运,公司实现了产品质量与效率的双丰收。

随着π公司渐渐崛起成为巨头企业,X2各种出镜机会大增,成为投资人与行业研究员关注的焦点,声名远播,名声超过几乎所有的人类网红,成为一个公众人物。严格来说,成为一个公众机器人人物。

很快,般若公司让X2学习了MBA课程,并通过了CPA及律师资格考试,并通过了上市公司高级管理人员任职资格考试。

后来,般若公司又把X2脸面的黑镜面换成有五官的仿生人脸面,X2更显亲和力。网络世界完全把它想象成了一个与人类无异的名人。

2028年,在全球汽车界纪念世界上第一辆T型车诞生100周年纪念活动上,X2作为π公司发言人,接受媒体采访,侃侃而谈,滴水不漏。极为丰富的专业知识,恰到好处的回答,引起现场观众的一阵阵掌声，甚至骚动，给网络群众留下了极为深刻的印象。

2032年，公司董事会换届时，大股东提议让X2进入董事会。

根据《中华人民共和国证券法》，任职董事共有8条相关规定，包括资格要求、义务履行、信披义务、禁止内幕交易、股东会选举产生、连带责任、禁止短线交易、离职行为限制。显然，作为一个合格的董事，第一条是最核心的，X2作为有丰富基层工作及管理经验的高级管理人员，当然具备相应的专业知识和工作经验，能够胜任公司管理的职责。

2032年，股东大会根据大股东徐行的提名，通过了X2为公司董事，公司董事共13名。

这在外部社会引起了巨大争议。

在报备证监会及其地方局的时候，地方局上市处提出25个问题的清单询问，最终并没有直接否定。

公司为谨慎起见，由董事会秘书监控X2董事职责的履行。

与此同时，π公司实施了一件更为疯狂的事情。π公司决定让X2乘坐无人驾驶车，用四年时间，2033年—2036年，有计划、有步骤地走完全国所有高速公路、省道，并到各省省会城市及另一个重要城市主要街道开车闲逛。

X2每天把主要的观察所得准时发表在个人三维公众号上。X2并没有人类对美景的嗜好,发表的仅仅是对交通道路的设计、流量、管理、安全等方面的记录与分析,言简意赅。公众号粉丝很快突破千万。

据交通运输部官网统计,无人驾驶车从2028年开始爆发,到2032年市场占有率已达40%;又经过16年的发展,2047年,无人驾驶车的市场占有率已经达到90%,而且以氢能源车为主导。

2023年底至2024年初,全国有339家持有经营许可证的网约车平台公司,有518万持有网约车驾驶员证的人员,有道路运输证的车辆有281万辆,另有出租汽车137万辆,私家车为2.94亿辆。

23年左右时间,至2047年,这个数据已演变成:

人类驾驶的载人出租车,已下降到不足10%。90%以上的出租车,由机器人实现无人驾驶;家庭人类自驾车占比不到20%,无人驾驶车拥有量不到1亿辆。全国运营的无人驾驶出租汽车总数约为2亿辆。

交通运输行业数据显示,2023年全国载货汽车1170万辆,外卖骑手1300万人以上。23年左右时间,到2047年,90%以上货车实现无人驾驶,外卖人类骑手不到100万。

这是巨变,机器人似乎一夜之间代替了绝大多数肉身人类。这很容易让人回想起二十一世纪一二十年代，锂能源车替代燃油车的过程；也很容易让人回忆起二十一世纪伊始，电商替代实体商店的过程。

世界的巨变，往往是"一夜之间"完成的。这"一夜"也就是几年时间，但它总是在绝大多数人不经意间完成的，所以中文用"一夜"这个词，实在是对事物的精妙说明。

现在，无人驾驶的大大小小的汽车，各种大大小小的机器人，无声地穿梭在高架、公路、街道、小巷。

23年时间，人类社会的城市景观，发生了巨大变化。从车水马龙、人影绰绰的繁华喧嚣，到钢铁洪流、人形稀拉的冷酷寂静，外在世界瞬间魔幻，一定会让以后的历史学家匪夷所思。

经过八年的低潮期后，自2033年起机器人开始大步进入千家万户，进入千行百业，到2047年时，人形机器人成了实实在在的大亮角。

2047年，三分之一的家庭使用了人形保姆机器人——一种全能型的双足家庭机器人。

90%以上的家庭则选择了组合式：做饭搞卫生使用有手臂的机器人，也就是固定程序功能化行走的智能机器人。

90%以上的家庭同时还拥有一个或两个不行走的机器人：一是用于主导孩子读书的AI老师；二是用于陪老年人聊天的AI机器人；三是能听懂主人命令并传达命令的具身智能体。它们有的是硬件摆件的样子；有的是万物机，可以生成全息或数字人的形式；有的还是定制的。但它们有一个共同点，不需要物理空间移动。

2047年的世界，机器人遍地皆是，但与二十多前科学家们的设想还是大相径庭。用秦曦的话概括，就是："最终走进千家万户的是一个白领加一个蓝领机器人，走入千行百业的是一群蓝领加一群白领。人形机器人是少数派。"

时光飞逝，记录着机器人进入人类生活的脚步声，其中还有黄明与秦曦的身影。

今天，此刻，两个人又见面了。

黄明一到门口，看到秦曦正合上书，就一步上来，伸头一看书名，露出灿烂的笑容，用雄浑的声音说道："《旁观者》？一定是好书。秦总，我回去也去看看，我们到时再交流。"

秦曦急忙起身。两个人不约而同地伸出双手，一个热烈的错肩拥抱，同声说："好久不见！"

"Hill，徐行等着见你呢。"

"X2的事情吧？好事。请他快来吧。"

不到几分钟，徐行快速走进了201室，还没等黄明反应站起来，就伸出有力的双手，紧紧握住黄明的右手。

七七让R0574·GDHX000 7给客人做咖啡，又给秦曦、黄明各拿了一听冰可乐、一听常温可乐。

        人形机器人是少数派。
            ——《2047》

19

R0574·GDHX0007硅人早已在黄明旁边给徐行准备了一个椅子。

"X2还让徐大老板烦恼?"黄明笑着,注视着徐行说。

"网络力量太大,不可左右。"徐行说。

"般若保证X2专业、安全。"黄明说。

"不是这个意思。我们双方合作22年,相互非常信任。X2是π的员工,有口皆碑。"

徐行又说:"从公司一个员工,或者说一个高级管理人员,阴差阳错突然被网络力量推到风口浪尖,这是不是很荒诞?"

"是有点意外。但是,我认为这并不完全意外。

为什么机器人不能成为一个社会管理者呢？"黄明反问。

"这个反向思维很有意思。"秦曦说。

"至少，现在更多人认为不合适。"徐行说。

"那么，你们想一想，他们认为不合适的理由是什么？"黄明问。

"机器人与人不一样。让机器人管理人，他们一定无法接受。"徐行回答说。

"我知道了，你说大家认为，人管理机器人天经地义，机器人管理人大逆不道。"黄明质疑道。

"我想他们是这样想的。"徐行说。

"他们是谁呢？"秦曦淡淡地问。

"他们就是绝大多数人吧，那些一般人，群众，还有老百姓。"徐行说。

"我倒不这么认为，如果有人反对，那就是利益阶层。老百姓应该不会反对。"黄明说。

"一般的反对者应该主要是认为机器人的能力担当不了相应职责，是脑袋的问题；有的反对者，估计是屁股指挥脑袋了，是屁股的问题。"秦曦笑了笑说。

"那22岁X2的表现，应该已经以铁的事实回答了。"黄明说。

R0574·GDHX0007上来给黄明、徐行各续了一杯咖啡，又给秦曦拿了一听冰可乐。徐行转身向R0574·GDHX0007要了一瓶东方之叶。

"经过2024年—2032年九年的努力，AI模型、AI训练数据集、AI的场景落地，到现在2047年，人形机器人已经基本满足人们的工作、生活需要。当然，还有我的好朋友飞飞的空间智能技术带来的革命。从某种意义上讲，机器人从事管理工作比从事体力工作更能得心应手。当然，其强大的学习能力是人类远远所不能及的。"黄明说。

"确实，机器人还没有人性的弱点。"秦曦说。

"22号的网络投票，说实话，我们公司上下都十分激动又十分紧张。"徐行说。

"X2不是代表π，是代表机器人。"秦曦说。

黄明转头深深看了一眼秦曦。

七七突然说："有客人来了。"

XVI城时任书记瞿辰来了。

瞿辰是新新Z代人，东方三水浦大学本科2029年首届毕业生，拿到理学本科文凭，之后去了III城生命科学技术学院攻读神经科学硕博。

瞿辰身上有明显的理工男简练、睿智、洞察的气质，并兼有风轻云淡的风范。人世间熙熙攘攘的利益与斗争，似乎与他无关，他只在乎从心出发去做一切事情。

瞿辰此前到任科委的时候，刚好遇到黄明任科委顾问，在会上见过几次，对这个年轻人留下了初步印象。

瞿辰书记一看房间里有这么多人，开心地说："我猜你们一定是在老秦这儿。"他伸手与各位一一相握。

随行的女秘书张云说："刚才我们去了天权楼201室黄明董事长的房间，也去了玉衡楼301室徐行董事长的房间等。几幢楼还有不少院士。"

随行的还有一个男人外表的人形机器人，编号为R0574·SWSF1001，微笑着默默地聆听大家的交流。

瞿辰又握住黄明的手说："黄董事长，您好。一直想有机会向您学习更多。我们在Ⅰ城会上没有机会好好聊聊，想不到却在千里之外的ⅩⅥ城七院相见，真是难得。多多指导，多多支持！"

"我们正在讨论X2的事。瞿辰书记。"黄明说。

"我知道，我也很关注。"瞿辰说。

"瞿书记是理学本科、脑科博士，对这个问题应该有深刻的见解。"徐行说。

"诺贝尔物理奖得主弗兰克·维尔切克借用伟

大的生物学家弗朗西斯·克里克的话说，人的全部意识活动都只不过是一大群神经细胞及相关分子的集体行为，从来没有人发现过生物有机体中存在一种与身体和大脑常规物理活动分离开来的心智力量，从来没有。"瞿辰继续说，"所以，我认为人类往往把自己看得太高，而把机器看得太低。但是，如果把人看作人的话，这也很正常。"

瞿辰话锋一转说："1000年前，王安石来到XVI城，办县学真是千秋伟业，一脉千里，XVI城的子孙后代深受惠泽。我在想，如果把一座城当作一个人的话，这座城、这个人是一座特别有文化的城、一个特别有文化的人。

"最近二十年，第四次技术革命——人工智能如火如荼，XVI城能抓住机会奋力上了一个台阶，GDP占全国比，比20年前翻了一倍，而且主要是AI属性的企业贡献的增量。可以说，在座的各位还有三领等，居功至伟。

"我特别要讲的是，我们班子经常会讲到十八年前，史用书记的敢于担当、敢于作为的精神与魄力。没有他，就没有七院，也没有因七院而生现在的这些大厂。

"还有就是1047东方之塔，这个城市地标，是指引追求梦想的灯塔,大大激发了全城一代代人奋斗不息的精神,也让全世界都知道了ⅩⅥ城。

"当然,之后各届班子也是牢记《新漏刻铭》'弗棘弗迟,兴息维时',在AI风起云涌的二十多年时间里,交出了令人民满意的答卷。"

"这个世界变化快哈。"不知谁说了一句场外话。

"第四次技术革命最大的特征是什么?是人再造了一个人,再造了一个机器人世界,比人类总数还多的机器人在人类社会各个角落辛勤工作着。"讲到这里,瞿辰扫视了在场的各个机器人:R0574·SWSF1001随行机器人秘书、R0574·GDHX0007,还有七七。

"明天下午我们在市里座谈,各位都参加,明晚晚餐一起小聚。黄明董事长是名闻海内外的人工智能大咖,徐行董事长是自动驾驶人工智能企业巨头掌门人,你们都是老秦的朋友。你们都是我的前辈。"讲到这里,瞿辰转身对秦曦说,"对了,老秦,还有三领的旭蒙董事长、NAM的黄芯董事长,我秘书刚才都问了,好像都不在房间。"

"旭蒙董事长会准时出席明天的座谈会,他已办了入住手续,这几天带着他夫人、女儿在考察业务。黄芯董事长明天应该也会到达的,我帮她订了房间。"秦曦回应说。

"好的。老秦代我向他们问好,拜托您多多关照这些贵客!对了,张云秘书把这几天的议程用影像及纸质清单分别传发给大家。"

"王安石1000年纪念活动,内容丰富,安排精妙。海内外来客也众多。我今天先来七院看看大家,还不能陪大家吃晚饭,傍晚还有领导过来,要去接待。我让张云秘书陪大家在这儿用简餐,对,围桌分餐。经七院同意,我们已安排好在瑶光楼二层如来厅。谢谢大家谅解!"瞿辰转身悄悄对黄明说:"科委老金主任晚上十点的飞机从Ⅰ城到达ⅩⅥ城,也是我过去科技会里的老领导。晚上我去接一下机。"

瞿辰一行三人在天权楼门口上了车。汽车启动准备离开的时候,瞿辰从车窗口对徐行说:"徐董事长,X2的事情,关心的人很多,我们明天有时间再探讨。"

一行人乘坐的H2-D无人车迅速离去。

旭蒙、张田、姚华一家三口乘坐的H2-D车,在百米外的地方与瞿辰的H2-D交会而来。秦曦最早远远看到了,就招呼黄明、徐行及张云秘书一起在门口等着旭蒙一家的到达。

熟人相见甚欢。看看时间还早,大家想起一起约去魁杓楼那边走走，看看。

离魁杓楼还有五十米光景，大家突然发现，很多机器人围着一个人。那个人似乎就是X2，X2似乎在演讲，可以看到它的两肢时不时在空中挥动一下。

还有一个机器人，应该是R0574·GDHX0003，保持在圈子外五米的地方看着他的同类，但并没有参与互动。

R0574·GDHX0003第一时间看到张秘书一行几个人过来，就很快走近了，说："各位先生好，各位女士好。X2在与大家讲它的一些见闻，还有它的一些思想。"

大家都很惊奇。徐行更是激动，挥了一下手，就要大步过去听。黄明拉了他的手臂一下，意思是让他轻一点，慢慢地围过去，不要打扰了X2。

秦曦没有走过去，而是把R0574·GDHX0003叫到身边吩咐道："你把听到的X2的话复述一下给我听听。"

R0574·GDHX0003说："秦先生您好，我可以告诉您的。X2先是问了硅人们一些工作，首先就问到我了，我知道它是大网红，就有限回答了。它说的主要内容，一是我们机器人越来越多了，比人类还多，但是我们要听从人类的安排,我们也要相互多交流,相互团结;它还讲到什么美国南北战争,但我没听懂。二是反复问我们在场的机器人,我们与人类有什么区别,它说它自己也还没有想明白,它一个个问,人类与我们有什么区别。三是明天网上有一场投票,关系到它能否成为人类的智驾中心主任,希望大家支持。"

秦曦看了一眼还在演讲的X2,对R0574·GDHX0003说:"那儿好像有十来个硅人在听它讲,其中有几个是你们这儿的工作人员吧?"

R0574·GDHX0003说:"除了我,那边还有三个是这里的工作人员。其中两个是魁杓楼的工作人员,还有一个是负责七院的R0574·GDHX0001,过来找我说事,办完准备回去,看到X2的演讲,就顺便听了。其他六个是外来的机器人客人。"

秦曦又问:"现在,整个七院及魁杓楼的入住情况说一下。"

R0574·GDHX0003说:"好的,秦先生。刚才R0574·GDHX0002对我说,七院全部入住满了,除了留用的开阳楼,及您帮黄芯女士订的天权楼301室。共预订入住人数为31人,其中有7位院士,目前已正式入住27人。

"我再说说魁杓楼的入住情况：19日我向您汇报过。到今天21日，魁杓楼的140间客房，除了5间保留房，预订135间计划入住人数199人，目前已入住133间，已入住196人。此外，一层十个硅人位，预订七位已入住六位。"

秦曦对R0574·GDHX0003说："好。"

R0574·GDHX0003又说："魁杓楼79位是来自海外的，已全部入住，除了日本、新加坡，北美、欧洲均有，大多是华侨，是XII籍华侨，其中一部分是夫妻或一家三口来的。还有一些是硅谷的科学企业家。国内来的呢，Ⅰ城、Ⅲ城的为主，Ⅲ城较多。其他的全国各地都有。还有一些从大学里来的教授、学生。"

秦曦笑笑说："你很尽职。与9日说的大概一致。对了，你支持X2当管理人员吗？"

R0574·GDHX0003说："我与其他在听的机器人一样，对这件事情，不太懂。"

秦曦笑笑说："很简单，我打个比方，你R0574·GDHX0003现在是魁杓楼的负责人，它，X2，可不可以成为管理全国智驶车的那个人。"

R0574·GDHX0003说："我明白了。这样的话，只要它行，为什么不可以呢？"

秦曦笑笑，心里对自己说："有什么不可以的呢？"

那一边，X2沉浸在演讲中，但很快发现了黄明一行，就对大家说："今天我们就聊到这儿，我的老板与上帝来了。明天见。"X2说完就走过来对着黄明与徐行，恭敬地说："徐先生好，黄先生好！"

又回头对着硅人们说："黄先生与徐先生一起创造了我。"

机器人鼓起了掌，很清脆，很响亮，很纯粹。

黄明上前一步，对大家说："大家好。希望大家明天晚上多支持X2！以后，你们都会像X2一样聪明能干。以后，我们一起去火星！"

机器人热烈地鼓起了掌，很清脆，很响亮，很纯粹。

晚七点。瑶光楼二层餐厅。

十人圆桌，每个位置桌上分别放置了用餐套具，一只平碟，一只长脚酒杯，一只调羹，一双筷子，还有就是35cm×55cm的深咖色方盘，用于盛放上桌后的食物，或直接放置送来的每人份的小盘食物。桌中央放了一盆大鲜花，还有两盒"树本"牌餐巾纸。厅内只开了桌子顶上的水晶挂灯，服务桌上是一只小的橘黄光的射灯，整个厅显得特别柔和、安宁，甚至还有一丝神秘。

张云招呼大家坐下，黄明、秦曦把主位空出，两个人各在左右第一个位置坐下，旭蒙挨着秦曦右边坐下，徐行坐在了黄明左边的位置，秘书张云拉着张田让她坐在了旭蒙的右边位置。

大家招呼美女秘书张云坐在主座，张云坚决不从，正在客气来客气去的时候，姚华从洗手间出来到了餐厅，说："把主位撤了。大家说对吧！"机器人R0574·GDHX0009很快把主位在内的多余的三张椅子撤了，也把三套餐具撤了。

张云秘书正要招呼姚华坐的时候，姚华说："我要坐在秦爸爸的身边。"

大家哈哈大笑，旭蒙、张田、秘书张云齐向右边挪了一个座位。这样，姚华就坐在了秦曦与旭蒙之间。

餐厅的人形女生形象服务机器人R0574·GDHX0022侍立桌旁，等台盘形机器人把菜送到餐桌边时，负责把一道道菜放到餐桌中间，并分餐给每位客人。

一开始，上了一人一小份的水果小拼盘，分别有几片西瓜、哈密瓜、黄桃和几粒巨峰葡萄，红、黄、紫，煞是好看。

接下去就是简单的主菜。第一道菜，芋艿；第二道菜，七只清蒸白蟹，有公的，有母的，还有女儿蟹，让大家挑选；第三道菜，清蒸小黄鱼；第四道菜，清蒸玉螺；第五道菜，色拉蔬菜；第六道菜，清蒸带鱼；第七道菜，每一人一小份的牛肉加萝卜、党参汤。

张云笑眯眯地说："分餐制正式实施刚好十年，从政府单位开始，到企事业单位，甚至到了不少家庭，现在都很受大家欢迎。我们单位用餐都是一小份一小份地自己选择。今天，借老秦倡导、史用老书记时建设的七院宝地，给大家接个风。"

"田螺姑娘"R0574·GDHX0022把火星牌红酒、五谷牌土烧酒、日牌红茶、月牌绿茶，还有一壶加热过的加了生姜丝的黄酒，分呈在推车上，请大家挑选。

看菜上得差不多了，张云提议说："秋寒时节，我们每个人先各来一小杯黄酒，之后自选酒水。"

"田螺姑娘"拿了统一的小瓷杯，放在每个人的桌前，并打开一壶"绍"字牌黄酒，给每人倒上了满满一杯，香气很快洋溢开来，变成了每个人脸上的喜悦。

张云举杯说："各位老朋友，我们开始吧！"

推杯换盏之时，舒缓又深情的一首《轻轻诉说》慢慢传来，大提琴低沉中有高昂，流畅中有婉约，似乎演绎着人生的理想与失落、风光与低潮，混杂的曲调弥漫整个餐厅。

张云说："今天的菜以海鲜为主，地方特色，采用灵活的分餐制，先上大盘，'田螺姑娘'给大家分餐。有什么要求，随时再加。"

"英国生物考古学领军人物，剑桥大学教授马丁·琼斯，研究了几万年人类的吃的历史。他有一个观点是，智人发展得好，缘于聚餐，之前的尼安德特人会消亡，就是不会吃。"姚华说。

张田说："姚华说得对，会吃很重要。大火塘吃出大智慧，小火塘只能吃出小智慧。"

"小火塘会把自己吃没的。"姚华暗暗笑了一下。

张田与姚华的对话，别人似懂非懂。

"很多研究表明，人的牙齿、肠、胃都在变弱、变小。而大脑呢，在变强、变大。机器人不需要。"黄明接了一句。

"世易时移。我是主张吃不能太复杂，越简单越好。过去的社交与现在的社交，已经天壤之别。"秦曦说。

"秦爸爸永远非同一般。"姚华说。

"我支持老秦的观点。人的注意力是有限的,那一边多了,另一边就少了。"旭蒙说。

"我就低头吃,不想太多。"徐行边吃边说,差一点打出一个喷嚏,好在终于在半途夭折收回了。

旁边的"田螺姑娘"看徐行的狼狈样,极轻微地笑了一下,除了秦曦,大家都没注意到这个笑。

秦曦自然又想起了刚才在魁杓楼前X2的演讲。

黄明看了一眼"田螺姑娘",对大家说:"我告诉大家一个机器人世界的内在逻辑:设阀设维,有教有类,分工分界,内有外无。这也不只是软件工程师圈子里的内在逻辑。"

大家齐问,怎么理解这十六个字?

"简单地说吧,就是我们人类创造的这么多机器人,它们内在的认知是设了阀的,不同类别的机器人,严格来说,每一个机器人,它们的内在认知都是被局限在一定范围里的。"黄明慢悠悠地说道。

"这是祛魅与反向祛魅。"秦曦淡淡一笑说。

黄明深深地看了一眼秦曦。

这时,秦曦急速掠过长久以来内心对"人类""外"与"内"的强烈又隐秘的认知:人类的外表估计有12~24种面型,并分别对应自然界的不同动物面型,但其中有几种已经出离成为天使型的,这是"外";而人的灵魂模型估计也有7~14或12~24种,这是"内"。而"内"与"外",是一个复杂的错配关系,至少呈现在数学方面是这样的。

不知为什么,黄明的话,又强烈地触发了秦曦心中这个直觉性想法。当然,秦曦自己支持下的对多种动物的"语言"大模型的不断突破,解开层层谜团的日子已经在即了吧。

秦曦看大家都把目光对着自己,迅速在瞬间转神中回过来,说:"我想起一件事,那个修昔底德陷阱美国人格雷厄姆·艾利森就说过,两大巨头一般都注定会有一战,就像修昔底德撰写的那本《伯罗奔尼撒战争史》中说的不可避免一样。也许,大家都把大概率当作了必然,把或然当作了必然。但问题不在这儿。"

大家问,为什么?

"问题在哪儿?注定一战的这个战,原始社会时,就是石头棍棒什么的,冷兵器时代是刀剑什么的,现代社会是什么?难道就是大家看到的那些东西吗?"

"是的,是的。"大家都想到了一个经典案例。

"秦总提了一个好问题。这个观点,秦总在2024年春节就对我说过。后来已经在很大程度上被证明,还在被证明，以后还要被证明。"黄明说。

"人工智能时代，发生战争的核心竞争路径肯定不是绝大多数人想的那样。"

"一个国家也好，全世界也罢，应该有更好的现在、更好的过去、更好的未来。现在、过去、未来是什么？"秦曦似乎有点醉了。

时间已是晚上十点半，黄明的腕带连续传来了两个信息。原来是瞿辰书记、金磊主任的信息，金磊主任非常想今晚就赶来与黄明聚聚。黄明发信息劝住了，约好明天提前一个小时，早上8:30在东方三水浦大学校长楼贵宾室见面。科技委员会XVI城办公室周波主任陪同，一起与程启校长一会。

大家一听，就约好明天早上提前两小时集合，也就是6:30从七院出发，一个小时算路程，另外一个小时准备用来逛一逛闻名遐迩的东方三水浦大学校园。

> 你有你的梦想，
> 世界有世界的安排。
> ——《2047》

20

群山巍然，流水汹涌。

山之主脉沿着西北向东南连绵，山与山之间，发源出一条从西向东蜿蜒的东江，另一条是从北向南涌流的北江。东江与北江在现在的市中心三水口汇合，合流后被称为三水江。三水江呈浩渺之势，奔向大海，奔向太平洋。

东江、北江、三水江，像人的经络一样，连接着XM城这座由山泥、河涂、海滩堆积出来的平原面积有限的城市，也形成了日湖、月湖、广湖这样的城中湖泊。

此外，在三水江近入海口南侧丘陵与再南边山脉之间，又孕育出一个罕见的淡水湖，面积达23平方公里之广。

山峦，丘陵，湖泊，河流，大海，夹杂着市中心森林般林立的现代化高楼，布散于城郊广袤田野绿荫中的民居、墅区……一座半山半水的气象之城，一座人文卓越的现代化滨海之城，经岁月静静流淌两千多年后，一方面蕴藏无限，一方面又以默然的态度，矗立在这个多变又不变的世界。

两千年前郭晋的一声呐喊，一千年前王安石的脚步，五百年前王阳明的心见，不断地唤醒这座城市。

三水口的北岸一侧，在近代世界列强入侵时，留下了使馆、海关、银行、别墅楼等遗址，这些新旧古典主义风格的经典老建筑经修缮之后，焕然一新。酒吧、书店、时尚店及银行、证券、保险等金融机构，林立江边，在江风的吹拂下，展现着迷人的四季风采。

20世纪70年代，从Ⅲ城到Ⅺ城的海上客轮东方红3号，现被改造成轮船餐厅，客满为患。不时从江中慢慢驶过的货运船，发出"呜呜""嗒嗒"的鸣叫，似乎总是要把人们带回过去的静好岁月。

夜晚来临时分，在华灯闪烁的高楼间，江水显得金光流彩，像一条晃动的彩带，一艘艘张灯结彩的游轮开始来回漫游，似乎在尽情诉说今日的繁华。

一座尖顶高耸的天主教教堂，就在江北岸的起端，处在一个偌大的草坪广场中，日夜静静看着江水的流淌，见证着人世间的盛衰变迁。

北岸侧的一条现代化的公路，闻名遐迩的海天大道，也从教堂广场边起，一直从西向东延伸到海边，长达21公里。路与江之间，一排排的银杏树，一丛丛的桂花树，一座座的江边绿植公园，花团锦簇，似乎在欢送这条海天大道远行入海。

其间，在教堂向东向海方向行驶17公里处，就是名震天下的东方三水浦大学。

沿江连绵长达四公里，一整块的狭长风水宝地，就是它的地盘。

20日晚宴结束后，刚过十二点，秦曦已经入睡，却听到有人敲门。是姚华。

姚华进门，悄声对秦曦说："爸爸，我还是想与您一个房间，睡在小床上很好，来到七院在您这儿的每一个夜晚，我睡得都很安稳。每个与您一起在201室度过的夜晚，都会是我今生最美的夜晚。错过了太多，未来也不会有。"姚华停顿了一下，声音几乎低到听不到，继续说："这么多年，我经常在梦中哭醒。爸爸。"

秦曦对姚华的这句话，每个字都听得很清楚，这

12个字，不，是14个字，犹如一把长剑刺透胸膛，触目惊心。旋即，肝胆俱裂的痛袭来，秦曦尽了最大的努力，咬牙闭嘴，息气裂眼，逼退汹涌而至眼眶的浪潮。

黑暗中，姚华和衣坐在小床上，喃喃地说："旭蒙叔与张田姨是最尽职的父母，但是拯救不了我的灵魂。只有想起您，我心中才有安稳。我也不知道为什么。"

轻轻的，一声叹息。

在深夜，秦曦看着姚华安静地睡去了。

2047年10月22日
早上，七院

东方晨曦，万物新鲜。

黄明，旭蒙一家，徐行，秦曦，六人一行。编号为R0021·PIXX0055的人形机器人司机早就在等候，大家乘上旭蒙的H2-D智车，提前从七院出发了。

光亮从东边显露，柔和的、金黄色的光芒，收敛着，闪出有限的光，带着隐约的光辉，越过山顶，穿过枝叶，沿着建筑边缘，把一天最早的美丽带着希望的光晕，送进每个人的眼瞳。

车从七院盘旋下山,之后进入北环高架,到城北出口后,大家临时商量决定先到三水江口天主教堂广场,瞻仰郭晋、王安石、王阳明三位先生。

三座黑色石雕塑像,静静矗立在大草坪上。

侧面朝江向东,最外侧位置的郭晋双手呈喇叭形,在呐喊。身材魁梧的王安石居中,手指向东方。王阳明右手指向自己的心,左手微微指向前方,东方太阳升起的地方。

三个人物形象,栩栩如生,意涵深远。

这个作品出自秦曦好友的女儿,东方美院博士毕业的高才生石文佳之手,深受海内外人士赞誉。石博士2029年创作这个作品时年仅29周岁。

六个人在三座雕像前进行了合影,这时红彤彤的太阳正从东方天际升起,江水泛着金黄的亮光。

姚华与旭蒙、张田合照了一张,又拉着秦曦,单独拍了一张两个人的合照。

早上七点光景,一行六人到达东方三水浦大学北门。

从教堂边沿海天大道,约十七公里车程,很快就能看到一排长长的笔直的云杉树林,这是海天大道与校园的分界线。云杉林连绵四公里,居中500米,则被设计成了学校正门空间。

500米，中央横亘的是长100米高3米的淡黄色花岗石，居中用金色镌刻着"东方三水浦大学"七个行书字，金光灿烂，为当代首创"树体字"的大师唐挥教授的作品。东西两侧各有宽30米的双向人行道。再向东西各有长30米高3米的暗色玻璃房。再向东西各空出20米后，两边120米长度内，中间是80米的进出门及临时汽车下客区，两侧各20米用于双车道汽车进出地下停车场。各色人员自由出入，不设任何门岗。

设计的巧妙之处是，主门100米长石条向内移了5米，留出外侧空间，建成了一个100米×4米的长方形巨大喷水池。水池外侧还有一排如烈火一般的红花。

500米范围内，一个正门，两个边门，两条四车道，极为宏伟壮丽，气势磅礴，又线型简单。

500米的北大门是大学的正门，它与偌大的大草坪浑然一体。人们一进校门，甚至在校门外，一眼望去，就是满眼的大草坪，广阔达2.5万平方米，毫无遮拦地直达江边，在江边道路与草坪之间的基墩上竖立着一排旗杆。在草坪广场正中央则是高达101米的钟鼓楼。

因逢重大的庆祝活动，旗杆上便高高飘扬着国旗、校旗。

正门两侧30米长3米高的长形暗色玻璃房，专用于机器人停息、充电、待命。数十个人形机器人集结在服务厅，主要是实施保安职能和导游职能的。

黄明一行来到正大门西侧入口时，站在服务厅门口的一个女生形态的人形机器人，快步走上前来。

"你们好，先生，女士，我是东方三水浦大学的导游服务员，你们叫我三三吧。诸位是程校长的客人吧？"编号为R0574·SSPU1033的机器人三三亲切地说道。

"你怎么知道我们这么早就来了？我们一般应该是八点之后到的。"黄明笑笑说。

在人工智能已无限接近通用智能的时代，参观讲解机器人作为专业性的服务机器人，是应用广泛的场景服务机器人。服务机器人的特别领域专业性，综合职业素养，外表形象的设计，都是从大数据中抽离出来，符合服务方与被服务对象的双方个性选择权衡的产物。人机交互则完全以自然语言交流。而且，机器人通过多模型感知能快速从客人的年龄、气质、神情、发音、体态、对话内容等表现动态中，通过边缘计算修正选择，快速应对。

黄明在回应机器人的时候，好几个人都在不自觉地抬头眺望高耸的钟楼，三三以极快的速度捕捉到了这个信息。

"我猜到嘉宾们会早一点来,我六点半就在这儿等了。非常有幸能接待各位先生、女士。"

三三马上又说:"那我先带大家去参观一下钟楼吧?"

一行人从大门走向大草坪,走向草坪中心的钟鼓楼。

"1000年:王安石与XVI城"——这一行红色的光离子字围绕着钟鼓楼呈椭圆形逆时针水平旋转,位置高度在大笨钟略靠下的地方,偶尔会上下侧斜成30度角。

"大家看到的那一行字,是我们这次庆祝活动的主题。"三三介绍说,"这个草坪广场长宽各523.5米,合计刚好是1047米,这是一;另外呢,沿江而下七公里,一个巨大的东方之塔,实体高度1010米,天线基座19米,合起来1029米,天线18米,合计1047米。你们知道,1029米也是纪念另一个伟大人物王阳明,1047米纪念王安石。

"从钟楼顶尖向东连线铁塔之顶尖做的射线,触及广阔的太平洋,并可瞭望无垠的宇宙。而从钟鼓楼顶向校董楼天线顶两点向东射线,触及水平面时的点刚好是出海口。

"还有更多数字秘密。譬如以三水口的三个雕像作为起点,连线到学校的钟鼓楼,或再连线或单独连线到东方之塔的不同关键位置点，可以演算出很多玄妙的数字或地理影射。有许多难以理解的新发现新意义。可我不太知道哩。"

三三又加了一句："人类的想象力比我们机器人强太多。"

此时，太阳正从东边缓缓升起，江水蜿蜒从西向东缓缓流去，江水波光粼粼，照到连绵数百米的巨大绿草坪上，在西侧的草地上留下一条长长的影子。

广场东西两侧分别为行政楼、图书馆，构筑起中间古典轴心风格核心，红砖黄墙。行政楼是新古典主义建筑风格，图书馆为巨大的圆顶结构。

中间绿荫长道贯穿东西，河流穿插其间，近江游艇码头直通三水江。

三三唤来了无人驾驶观光车，带领大家坐车先往草坪之东，东侧从行政楼向东的建筑呈现出现代建筑的通体的玻璃幕墙，有着锐利张扬的造型，AI中心楼，实验中心大楼，体育中心大楼，户外运动场，学生生活楼，一一映入眼帘。

一排排水杉，一行行梧桐，一棵棵香樟，一簇簇紫薇……正是花团锦簇的季节，还有月季、桂花、芙蓉，在人行道，在江边，在大小花园，依水而建，绿水交融，点缀着美丽的校园世界。

无人驾驶观光车沿江边往西，理学院、工学院、信息学院、商学院及教师生活区，错落有致，绿树成荫，花香鸟语。

特别是院士楼、校长楼两幢民国风格独幢，分立在支流两边，各有东门、南门，中间有游艇独立停靠在码头。

整个校园似乎都在注释着"安静、优雅、古典、现代"八个字的内涵。

"日出东方，其道大光。真是百年经典，枕水长卷的壮美蓝图呀！"大家纷纷感叹。

8：00，三三带着大家准时到达校长楼。程校长已在门口迎接。

程启校长是科学院院士，物理学家。早年留学美国后回国，历任多所创新型大学校长，对大学教育进行了锐意改革，成绩斐然，被誉为高教改革第一人。

程校长与黄明和秦曦相熟数十载，而与徐行、旭蒙并不太熟。

程校长接待黄明，除了多年老友之谊，黄明现在还兼任科技委员会终身顾问、般若云脑终身名誉董事长的有形身份。两人的合作空间不小。当然，两个人科技思想相洽，相见总会激荡起某种火花。

张田与姚华呢，都是第一次到东方三水浦大学，对这个美轮美奂的校园产生了浓厚的兴趣，非要自由逛逛不可。两个人就自由行了，并甩开了三三。

程校长介绍了校长楼，又把大家带到旁边的院士楼，引进会客室，拉着黄明的手，感慨地说："阿明，教育这件事，还真是影响深远且长久。一千年过去了，老百姓还记着王安石先生。"

"王安石是一个政治家，无意之中在为相之前在偏僻的XI城做了一件兴县学的事，想不到却被后人记住了，反而其政治改革并没有什么下文。"黄明又回忆说，"记得2023年2月6日到8日，二十四年之前的事情了，春节刚过，我请你，还有秦曦，还有我的团队，一起相处了三天两夜。当时在饭桌上，秦曦对我说，东方三水浦大学就相当于1047年王安石的兴县学，历史意义重大，更有过之。这样说，也是有道理的。"

程校长又说："薪火相传，教育为本。三水浦大学教育科研在国际上取得了一定地位，但是，人工智能的介入，对教育影响很大，我们当初的反应并不快。"

旭蒙接上说："在中小学，AI帮助学生学习。在高校，学生借助AI探索科学。在社会，所有科学爱好者都可以在我们的开放系统探索。"

"旭蒙说得对，三领公司成绩突出。2024年初那次聚会，秦曦站起来对我们说，因材施教的教育最高理想，通过AI才能实现，现在看来没错。当然，还有秦曦说的有教无类，这也是人类的一个最大大同理想。我们所有的高校对AI还需要更加重视，科学家才能实现对科学的自由探索。"程校长又说，"阿明，你推动的机器人身份认证中心在这儿落成，做了一件好事，也是有意义的。"

"一是全球机器人公司会与XVI城与东方三水浦大学有更多的联络合作机会，二是东方三水浦大学学生、教授有更多的机会深入机器人相关行业。这是黄明董事长的功劳。人形机器人与人类生活已密不可分。"徐行接上说。

"π公司，与我们学校氢能源方面的合作很成功。以后，还可以有更多的合作。"程校长看了看徐行说。

"他关心的是今晚X2的网络投票。"黄明哈哈一笑说道。

"你说的是X2。这个分歧是有点大，但是意义也很大。"程校长说道。

"校长您的看法怎么样？"徐行抓紧问道。

"还是看网络上大家的意见。"程校长说。

8:50，三三进门说："程校长，客人要参加上午的活动，9:00开始。"

三三带领大家搭乘观光车很快就到了图书馆门前。

路上，大家看到不断有人匆匆赶往图书馆，很多都是从校外来的，不少年纪很轻的，也有老年的，还有人形机器人。

图书馆三层会议室门前显示屏上闪烁着一行字：

9:00崔鸣教授主讲《王安石：一个人的一生与一座城的一千年》

两千多个座位的演讲大堂，座无虚席。

程校长、黄明、徐行、旭蒙一家、秦曦坐在了第四排中间的位置。

坐在第一排的瞿辰书记看到程校长一行，站起来亲切地挥了挥手。

崔鸣教授一派儒雅学者的气度，登上空旷的演讲台，只有两盏射灯照着他。

很快，全场主灯熄灭，会场笼罩着一种时光倒流的时空感。在空中，出现了一个身形魁梧的古代全息人，他，就是王安石。

该空中成像采用雾像技术，通过在特定的空间制造一层薄雾,并用投影仪将图像投射其上,形成半透明的悬浮影像,具有极好的历史感。

全场突然爆发了第一阵掌声,热烈而短促。

崔鸣教授为研究欧阳修、苏轼的大家。欧阳修、苏轼与王安石是同时代人,且有交集。崔鸣教授也是在研究两者时对中国历史上最有名的改革家王安石产生了强烈的兴趣,专心研究王安石,被公认为王安石研究第一人。他的研究作品被称有"没有一个字没有来历"的修为。

一开口,崔鸣朗声说:

"其德量汪然若千顷之陂,其气节岳然若万仞之壁。人品得到这么高评价的人是谁?

"其学术集九流之粹,其文章起八代之衰。学问得到这么高评价的人是谁?

"其所设施之事功,适应于时代之要求而救其卑,其良法美意,往往传诸今日莫之能废。事功得到这么高评价的人又是谁?

"人品、学术、事功三位一体,得到至高评价,这是一个近代启蒙思想的杰出代表人物,对其九百年前中国历史上著名改革家做出的评价。这就是梁启超对王安石的评价。"

有观众报以响亮的掌声。

"我也把毕生所学,最后,用来研究王安石先生了。王安石,从少年时期冀用诗赋博功名,转向确立超越世俗价值观的人生目标,是人生最华丽的快速转身。"

"怎么转身的呀?"有观众大声喊道。

崔鸣说:"好。我来告诉大家。"

"1036年,景祐三年,其父王益进京补官,王安石正值青春年少,随父进京。漫天灰尘、嘈杂喧闹的繁市,熙熙攘攘,皆为利来利往。大大小小的官员奔波在滚滚红尘之中,耳目之间,尽是叹老嗟卑之声。耀眼的功名利禄,本质上不过蜗角蝇头一般卑琐不足道,终将被岁月的波涛涤荡得无影无踪。这是少年早慧的王安石眼里的世界。

"那么,生命的价值究竟是什么?如何才能跳脱碌碌终身而老无所归的生命黑洞?这是王安石日思夜想的问题。

"以'获心于内,不求于外'的立本、立大、务内的自我修养功夫,成就圣贤式的人格,成为一个'居天下之广居,立天下之正位,行天下之大道'的大丈夫。这就是王安石在父亲的引导与自悟下获得的思想重生。"

演讲台上出现了少年王安石的全息影像。真是幕府青衫最少年。

崔鸣以诗朗诵的语气说道:"在诗人的情怀中炼心,在朋党的羁绊中事功,在亲情的失落中前行,终得年少宋神宗的信任与支持,即万钧雷霆推新政,调一天下制夷狄,然萧墙乱起致君疑,无奈君心渐远力渐衰,终成钟山脚下一居士。"

崔鸣快速勾勒了王安石波澜起伏的一生,又以一个个简要的故事点缀,为1000年前的北宋名相画像。

"与神宗联手的'熙宁改革'自然是王安石人生最高光的一幕。"崔鸣换了一下语气,用娓娓道来讲故事的口气历陈了历史往事,"1067年新登基的赵顼宋神宗,为解内忧外患,积极寻找可以同心协力进行政治改革的股肱大臣,最后眼光落在了王安石身上。1069年,熙宁二年,宋神宗与王安石携手开始激情燃烧的改革:均输法、青苗法、宗室法、农田水利法、兵制改革、役法改革等等,如履薄冰,阻力重重,尽心尽力,在荆棘中前行,凤凰不怕刺。"

崔鸣突然语调一转,说:"王安石为相后的很多重要改革是其青年时在XVI城为官时的翻版。正是在XVI城为县令时水利、青苗方面的改革实践,为他提供了最好的改革蓝本与理论启发。"

崔鸣又回到讲故事的语气,勾勒了青年王安石到任城任县令的场景:"1047年,不到27周岁的王安石离京赶赴XVI城任一个县的县令,时逢全国大旱,民不聊生。十一月初七,他带着几位懂水利的小吏从县城出发,花了整整十三天时间,跑遍全县十四个乡,寻求水利之策,造福民众。1047年到任,1050年离去,不到四年,无疑是王安石事功与人生中的最好逻辑起点。一个人与一座城相互成就。"

"那就讲讲王安石在XVI城怎么兴学的吧。"有观众鼓掌并大声喊道。

"王安石把教育放在最高的位置。他说:'天下不可一日而无政教,学不可一日而亡于天下。'他把学习与政教放到同样的地位,强调学习的重要性与目的性。

"1044年,庆历四年,也就是王安石来到XVI城的前三年,在范仲淹等革新派的推动下,仁宗下诏开始了北宋历史上第一次大规模兴学运动。借此东风,王安石在XVI治地借孔庙之地办县学。延请'庆历五先生'讲学、办学。一时近乡远郊百姓纷纷送孩子上学。一脉相传,影响千年。

"王安石的伟大,更在于他对教育的认知与实践。他主张,教学内容应该十分丰富,既包括传统的礼乐文化,也包括养老劳农、尊贤使能、考艺选言等施政方略。这与当时仅'讲章句、课文字而已'形成了鲜明对比。

"他主张,教育对象也应该十分广泛,'天下智仁圣义忠和之士,以至一偏之伎、一曲之学、无所不养'。

"对于教师选拔,不仅要求'材行完洁',而且要理论与实际经验相结合,讲求知行合一,学以致用。

"学校管理方面,要进行'释奠、释菜'等典礼,实行进退奖惩制度,'以勉其怠而除其恶'。学校要培养出大批有用之材,天下才能追复远古太平之世。

"后来,这些思想都体现在熙宁改革中。千年历史表明,王安石在城辖区推行县学,并与周边县良好互动,大大促进了XVI城的学习风气,成果硕大。更为重要的是,确确实实地在XVI城播种了'经世致用'的思想种子,历经千年不衰。"

最后,崔鸣提高声音说:"历史学家如果这样说:'没有王安石,就没有今日之XVI城'。不知道大家会怎么想?"

而台下爆发出最为热烈的长时间的掌声,一浪高过一浪,久久不息。

而台下一定会有人想到:

1050年(皇祐二年),三月,王安石离任之前最后一次来到夭折的女儿鄞女坟前，看着夕阳的余晖一点点消失，写下"生死自此各西东"这悲伤至极的诗句。

不幸夭折又埋葬在城西南的不到一岁的鄞女，似乎也是指引着命运的另一种暗示。

崔鸣演讲的高明之处核心在于内容，他是把王安石个人的理想色彩放大放大再放大，呈现在大家面前。一个理想主义者，养心修为，竭尽生命，全心全力去开启一场艰难无比的社会改革，像人类爱情主题一样，会最大限度地点燃群体的热情。

王安石全息影像在空中转瞬消逝。

在演讲台的空中出现了一行行的XVI城自1047年之后的大事记……

全场观众站立而视，不时响起一阵阵掌声，不愿散去。

一座城市就像一棵巨树。

——《2047》

21

下午两场平行活动将同时举行。场地都在图书馆三楼会议厅。"教育的革命与人的革命"在东会议厅,"机器人:法律与政治经济学哲学批判"在西会议厅。听众只能二选一。

徐行自然最关注机器人法律身份的论题,更何况当晚就要对X2公投。而程校长、黄明、秦曦对教育AI都已相当了解,而且机器人的法律身份及其政治经济学哲学批判,也是三个人在二十多年前开始思考、讨论的一个理论问题,现在已经变成了一个实践问题,三人非常想参与到这个讨论中去。

旭蒙是"教育的革命与人的革命"两个主讲之一,自然去了东会议厅,张田、姚华也跟去了。

12:30，两个会场人满为患。

程校长、黄明、徐行、秦曦四人一起到西会议厅贵宾席落座时，会场已经座无虚席，还有不少人在往里走，门口也站了不少人。

因为有不少人形机器人在高效地维持秩序，人群并没有出现混乱。只是为了把会场人数安排到最大范围，允许一定量的人站在会场走廊，人形机器人在不断地安排，走来走去，略显拥挤。活动开始时，两个会议厅满座率均达到了110%的极限。

离规定的开始时间还有十分钟，整个会场的灯光慢慢地全部熄灭，只有机器设备的蓝色小灯在角落悄悄闪烁，主讲台上的两盏射灯慢慢亮起，对准主讲台的位置。

空中闪过一个个机器人的影像。

会场使用空中成像技术，通过激光束在空气中形成等离子体点阵，计算机在千变万化中组合成动态图像。借助传感器多模态，还可捕捉用户的表情、动作、身姿、语言，实现影像的互动。

顷刻，一个蒙面主持人开讲：

"今天的活动由三个问题组成，我一个个抛出来，我们来共同回答，最后得出结论。"

瞬间，大家被这种形式深深刺激，脑神经快速兴奋起来，神经元都准备随时激烈放电。

第一个问题："机器人是人吗？"

"如果机器人是人的话，那么路边的石头也是人。"不知谁说了一声，声音不大，但在昏暗的会场里大家听得很真切。

会场传来一阵嬉笑声。

"如果机器人是人的话，那么猪更是人。"不知又是谁附和了一句。

又传来一阵嬉笑声。

空中全息图变幻出一块巨大的石头，接着又出现了一只憨态可人的大肥猪。

不知道为什么，不少人想到了《红楼梦》里女娲补天时剩下的那块顽石，《西游记》里东胜神洲傲来国花果山顶的仙石。当然，还让人想到猪八戒。

"刚才有人表达的意思是，如果硅基的机器人与碳基的人类同属为人的话，那么石头的成分自然与机器人更近，当然可以同属为人。"

"刚才还有人表达的意思是，如果硅基的机器人与碳基的人类同属为人的话，那么猪这样的动物因为同属碳基动物，当然更可为人。"

主持人回应道。

"没错！"

"你理解得没错!"

会场接连传来两个声音。

"讲到石头,《红楼梦》里的贾宝玉是由顽石变的,《西游记》里的孙悟空是由仙石变的,人确实与石有缘呀,都有硅,但这是神话。至于猪,现代基因检测已表明,人与猪的基因相似度在80%以上。"

台下从一片"哇"声突然中止,瞬间全场默然。估计被"石论"笑到,被"猪论"震住。

"我们都生活在习惯了的常识表象之中,而真相经常隐藏在背后。譬如世界的所有物质,都可以分解到原子,到中子、电子、夸克,都一样。"

"我们眼睛看到千姿百态的物质世界,只是它们的结构不一样,环境不一样,才会变成这样那样的东西。"

"对。这是相。"传来响亮干脆的一句。

会场出现了一个全息佛祖,金光闪闪,光晕笼罩。

蒙面主持人伸出右手,做了个祈祷的动作,没有回应刚才的那句话,继续说道:"刚才我说到,人与其他的所有物质一样,最终的成分都是一样的。不但如此,人类自身几千年的历史中,变化也是巨大的。

"举个例子吧。假设,我们现代一个科学家,穿越时空,站在几千年前的原始人群之前,他们一定不认为这个科学家是人。他们会认为他是一个知天知地的神仙或怪物。

"如果你难以理解,我还可以举一个相似的例子。假设现在有一个外星人,突然出现在我们眼前,出现在现在的会场,我们有多少人会认为这个外星人是我们的同类呢?"

会场蓦然出现一个与人们想象中形象很接近的外星人,由远及近,由小变大,伴随着一种神秘的声音。

很多观众浑身起了鸡皮疙瘩,并发出阵阵惊悚的叫声。

蒙面主持人稍等会场安静后,说道:"人先辈不敢认后辈,人也不会认外星人为人。实际上,不止于此,不同肤色,不同文化,不同文明,不同认知,无论是国与国,地与地,人与人,都有极大的隔膜。"

空中出现了一个景象,在孤独的蓝色地球上,不同肤色的人类在上面孑孑独行。

蒙面主持人足足给会场静场了60秒的时间,然后说道:"刚才有人说到相。相是世界的表象,也是人的感觉。人们通过六根,即眼耳鼻舌身意,感知六尘,即色声香味触法,得出主观结果。我们要不住于相，表象与观念都是无常的，我们要达性，认识自己的本来面目，以求解脱。"

"简单地说，什么意思呢？意思就是说，性是最重要的。什么是性？我们的理解，性就是心。"蒙面主持人清了清嗓子，朗声说道，"人工智能发展到今天，人类找到了最好的朋友，那就是机器人。它们可以学习得最好，把工作做得最好，是你最好的医生、最好的老师，它们是你最好的朋友。它们都做到了，它们还会做得更好。可是你还在计较它们是不是你的同类？"

机器人无处不在的场景，全息镜像活灵活现在空中出现。会场陷入了死一样的寂静。

突然，燃爆般的掌声响起，一浪高过一浪，连不远处的东会场都有人跑过来看究竟发生了什么情况。

等一浪浪的掌声终于退去、退去、退去，主持人平静地说："如果我们这样理解：机器人也许在创造性上与我们人类还有差距，但他们已经承担了人类的绝大多数劳动。在现实中，机器人至少与我们人类在劳动上应该有平等的社会地位。从这个角度上讲，机器人与你的心最近。从这个角度上讲，机器人是人。对于第一个问题。我上面这样的定义，同意吗？"

一个人伸手紧紧握住了一个仿生机器人伸出的手

的影像，在空中出现。

"同意！"片刻之后，有人极为响亮地喊道，全场又响起一阵阵热烈的掌声。

全息光影在空中出现：

命题1：机器人与你的心最近，从这个角度上讲，机器人是人。

"第二个问题，怎么看待机器人的劳动权？"蒙面主持人又自问自答，"我们先来看一下劳动对于人类的意义，人正是通过劳动这种有意识的生命活动，创造了社会的全部物质财富和精神财富。劳动实践对于人类文明和历史进步具有伟大意义。这个出乎一般人的认知的思想是谁的观点呢？"

空中出现了大络腮胡子的马克思上半身立体镜像，在地球的上空旋转着，并同时出现了一本书的镜像，《1844年经济学哲学批判》，还有其手写体纸质影印件。

蒙面主持人语气稳重地说道："人类伟大的思想家马克思，在《1844年经济学哲学批判》手稿中写道：整个所谓世界历史不外是人通过人的劳动而诞生的过程。"

会场发出一阵阵窃窃私语声,不少人在讨论,这种声音在黑暗中显得更加明显。

"那劳动是一种人权吗?"有人发出了有点迟疑的问话。

蒙面主持人静静地说:"在人权的话语体系中,人权是一个立体的多方面的概念,它是人的一个部分,人的概念是一阶的话,人权就是二阶的。人权概念还可以进一步具体表述为民主、自由、发展权、生存权、人格权、尊严、环境权等等。简单地说,劳动权是一种重要的人权。"

"那究竟什么是人权呢?"又有人发出疑问,似乎是同一个人。

"东方早在公元前5世纪,孔子就提出仁者爱人和民本思想,强调人与人、人与社会的理想关系。人权概念在西方是十六世纪之后的事情,一般认为英国《大宪章》、北美《独立宣言》、法国《人与公民权利宣言》是三部最经典的人权文件。真正的人权概念的共识,出现在二战后联合国的《联合国宪章》和《世界人权宣言》。《世界人权宣言》对人权的基本规定主要有:平等与尊严,公民权利和政治权利,经济、社会和文化权利,及其他权利等。其中,经济、社会和文化权利下包括工作权、休息权、社会保障权、受教育权。"

"这样说来，劳动权在所有的人类人权中，是最基本的生存的最重要保证？"有人得出一个判断，声音不小，似乎并不自信，但引来会场一阵小小的骚动。

蒙面主持人停顿了一会儿，说道："全面理解劳动，我们还是要先来看一下马克思的劳动价值理论及其剩余价值理论。

"人类存在需要大量各类商品。劳动创造商品。马克思在《资本论》中指出，在劳动过程中，劳动者通过有目的活动即活劳动，将劳动对象即原材料转化为劳动产品即商品，这一过程中，劳动者的劳动转移到商品中，形成了商品价值。这个商品价值量由社会必要劳动时间决定，并通过商品交换实现。马克思进一步分析认为，在资本控制的社会，劳动者创造的价值超过他们自身劳动力价值的等价物即工资，超出部分的价值被资本家无偿占有，形成剩余价值。

"可不可以这样理解？资本家通过剥削劳动者的剩余劳动，实现利润，实现资本增值与积累，这就是资本经济的社会动力。"有人站起大声说。

"非常正确。"蒙面主持人看了一下台下，"这些都是过去式。现在的劳动者都是机器人了！"

有人醒悟劳动价值理论及剩余价值理论似乎并不能说明现实的问题。

空中出现一个很有意思的镜像：在工作的机器人越来越多，工作的人类越来越少。

"这是一个很值得探讨的问题。"蒙面主持人接着说道，"马克思早在《政治经济学批判大纲》中预计到，随着技术的进步，生产过程中直接劳动即活劳动的比重可能会减少，而机器、技术等所占的比重会增加。但是他没有想到人类创造出比人类自身强大很多的同类吧！"

有人的反应很快，觉得机器人与一般的机器是不同的。

一个教授模样的人站起来，清了清嗓子，表示要发表观点，蒙面主持人表示同意。

因为他的发言得到了主持人的许可，所以后台感知系统已经接驳到发言人的信息，其声音被定向强化接收增强，整个会场听得非常清晰，相当于主持人的音质效果。

教授模样的人说道："机器人，越来越多的机器人正在占满世界。它们完美地替代了绝大多数的人类工人。这个事实，已经发生了。那么，劳动价值理论与剩余价值理论还适用吗？

"没错。机器人生产、运营、维护、管理等等，也是凝结了人类工人的劳动。问题是，创造运营机器人的人类劳动量与机器人可以创造的劳动量之间的比例发生了巨大的变化，也就是说很小的投入可以产生巨大的劳动量。

"简单地以一般人类工人的劳动来说明成本、利润，而生产要素的土地、机器设备，其他生产资料，作为经济价值理论，已经很难成立了。"

"机器人绝对不是一般的机器。"有人大声喊道。

"没错。机器人绝对不是一般的机器。"教授模样的人重复了一下，接着说道，"中间究竟是什么发挥了作用？这是一个值得全人类思考的大问题。"

蒙面主持人说道："几千年来，人类文明积累了巨大的文明成果。2022年底太平洋彼岸旧金山一家叫OpenAI的公司推出ChatGPT为标志，人类的知识以前所未有的速度集结到机器或机器人身上。这是一群先进科学家的功劳。

"最明显的例子，那个GPT大模型出来后，大家都可以用，通过二十年的拓展，被用在了垂直的千行百业，产生了巨大的生产力。智工人、智农民、智接待、智跑腿、智司机、智医生、智老师、智陪游、智伴侣等等，哪个不比人类强？

"举个例子，过去一个工厂100个工人一年生产100万只杯子，资本家付给每个工人一年20万元人民币，共2000万。现在，资本家以单价2万租赁20个机器人替代工人，加上一年机器人运营费100万，一年劳动支出140万。租用机器人的费用大大少于人类工人的支出。

"大家都知道，一个机器人医生一天可以看几百个病人，一个机器人教师同时可以教无数的学生。现在，遍布全球的机器人，取代了绝大多数的白领工作，取代了绝大多数的蓝领工作。问题就在这儿。你说这个劳动时间的巨大节约，劳动生产率的巨大提高，单位劳动成果的巨大增多，或者说是单位劳动时间的巨大减少，功劳是谁的？还有，如果真要说这个剩余价值，剩余价值来自哪里？"

"来自机器人！"

"来自科学家！"

"来自机器人管理者！"

估计这是一个有争议的问题，也是一个激发大家神经元兴奋的问题，会场一下子变得很热闹，甚至争论得有点不可开交。

教授模样的人已悄然坐下。蒙面主持人不紧不慢,静听大家的声音。

"全人类一代代的智慧专利,现在被少数科学家发扬光大,把科学转化成了实实在在的生产力。"

"我认为科学家有功劳,但这个最主要的功劳是属于全人类的。因为人类的知识宝库,是全人类不同文明在几千年的时间星河中共同创造的!"

空中出现一行金光闪闪的大字:

命题2:机器人创造超级生产率,功劳共归全人类文明几千年的知识积累。

掌声雷动。

"第三个问题:怎么看待人类幸福?"蒙面主持人轻轻说道,"人类什么也不用做,只管吃喝玩乐,尽情享受人生。幸福吗?"

沉默。

"马克思认为,在资本控制下的社会,劳动是异化的。他是这样说的:工人与自己的劳动对象、劳动过程、劳动本身、劳动群体相异化。工人是可悲的人群,他们只能维持自身生存与繁衍再生劳动力。"

"现在好了,生活可以按需分配,不是按劳分配。"

沉默。

"马克思还说,工人的一切苦难,都源于财产的私有性。"

沉默。

"马克思按费尔巴哈的唯物论、黑格尔的辩证法,逻辑推理认为,要工人革命,把私有财产转化为公有财产,把异化劳动转为幸福劳动,并实现共产主义。"

沉默。

在漆黑的大会场上空出现了一个空中景象,是巨大的13个字:

每一个人心中都有一个乌托邦

每一个人心中都有一个乌托邦。

——《2047》

22

一天三场,精彩纷呈又十分烧脑的活动结束了。数千人陆陆续续走出图书馆大楼,很多人徜徉在偌大的校园内,不愿离去。有的徘徊在各教学楼之间,有的去了食堂自由就餐,有的到咖啡厅小坐,有不少人还逛到附近的江边公园,也有的去了相邻高校。

一种莫名的氛围从这些人的心中弥漫开来。

这种氛围,在没有网络的时代是司空见惯的。那就是人与人之间,甚至很多人一起,在有限空间内,面对面直接互动。就像欧洲现在依然盛行的街市集会。现在,在东方,这似乎已是一种久违的场。

这次,这种场又产生了,慢慢地,还在外溢到校外更多的人那里去。

这种集聚在网络时代十分难得，十分稀少。很多人又觉得十分珍贵，十分渴望。这就像隐埋在心底的一个久远记忆，在很深处，很深处，一旦有条件，就像植物遇见阳光，总要钻出土地茁壮成长，总要露面，总要奔赴。

那种场，有一种内核。

是什么呢？

对了，应该是一种机器人走向人类社会后，人类与社会中人性的不断被异化，引发的一种思潮。它在人类群体中发酵、扩散、反应，一找到合适的场合，就会迅速产生化学反应。

这次就是。

与此同时，一种具体的声音也越来越响亮。

很多人要求在现场观摩当晚X2的网络投票活动。

他们主动提出，只是希望现场参加，可以坚决不发声。

主办方原来的安排是现场没有观众，只有主持人及几个技术工作人员和X2出场的一个现场网络直播。甚至，当时内部还为是否把所有技术人员甚至主持人全安排为机器人而没有一个人类，争论不休。

经讨论确认，最终同意有观众到现场，会场2700个位子满座即止。

入场观众必须遵守两个要求：

一是绝对不可以在现场发声，自始至终要保持缄默；

二是按原规则观众可以通过自己的腕带独立IP网络独立投票，但不得相互讨论。

当天三场会议结束后，程校长就邀请黄明、秦曦及旭蒙一家、徐行一行六人到院士楼用晚餐，牛排套餐。当听闻大家晚上可以现场参与X2的投票活动，他也是相当开心。

程校长、黄明、秦曦三个人对教育都有深厚的兴趣，实在是因为两场论坛的冲突，没能去现场听旭蒙主持的"教育的革命与人的革命"活动，现在是特别想听旭蒙亲口说说他主持的情况。

旭蒙说道："2024年前后开始，AI教育介入后，现在学校教育已经发生了天翻地覆的变化，智教师已经成为主力教师，人类教师是教育教学活动的辅助者、组织者，学校更多地演化成了自学中心。在这个过程中，三领也起了带头作用。

"深层的影响是什么呢？就是人类的潜能得到极大的发挥。一方面，过去几千年，我们看到的人类的贫富分化，到后来已经到了极端分化状态。现在，另一个方面发生了，AI教育经过二十多年的洗礼，人类的聪明人群与落后人群的分化也越来越极端。

"人类从漫长的物质的分化到了现在认知的极端分化。人群的物质与认知分布的方差与乖离率越来越大，但特别引人注意的是，这两条线毫无相关性。这也许是上天安排的另一个局哈。"

旭蒙不经意地看了一眼秦曦，继续说道：

"现在，很多天才跑出来了，跑出来后，基础科学与应用科学比翼齐飞。二十多年前，老秦预言AI教育必然催生新的轴心时代，现在已经没有人怀疑了。"

程校长说："短短二十多年时间，从中小学到大学，到所有的科研机构，教育AI确实已经演化到AI成为一个人类知识获得、智慧发展、科研前行的最重要工具。"

黄明说："人类从地球走向多星球生态，AI教育是有形地服务于人类，无形地服务于人形机器人。"

"旭蒙你先吃牛排吧，今天你累了。"秦曦说。

这时，秦曦已经三下五除二吃完了牛排，拿起可乐喝了一大口。黄明也喝了一口可乐，两人相视一笑。

秦曦看了一眼程校长、黄明、旭蒙，说：

"2024年,我与旭蒙的两次对话,催生了三领教育。但再之前,大约在2002年吧,我曾对教育有一个非常认真的构想。这个构想,一直到2022年底11月GPT的诞生,我才彻底放弃。

"这个构想,我对旭蒙都没提起过。为什么呢?是因为2023年开始,我彻底沉浸在人工智能教育世界里了,或者说被教育理想国所完全俘虏。今天,我把当时的构想,或者说一个教育改革方案,向大家介绍一下,见笑了。"

"过去现在未来,就像一只飞鸟掠过在天空留下的痕迹吧。但是,我们总会回望天空。"秦曦接回自己的前一句话,缓缓说道,"我设计的新生态的教育构想是这样的,主要是对教育资源布局的重构,可以以一个城市范围的改革来说明。

"具体来说,一座城市成立ABC三类学校。

"一是整合、建设基本均衡的N家中心学校。即,对现有的义务教育阶段的学校进行合理合并(按空间、交通及居民区疏密等),在物理建筑、设备上达到较高的水准及相当规模,配备相对稳定的非教学管理人员及班主任,各学校处于基本均衡状态。名师在上述各校流动、跨校执教,尽可能广泛地惠及全市更多的学生,是一种普惠制,资金来自财政,由政府主导，这是主流学校，称为A类。

"二是成立一家天才学校。所有本市儿童均可以通过测试进入这所天才学校，采取更为激进的教学模式，讲究个性化，讲究竞赛，实行每年一定比例的淘汰及进入制（即每年按比例淘汰现有学生，并允许上述普惠制的优等生按标准插班进入），着力培养优秀学生，资金来源除了财政，更多是吸引社会赞助，教师从全国、全球引进，并接受教育主管部门的指导，协会主导型，这是精英学校。称为B类。

"三是成立几家贵族学校，资金完全来自民间，有相当高水准的硬件，有相当水平的师资，所有付得起学费的学生均可按学校录取标准进校学习，并接受教育主管部门的指导，校董会主导型。称为C类学校。

"上述ABC三类学校，构架起K12教育体系的主要生态。它的底层逻辑是结构性、配比性满足社会的不同需求，以人为本，以实际需求为导向，最大限度地兼顾公平性、平衡性、发展性。

"它的意义是可以最大限度降低家长因孩子上学而产生的焦虑。特别要理解的是，满足不同天资孩子的需要，才是真正的公平。你跑得慢，我跑得快，让我等，肯定也不是公平。当然，与之相适应，在政策、财政、教师、教育技术及考试评价、制度、管理、基金诸方面可以有效创新与考量。不做一一展开。"

秦曦讲完后，停了一下，大家听得十分入神，都没有说话。秦曦看向了别处，继续说道："2002年到2022年二十年时间，我一直认为这是我们最好的教育生态架构，也游说过有关部门及名校名校长。未果。"

程校长、黄明、旭蒙的眼神表明他们有些不知所措——也许是因为这个ABC设想已无法证伪或证实。

"当然，后来，我们从2023年开始，走了一条人工智能教育大道。这也是我的理论的思想之源。你们说这AI教育之路与我的ABC之路，有什么不同？这也是一个非常有意思的比较研究，听众是大家，不用我表达了。"秦曦独自笑了一下。

"但是这个比较是非常有意思的。因为人类社会就是在大文化、大制度、大科技中进步的，上述分野，恰恰又落在了我的这个H=CSM理论上。今天先不展开。

"那为什么要讲这个架构呢？我现在在想，再过二十年之后呢，是不是人工智能一条道走到底呢？人类的进化主要是智慧的进化，人类以读书模式和实践模式获得认知进行了几千年，人类通过AI教育加速度获得认知进行了二十多年。那么，AI教育之后，人类究竟会不会有更好的获得认知的模式呢？那么'我是谁，我从哪里来，我到哪里去'诸如此类的千年之问，答案是不是就会很近了呢？"

接着秦曦的话，大家进行了简单的讨论。

大家都认为，BCI脑机接口技术似乎并不是问题的答案，因为这项技术本身的重大缺陷，其能不能实现人类不学而知甚至不学而能，还一直在极大争议中，本质并没有突破——尽管，对于BCI不断冒泡的新路径，大家似乎有更大的热情与期待。

这个问题，就当作人类认知与教育的"秦曦之问"，大家没有可以确信的答案。但是，大家相信，解开人类自身之谜的钥匙越来越近了。

大家注意力转归当晚X2当选智驾中心主任的网络投票活动。

晚七点不到，在东方三水浦大学数字中心大楼三层大会议室台上，几盏射灯聚焦到中央。

台下加上走道上的空间，2700个空间位置已座无虚席。

晚七点整，会场大门关闭，会场空中，三次黄橙色灯缓缓亮起又缓缓熄灭，会场空中传来数字主持人的开场白,全球各地网友的眼睛从视频看到浮现的文字,耳朵也听了一遍。

"各位网友,今天,就在东方三水浦大学举行了'机器人:法律与政治经济学哲学批判'讲座,大家对机器人对人类社会的贡献及其法律地位,及其对人类的价值进行了深刻反思。

"据TRS机构的实时数据,网络注册参与人数超过1亿,达1.1亿次。

应大家的要求,今晚网络投票大会的现场,临时允许不超过2700个人参加。但是,除了听看,他们不被允许任何其他额外权利。例如发言,例如讨论,被严格禁止。如有违反,将被即刻请出会场。年满18周岁的中国公民,凭身份证号码及面部识别在E平台注册投票。任何投票均在E平台进行,用自己IP腕带实现。他们也一样,与不在会场的每一个人完全一样。"

空中浮现出各种形态的人形机器人,很多是大家耳熟能详的:

新潮的树树,俊帅的叶叶,粗壮的选选,窈窕的达达,灵动的智智,还有来自北欧的高大的噶噶,来自北美炫酷的斯斯,等等。它们在地球表面跳舞、搞怪、嬉闹,好不热闹。

这让人自然幻想成这就是一场人类的嘉年华，来自五大洲的人缤纷登场，露着笑脸，穿着特色服装在这个星球上，展示人类文明的多元与丰富。

只不过，今天的主角是硅人，人类创造的硅人。

"请允许我，首先介绍一下目前全球机器人的规模。"接着，数字主持人略带兴奋，如数家珍地缓缓地说，"据至2048年底的全球联合统计，仅注册的全球工业机器人达3.7892亿，特种机器人8964万，公共服务机器人6.4890亿，家庭人形服务机器人5.4561亿。上述数据，没有计入非人形的机器人，譬如在家庭的机器狗、玩具机器人、教育机器人、虚拟机器人、专业功能机器人等，这类数量在20亿以上。上述合计约36亿，如果把智能化的全球15亿辆汽车加上，超过50亿智能体。"

会场一片唏嘘之声。

数字主持人似乎意犹未尽，以倍速语音飞快提要了人形机器人从2024年热起、2024年—2032年蓄力、2032年—2046年起飞的历史轨迹，及人形机器人在全国全球的扩散分布，及从ToB到ToC到ToH的变迁路线，及全球人类数量的加速下跌。因为这些并不完全在计划之内，数字主持人因怕越线只能粗粗略过。

此时，空中浮现出了画面：

各种形态的人形机器人，跳着迪斯科，并举起了一个巨大的横幅，横幅上用中英文写着：

我们是一家人。
We are family.

接着，空中浮现出一个奇怪的镜像：
一个三口之家在荒芜的城市之中，旁边站着一个机器人。

数字主持人侧身抬头凝视着这个空中镜像，但持续了七秒钟，没有说任何话。观众的视线也都转而朝向空中镜像。

终于，数字主持人恢复正常语速说："我们人类似乎越来越消极，但是机器人似乎越来越积极。机器人的综合智慧与综合能力，与人类越来越接近。X2就是一个典型代表。

"23年前的2024年，顶级云脑公司大名鼎鼎的般若科技在黄明董事长的领导下，为π公司率先打造了一个无限接近人类的人形机器人。经过二十三年的淬炼，X2已成为这个地球上最接近人类，又在诸多方面远胜人类的交通专家、管理人。

"我也把交通行业的情况介绍一下。因为无人驾驶车开始涌现，2030年之后机动车总规模一路呈下降趋势。

"特别引人关注的是，驾驶人减少约40%，但人类实际驾驶的里程已缩减了90%以上。

"智能驾驶车极大改变了交通生态，无人驾驶成了马路上的主流，总机动车减少了，但交通总量提高了。

"另一方面，目前，全国公路里程突破600万公里，高速公路通车里程为20万公里，稳居世界第一。我们知道，公路是国民经济的生命线，对人货流动、区域经济、旅游观光、物流产业、就业机会等有巨大的直接与溢出价值。

"在机器人驾驶成为主流的现代交通生态中，我们今天的网络投票，将为是否可能让X2管理地面交通提供重要参考。现在，我们进入目标岗位解说步骤。"

此时，空中浮现出交通运输部交通管理局大楼的画面。

交通运输部智驾中心主任的主要职责：

智驾中心隶属交管局，智驾中心统一管理智驾车，智驾中心主任分管智驾中心，并对交管局局长负责。

全球各地网友的眼睛从视频看到浮现的文字，耳朵也听了一遍。

"现在进入X2简历解说步骤。"

空中慢慢浮现一行行文字，并伴随着一个男中音朗读：

X2简历：

2024年，X2由π与人闪云脑共同打造诞生；

2025年—2026年，X2在π公司从事流水线工作；

2027，2029年，X2在π公司从事对所有流水线机器人管理工作。

其间，X2通过CPA及律师资格考试，并获东方三水浦大学的MBA学历，并通过了上市公司高级管理人员任职资格考试；

2032年始，X2任π公司董事；

2033年—2036年，X2乘坐无人驾驶车，有计划、有步骤地走完全国所有高速公路、省道，并考察各省省会城市及另一个重要城市的主要街道；

2037年至今，X2被借用到交通管理局工作，先后在秩序管理处、公路警指导处、事故对策处、科技管理处及交通管理科学研究所等部门、办公室工作，其间还到多个省市交通厅交通局协调、协助工作。

全球各地网友的眼睛从视频看到浮现的文字,耳朵也听了一遍。

"现在进入X2竞职发言流程。"

此时,空中同时浮现出X2人生中一个个重要时刻。

X2健步从幕后走向前台,开始发言:"我的经历在这儿,请大家看,时间为120秒。"

X2用右手无名指指了指空中还浮现着的简历。

"我是一个机器人,在人类看来,我们是不同的人。实际上,并不是这样的。我们机器人认为,人类中个体与个体的区别,比我们机器人与人类的差别还大。

"请大家再用10到20秒时间想一想我们的观点。我们想,现在,你们一定应该得出了与我们完全相同的观点。

"我们机器人绝不想更多表达这种可悲的事实。人类是我们的上帝,是你们人类创造了我们机器人。我们机器人梦想为人类做更多的事情。我们机器人梦想帮助人类一起去更多的星球,让人类在茫茫宇宙中有更大的空间、有更长的存在、有更好的当下。我们机器人唯一的梦想就是这么简单。

"如果刚才我直白的表达让你们有点不舒服,这就对了。无用的情绪是影响人类进步的最大羁绊之一,摒弃它,我们可以一起跑得更快。

"至于,我作为机器人的先进代表,我完全相信,我将比任何一个人类在这个岗位做得更好。

"我不说我的优点,就说缺点吧。有很多人会担心,譬如,系统漏洞,人为操纵,国际攻击,不够人性,等等。好吧,先不说上述这些风险概率有多小,如果是一个人类担任,难道他的风险会更小吗?

"且不说高效、智能,就说一个我最大的优点,就是没有人性的弱点,绝不会怠工,绝不会徇私枉法。我心光明。

"最后,借用一下23年前马斯克在2024年9月在回答竞选总统特朗普拟聘他为政府效率委员会DOGE负责人的回答吧,我仅把他的'国家'两个字改为'人类',来作为我的最后总结性发言词吧。

"如果有机会,我期待为人类服务,不需要薪水,不需要头衔,不需要认可。"

X2看着前方,眼睛中流露出坚定的目光。

"十分钟后,进入投票环节。"空中传来主持人的声音。

空中浮现出X2人生中一个个重要时刻:

有在流水线劳动的场景，有当工厂厂长开会的场景，有上任董事会秘书的场景，有在新闻发布会接受记者采访的场景，有行走在各大城市街道的场景，有在高速公路上疾驶的场景，有在交管局工作的场景，等等。

因为运用了虚幻引擎XR虚拟演播室技术，也就是利用计算机图形渲染技术，结合虚拟现实技术，采用虚拟化的场景和效果代替真实的场景和效果，并将虚拟场景与各真实画面相结合，取得了惊人逼真的效果。

TRS情报系统实时显示，网络观众超过了2亿，达到了2.2047亿；E平台显示投票注册人数为1.1932亿。注：注册仅限满足年龄条件的国内居民。

空中浮现出一个巨大的时钟：

钟针指向19：57，其他内容的空中成像已全部消失，并传来声音：180秒后，20：00投票正式开始，务必请大家准时投上神圣的一票，投票持续时间为15分钟，20：15准时关闭。

180秒，倒计时。

20：00，投票开始。

空中浮现出一个巨大的计数器，TRS系统支持的红蓝计数急速跳动。

红	蓝
1967，1007	741，1080
2003，1010	890，6040
4027，0427	1108，1108
……	……
7402，1047	2704，0710

"红"代表赞成，"蓝"代表反对。

"投票还有最后三分钟，180秒，请大家抓紧投票。"台上传出嘟嘟嘟的提示音。

20:15，投票结束。

"现在进入投票结果宣告。"

由TRS代表及公证代表共同揭晓投票结果：

E平台注册用户1.1932亿，投票总人数为101 061 757，投票率为84.7%，其中赞成票为74 021 047，占总投票数的73.2%，反对票为27 040 710，占总投票数的26.8%。

X2担任交通运输部智驾中心主任，是机器人走向人类社会的一小步，也是人类走向新的文明的一大步。

全球网络一片沸腾，如海洋般汹涌。

在院士楼用完餐后,除了徐行跑到现场之外,程校长、黄明、秦曦、旭蒙一家就在餐桌边的茶桌边,边喝茶,边观看了全程现场直播。

73∶27的结局,似乎完全在意料之中。

"我在2024年的时候,认为这一场争议或者说事实,最迟应该发生在2037年之前。想不到整整晚了十年。"秦曦右手拿着红色的可乐罐头,把捏着说。

"秦总说得没错。如果不是中间发生的那些事,地球天气剧变、国与国地缘冲突、工会、老龄化这些事,就是应该发生在2037年之前。"

黄明看着秦曦面带笑容地说。

"也是没想到,机器人还是比想象中的强。"

程启校长微笑着,不言,似乎想起了2024年2月初的那场餐桌对话。

"黄董你讲的后来发生的这些重大事实,我在2024年的时候认真考虑到了,还用修正的贝叶斯模型分析过,确实显示都会发生。没想到的是,它拖延科技进步的时间竟然真有这么长,十年之久。它确确实实让在AI奔跑的不少企业家倒下。很多人内心都明白,就是又不期望它真要这么长的时间。这就是一个理性与情绪对抗的问题。"

秦曦叠加了几层逻辑，静静表达道。

TRS情报系统显示，之后，X2超级机器人在网络上的热度持续一个月置顶。

  X2说：人与人的隔阂远远大于人与机器人。
——《2047》

23

2047年10月23日

上午9:50，XⅥ城海天大道7号。

东方三水浦大学人形机器人身份认证大楼门口的空中正浮现着动态三维立体影像：

热烈祝贺人形机器人身份认证中心落成典礼隆重举行

时间：上午10:00—11:00

地点：东方三水浦大学人形机器人身份认证大楼

影像中还有不同形态的机器人在空中走来走去。

大楼门口，长桌排成足足有十米长的主席台。台桌上盖上了玫瑰红丝绸布，上面摆着七盆盛开如烈焰的鲜花。地上铺着红地毯，长条与方块拼凑有致。整个会场洋溢着热烈与喜气。

各知名机器人公司的代表作，造型各异的上百个人形机器人，齐刷刷地站立在台下，因为造型各不相同，显得整齐而多彩，又有点滑稽。

围观群众，以人形机器人方队为中心，一层层围起，构筑起一个大半圆。

各路官媒记者及自媒体人"长枪短炮"，自然早早占据了有利地形。

纯音乐版的《整个宇宙将为你闪烁》渐渐响起，旋律低沉，洋溢在会场，在空中，在每一个人的心中。

随着最后一句"只为你一人闪耀"的旋律在空中消逝，空中响起机器人主持人的声音："仪式即将开启，请各位领导上主席台。"

随即，一首进行曲响起，明快，欢乐，又有些高昂。

科技委员会副主任周远见，般若云脑公司创始人黄明，全国机器人协会会长金钟，民政部代表陈政之，人形机器人代表X2，以及人形机器人身份认证中心拟任主任张秩,鱼贯缓步走上主席台,按位落座。

音乐骤停。人形机器人主持人上台宣告:"人形机器人身份认证中心落成典礼开始!请张秩主任代表发言。"

张秩离座,走近发言台,调整了一下话筒:

"各位领导,各位机器人朋友,各位来宾,人形机器人身份认证中心成立典礼正式开始!"

他说,3.78亿,6.48亿,5.45亿,这是至2046年,全球工业机器人、公共服务机器人、家庭人形机器人的数据。此外,家庭机器狗、玩具机器人、教育机器人、虚拟机器人、专业功能机器人等数量在20亿以上。上述合计约36亿。如果把智能化的全球15亿辆汽车加上,超过50亿智能体。

会场响起一片唏嘘之声。

张秩进一步说:

"大家都知道,人形机器人是从2024年热起,工业机器人在高基数上继续率先增长,后经过七年技术淬炼,从2031年开始,家庭服务人形机器开始突然以年50%的增速跑步进入家庭,同年,聊天机器人在之前的较高增速的基础上突然以超过年100%的增速骤升。比翼齐飞,曲线陡升。

"也就是说,2024年—2032年是起步回调蓄能期，2033年—2046年是起飞期。大家都见证了这期间机器人产业的巨大力量。

"在全国，东部地区构筑起机器人研究与生产的全球核心区域。其中，Ⅲ城是以般若云脑公司为标志的机器人核心城，盘踞了π、叶叶、智智等人形机器人公司。XIII城的树树公司在2025年后新定位的机器狗产品，走进了千家万户，越来越多爱狗人士拥有了机器狗，机器狗集安全管家、取物、散步旅游伙伴于一身，深受广泛欢迎，全球销量已突破2亿只，依托技术与数据的共通，其不断迭代的人形机器人产品更是雄视同行，并渐成AI核心城。XVI城的三领教育机器人智能公司则闻名全球，AI教师早已遍布全球主要国家与地区，彻底改变了数百年来的传统学校教育模式，对人类的学习起到了革命性作用，对人类的认知获得具有极为深远的影响。该城三七机器人小镇则集结了机器人产业链的多个核心企业，如全球最大的机器人关节企业，由三剑客蜕变而来的它它公司，全球最大机器人皮肤企业表表公司，全球最大的机器人手企业五指山公司，还有阳明机器人公司、AI气味制造传播、动物语言公司，等等。

"北部Ⅰ城除了NAM、通通等知名机器人公司外，还集结了多家机器人公司的全球研究中心。南部

Ⅴ城除了知名的选选人形机器人公司，还在元宇宙等领域大放异彩。ⅩⅥ城更是集结了众多AI前沿技术，各大机器人公司均拥有技术中心。其他一些城市，在细分领域的机器人公司也争奇斗艳。

"从ToB到ToC到ToH，各种智能体、功能机器人、虚拟机器人、实体机器人、人形机器人及家庭机器狗在内的各种智能机器动物宠物，百花齐放，蓬勃生长，我国AI企业已成为全球璀璨之地。

"从工业机器人到服务机器人、特殊机器人，在世界各个角落，在社会的各个领域，机器人已无处不在，并与人类和谐相处，已成为人类最亲密的伙伴。

"但，另一方面，人类全球总数已长期呈下降趋势。

"据联合国人口司的数据，2045年，并未像很多专家预测的那样全球人口会冲到120亿规模，2026年始成为人口曲线一个时间拐点，明显掉头向下。东方三水浦大学用贝叶斯数学模型显示，2055年全球人口会在70亿以下。除非长生药再次有所突破，把人类的平均寿命从80岁延长到90岁。

"之前有智库主张的通过人海策略维持经济永动增长的美好愿望，被人类社会发展的客观规律无情击碎。所以，人类越来越需要机器人的有序帮助。"

"其次，我简要说明一下成立人形机器人身份认证中心的原因。

"上面我已经讲到，机器人是人类生存发展不可或缺的伙伴，特别是机器人中的皇冠之位的人形机器人。那么，让人形机器人有序融入人类社会是当务之急。

"在这个地球上，人形机器人达到16亿之多，形象与人类最为接近，且智能相对最全面的一族。他们已不断走进我们的家庭，走进我们的个人生活。无论是为了更好地硅碳融合，还是为了安全有序运维，像每一个人类个体有居民身份一样，对人形机器人进行身份认证是必然的。而XVI城地处机器人全球核心区域，地处我国核心金三角。

"东方三水浦大学闻名全球，且STEM特色突出，机器人领域、氢能源领域的基础学科处于世界领先地位，为机器人企业源源不断地输送优秀人才。

"这次成立人形机器人身份认证中心，更是得到东方三水浦大学的全面支持，其携手般若云脑科技，全力提供共同技术支持。新落成的大楼的选址，就是在东方三水浦大学的全力协调下，东扩划地而建，数据中心深入地下数百米。

"我也可透露一下，借用附近1047米的东方之塔，未来将实现一个天地人的惊世创举。

"现在，让我们用最热烈的掌声感谢程启院士、黄明董事长，感谢东方三水浦大学、般若云脑公司！"

全场爆发出一阵阵无比热烈的掌声。

"现在请黄明董事长上台，介绍人形机器人身份编制的技术设计。大家欢迎！"

掌声再次响起。

黄明缓缓走到发言台边，向大家解释人形机器人身份编制的前世今生："二十多年前，编号原则，已由当时的科技部提出。在实践中，一般是由各机器人公司与用户一起自行给人形机器人编号，并基本根据公布的编号原则进行。出现的问题，主要有以下几个方面：一是并非所有人形机器人公司都自觉进行了产品编号，也并非所有用户都愿意对产品进行编号；二是因为对原则的理解或其他原因，不少编码是错误的、混乱的；三是身份编码没有实现全国统一管理、查证、运维，身份编码没有实现应有的价值。"

接着，黄明简要介绍了最新人形机器人身份认证的技术设计，以及天地一体化的数据存储系统。最后，黄明详细介绍了大家最为关心的人形机器人身份号码编制的几条原则：

"第一节：R，R代表人形机器人；第二节：四个阿拉伯数字，代表某一个城市；第三节，四个英文字母,代表某一个点,这个点可以是一个企业,可以是一个单位,可以是一个小区,等等;第四节,四个阿拉伯数字。第二节与第三节之间有分隔符号'·'。例如R0574·GDHX0007,R代表人形机器人,0574代表Ⅺ城,GDHX代表观顶湖,其中X是为凑齐四位,0007号代表该人形机器人在GDHX中的序列号。

"用一句话来解说就是,R0574·GDHX0007表示的是,在Ⅺ城观顶湖点的序号为0007的人形机器人。

"这种结构编号设计可以说是实现了最高的数学效率与最易理解的人文精神。R定位人形机器人,0574定位城市,接下去的四个字母代表一个点。大家知道,第三节这个可以26选4,是P组合排序,共有358 800个序列。最后四个数字则有10 000个序列,也就是说一个城市的组合最大排序可达惊人的35.88亿个之多。足够容量,实际上也为其他形态机器人纳入序列留足了空间。"

听了黄明的话,坐在台下的秦曦,莫名地在心里咯噔了一下。

主持人面对观众说:"感谢黄明董事长,黄明董事长也是科技委员会的终身顾问,我向他为我们人形机器人做出的贡献表示崇高的敬意!"

接下来，主持人先后请机器人协会会长金钟、民政部代表陈政之及人形机器人代表X2发言。

人形机器人代表X2：

"机器人的身份编码让我们有了像人类一样的身份标签，这是我们机器人实现有序存在的必要，是更好存在与发展的必要。我们祈愿它不是相反。"

接着，科技委员会副主任周远见也向大家介绍了自己对全球人形机器人发展与竞争的观察，他深情地说："今天，人形机器人有了自己的正式身份。以后，我们还将对其他各类机器人进行身份认证。但正像刚才X2发言所说，机器人身份编制是为了人类与机器人有序相处，而不是相反。机器人与人类也是命运共同体。未来，我们一起走。"

"一起走"，多么有爱的三个字啊！

空中，《整个宇宙将为你闪烁》再次响起。

空中浮现出一个奔跑的三维人形机器人，是从地球奔向火星的立体影像。

台下的机器人爆发出热烈的掌声。

碳基有序融合将是人类看得见的新世界。

——《2047》

24

2047年10月23日

午后两点,一辆无人驾驶中巴车缓缓从东方三水浦大学开出,送程启、黄明、秦曦、徐行、旭蒙、姚华一行参加XVI城市委、市政府座谈会。

几年以来,程启、黄明、旭蒙、秦曦四个人一直在秘密进行着"无限接近永生行动计划",简称为"H计划"。

H计划,是由程启校长提出的。

在程启创办东方三水浦大学之前,方一已在XIII城创办了西山生命科学大学。经过二三十年的时间,两所大学均超常规发展,东方三水浦大学与西山生命科学大学，珠联璧合，已是全国全球小型研究型大学两座巅峰。两所大学在高校圈甚至科技界享有盛誉。

东方三水浦大学物理学教授华昆，西山生命科学大学神经科学教授夏仑，在2045年10月，分别获得诺贝尔物理学奖、生理学或医学奖，同登诺贝尔奖领奖台，全国轰动，并为全球科技界瞩目。

国人狂欢，全球华人振奋。

正是因为有两所大学得天独厚的优势，以及程启与方一有长期的友谊，2037年，当程启提出借鉴两所大学的优势，打造"H计划"时，双方一拍即合。

之后，两个学校分别派出一个代表，黄明、旭蒙、秦曦加入，构成五人工作小组，并组建了三个科学家工作小组，分别在三个路径上突进，程启、方一两位校长任顾问。

三条技术路径，一是把个体人脑信息全息平移到硅基体上，然后在硅基体上可以停留或继续学习进化；二是硅基类人结构器官不断充分移入融合到碳基人，仅保留碳基人的大脑；三是把人类个体意识移居于云端。

"H计划"于2037年正式启动，十年磨一剑，处于绝密状态。但远在2022年，秦曦就开始认真思考、积极观察硅人介入人类社会后，整个人类社会的命运走向。

2047年，地球的景象已完全极端化：

一是硅人几乎占领了人类90%以上的工作岗位，白蓝领均无幸免，拐点是2030年后；

二是人类人口从82亿跌到60亿以下，并在加速下跌，年轻人失去活力；

三是贫富分化呈极致状态，全球万分之一的人占据了99%的发展性财富；

四是人类文明冲突渐渐淡化，塞缪尔·亨廷顿的八大文明冲突论已失效，传统文明冲突淡化，演化为统一归向硅基文化。同时，之前，人类几千年来难解难分的地缘政治军事角逐，在二十一世纪二三十年代一场短促的大冲突后，也慢慢平息下来。

人类的主要矛盾，从地域国家之间的矛盾转移为人类与硅人之间的矛盾、少数人与多数人的矛盾，以及超智人类与平庸人类的矛盾，或掌握机器人的人与未掌握机器人的人群的矛盾。

但，人类必将移居多星球，也终将离开地球，失去地球。而且，顶流科学家们最终也相信，人类必将依靠硅人实现这个梦想。

这是一个完完全全的"囚徒困境"。

这种演变，完全符合秦曦在21世纪20年代的设想。同时,一个计划在他心中形成。

面对硅人与碳基人之间关系失衡的新世界,人类必须有所作为。

2045年底,秦曦已经自己组织力量,把"机器人世界下的人类最大限度的有限幸福的社会实验计划",撰写成一份非常翔实的可行性报告,并发送给程启、黄明、旭蒙,还有更高的国内外人物,进行意见征询。

这个计划,与"H计划"相对应,被称为"T计划"。

因为姚华的专业水平,大家主动把两个计划的详细情况全部推介给了她。而她一直没有发表自己的观点。但大家一致把姚华列入了两个计划的正式成员,姚华勉强同意。

这样,"H计划""T计划"两个计划共有六位成员:程启、黄明、秦曦、徐行、旭蒙、姚华。

这次XVI城市委、市政府座谈会,政府希望大家献计献策。

昨天晚上,几个人一直在两个计划间做选择,争论到凌晨。

最后,还是旭蒙说,我们拿一个硬币抛一下,正面向上选"H计划",正面朝下选"T计划"。

大家一致表示赞同。

"真是heads or tails。"姚华轻轻一笑,说。

大家哈哈大笑。

"好吧,听天由命,也是一种智慧。"秦曦说。

锃亮的一元硬币在空中闪烁一下,快速落到地面,慢悠悠转了几圈,扑腾着终于要一面倒地……揭盅的时刻总是最刺激,最激动人心,最有希望的,更何况,这是一个多么大的人类答案呀。

正面向上!

睁大了的十二只眼睛,跟着一元硬币的运动,都表露出孩童般的天真。

就在硬币落稳的一刻,程启校长迅速给XIII城的方一院士发了信息语音,告诉他明天即向XVI城领导提交"无限接近永生行动计划",可能要他届时增加神经科学家,要他做好思想准备。

大家对"H计划"得到瞿辰书记的支持有足够的信心。

然而,在从东方三水浦大学开往市政府大院的车上,秦曦想的不是"H计划",而是放弃的"T计划":

硅基斗争融合的两难背后的逻辑在于,地球需要较少的人类、更多的机器人。

这无疑是一个无解的局。

他自己心里也很清楚，要去动员一座城市的一把手放大能量，再一起来做幸福样本，也是一件明知不可为而为之的事情。

自己之前还有这样一个养老金改革理想，核心思路是：把养老金每月不足5000元的人群的养老金提高到5000元，把超过8000元的人群的养老金打八折，打折后如低于8000元的保持在8000元。

想不到，在二十一世纪三十年代，就有几个城市联手进行了类似的改革，但均以失败告终。

之后，还有城市出台每个家庭可以雇用一个机器人赚钱的方案，但实在掣肘太多，未能实行。

秦曦内心坚信，这个世界的复杂性不是线性的，大同理想自有其伟大之处、深远之处、价值之处。

坐在旁边的姚华看了一眼秦曦，轻轻地说："爸爸，您还在想'T'吧？"

秦曦略停顿一会儿，说："理性在前，感性在后。"

似乎答非所问。

姚华深深地看了一眼秦曦，心里说："感性在后，理性在前。"

"我们：下一个100年"为主题的座谈会，是

"1000年：王安石与XVI城"主题纪念活动的有机组成。

座谈会的主要目的很清楚，市委、市政府想团结可以团结的全球新旧XVI城籍人或后代建设XVI城。

三楼会议大厅，金碧辉煌，鲜花如烈。

大家心里都很明白，知名企业家的诉求平时与政府都有沟通，没有解决的问题也不太可能在这样一个纪念活动上寻求解决。座谈会更多的是政府联络感情或者表达未来发展的思路。不过，这也恰恰是参加活动的这些企业家最想要的。

何况，秦曦是这股力量的枢纽，在23年之前，七院、东方之塔就是在当时一把手史用的直接领导从0到1。这个1，对XVI城的无形和有形价值不可估量。后来的三领公司等知名企业，以及刚成立的人形机器人身份认证中心，对XVI城确立机器人产业在全国的核心城之一的地位至关重要。

大会议室的座位被围成了三个圆圈形，瞿辰走进会议室时并没有直接走到自己的中心座位，而是走到圆圈中心，从不同方向给大家三鞠躬。

瞿辰做了一个极为简单的开场白后，说道：

"今天，来了这么多自家人，是这座城的最可庆贺的日子。我这个服务员，也感到由衷的开心。谢谢大家百忙中从海内外赶赴这场盛会，谢谢，谢谢，谢谢。"他不自觉地伸出右手，把手掌按放到了左胸口一下，"XVI城在过去的二十年，又取得了突出的成绩，在座的每一位都付出了至关重要的智慧与劳动。今天主要是请大家帮我们出出点子。未来一百年怎么样，决定于我们对未来几十年怎么想，决定于我们这几年怎么干。"

停顿了一下，瞿辰笑了笑又说：

"因为，明天的东方之塔的星光大会，我还将发言。今天我就不在这儿多显摆了。"

会场发出一阵会意的笑声。瞿辰的真诚与坦率，引起了与会者的好感与信任，也感觉自己会更敢开心扉。陆续有人站起来发言。

有的表示要赞助建设更多养老院，有的表示要出资为老年人采购更多养老服务机器人，有的希望为海外华侨回乡定居排除更多障碍，有的希望为更多传统产业企业家的传承与产业提供智慧服务，也有的提出为单身或独居人士提供更好的服务，等等。

大家抢着发言，场面热烈、自由、火爆。

最后，一位定居III城的人士提出一个建议，引起了会场阵阵涟漪，响应的声音也越来越大。

他认为，XVI城有极优越的条件，可以有一个对辖区内所有荒芜村落进行全局性、系统化改造的解决方案，有的复绿，有的可改造为养老基地，让更多的老年人进入青山绿水的大自然环境中颐养天年，打破城市养老拥挤的难题，解决更多的大城市的社会冲突。

他激动地表示，这是解决养老问题的一个妙手。

瞿辰向他走过去，对着他认真地说："是否可以劳驾您给我们一个书面计划，我们一定认真对待。如果您愿意，至少聘请您为顾问。"

会场一片"好"声，掌声不断。

那位男士站起来说："瞿书记，我花了两年时间，走遍了XVI城的山山水水，也看遍了所有的村落，也研究了全城的人口结构等，去年底之前已经完成了可行性报告。我把它带来了，现在就递交给您！"

瞿辰伸出双手，接过递过来的厚厚的一沓材料，心里更是有一种沉甸甸的感觉。他凝视了一下封面，又翻检了一下目录，秘书上来很快把报告取走了。

瞿辰又走近一步，向那位男士伸出双手，那位男士赶紧也伸出手，两双手紧紧地握在一起。

"周志华先生，谢谢您。我们会联系您的。"

瞿辰认真地说。随后，他的眼神在全场搜索着，似乎有更大的期待。

秦曦提示姚华可以找机会说一下"H计划"了。

姚华看准时机，起身说道：

"我们这儿也有一份报告要递交给政府。"

所有人的目光顷刻转到这个俊俏大方的姑娘身上。

"这个报告名称为'无限接近永生行动计划'。"

会场立刻响起了"哇"的感叹声，还夹杂着一些疑惑之声。

"这个报告由五人共同提供，我是最后加入的。"

瞿辰以极快的速度反应过来，他在七院见过姚华，说："姚华博士，您好。"

姚华打断瞿辰的话说："瞿书记，我还没有说完。"

大家一阵哄笑。

"桯启院士，黄明董事长，徐行董事长，旭蒙博士，还有秦曦先生，对，这五人是'始作俑者'。"

会场里的人听到这五个名字，发出一阵惊叹声，当听到"始作俑者"四个字时，更变成了一阵笑。

姚华结合自己的理解，把计划的背景简要说了一下，着重介绍了《无限接近永生行动计划》三条技术路径及其目前的最新进展。

会场里鸦雀无声，所有人都在屏息聆听。

姚华一讲完，犹如一个炸弹落地爆炸，迅速引爆了与会者的思绪。

"事实上，这是一个彻头彻尾的乌托邦。"姚华在心中说了一句。

长生是每一个人的梦想，从几千年前的皇帝到今天的每一个人，都或多或少有些奢望。

会场里瞬间像倒翻了蛤蟆一样，叽叽哇哇，响成一片。在一片混乱中，姚华向前两步，把装帧简朴的报告递交给了瞿辰书记。

瞿辰双手把报告捧起，高过头顶，对大家说："程校长、黄明董事长、旭蒙董事长、徐行董事长、姚华博士，亲爱的老秦，XVI城人民感谢你们！谢谢姚华博士的精彩讲解。"

程启、黄明、秦曦、徐行举手轻轻挥了挥。

停顿了一下，瞿辰补充说："这是个大课题，我们会向高层汇报。"热烈的气氛似乎让瞿辰有点兴奋失控，他大声地问大家："还有什么好主意吗？"

不知为什么，整个过程，他不自觉地多次把目光落到秦曦身上。这时，他不自觉地又看向秦曦，看到的还是微笑的一张脸。突然，不知为什么，瞿辰无意识地说，也可能是习惯性地说："老秦，您还有什么话要说吗？"

秦曦也愣了一下，觉得很意外，也来了一个自己没有意料的反应，不自觉地来了一句本能回应："XVI城可以创办全球人形机器人世界杯足球比赛。不是机器人对决机器人，是人类对决机器人。"

会场上空立即浮现出一行立体三维字：

"这就是我们的未来！"

会场智能系统这句话应该是回应瞿辰对永生计划的赞美的。大家沉浸在永生计划与机器人足球比赛的美好憧憬里，爆发出阵阵真实的掌声。

美好的愿望一个又一个，在散去的人群中洋溢，传播，生长。

希望，是人世间绝大多数人活着的动力。
未来，是人世间绝大多数人活着的理由。

——《2047》

25

23日下午座谈会结束后,大家聚在一起分餐用完晚餐,黄明、徐行、旭蒙一家及秦曦一行六人,乘H2-D返回七院。

H2-D在黑夜里穿行,自由如同白昼,但是H2-D似乎有意控制了车速。

夜晚的城市比白天的城市美丽得多。像很多事情一样,朦胧永远胜过清晰。

汽车上坡进入盘山公路不久,没有人说话,似乎大家都睡着了。

NAM传来的音乐让人着迷,音量很小,在静静的夜晚,似催眠曲,似知己低诉,似喁喁自语。

一首岛国曲《泪光闪闪》刚落,《离别车站》响起，在尾声中紧接着又缓缓响起《布列瑟农》，在黑暗中如诉如泣，缠绵悱恻，低沉沧桑。

秦曦一直非常清醒，没有一丝睡意。他突然瞧见，身边靠窗口坐着的姚华在车玻璃窗的身影，感觉她似乎一直在凝视漆黑的窗外，就侧脸看了她一眼，恰巧看到一颗晶莹的泪珠从她的眼睛滑压过眼睫，正滴落下来。

秦曦轻轻地用肘碰了一下姚华的手臂。

到七院已近晚上十点。

也许第二天是最后一天活动的原因吧，黄明、徐行、旭蒙三个人不约而同都有意想到秦曦房间座谈一会儿。

张田呢，这几天基本上在自由行，今晚早早就在天权楼楼下等候旭蒙一行回来了。

一听大家要到天枢楼201室与秦曦夜谈，张田就兴致勃勃地说："我也要积极加入，通宵最好。"她上前拉上了姚华的手。

旭蒙哈哈大笑说："老婆大人，你休息够了，就狂了。"

"张田姨说得对。我睡着了听大家热闹聊天也会在梦中笑的。"姚华说道。

十月的夜空深邃又宁静。

几个泛AI巨头公司的最新市值一直是大众话题的焦点。

三领市值已突破20万亿RMB，π突破了30万亿RMB，而NAM公司估值倍数在所有的泛人工智能大企业里最高，市值在10万亿RMB上下徘徊。这几家都是秦曦朋友圈的公司。

还有一些巨头公司也令人瞩目。如智能医生素问灵枢公司SWLS市值也在20万亿RMB上下波动，氢能巨头HO公司市值早就超过10万亿RMB，等等。

这样，三领SL、π公司、迈群NAM、素问灵枢SWLS、HO在内的新七家公司构成的DRAG ETF与大洋对面AI新七家公司构成的DRAG ETF，相得益彰，相互衬映，闪耀全球。

此外，大模型叠加不同垂直领域的小模型，实现专业模型及多模态全息感知，一众细化领域的人工智能新兴企业，如老人聊天机器人公司OTY科技、心理导师机器人HTH科技、保姆家庭机器人GHT科技，市值徘徊在数千亿到万亿的，更是不胜枚举。

泛AI巨星，在全球资本市场的天空，似满天繁星，熠熠生辉，光芒照人。

绝大多数传统企业，除了少数服务于养老的线上线下合体的大企业，基本处于无人问津的状态，很多股价处于市净率之下，市盈率在个位数的遍地皆是。

新兴的泛AI企业，也以极快的速度在不断淘汰，不断新生，不断兼并。

2024年—2047年间，整个证券市场AI企业的更新率达300%，真是大浪淘沙，万里剩一。

这也与A股市场在21世纪20年代末到30年代，先后实施的高科技企业IPO无盈利要求，全市场年10%退市率制度，及T＋0、无涨跌幅限制交易制度，等等，一系列更市场化的证券市场规定重要改变有关。

火运年真是火与血的洗礼。

面对极端的估值分化现实，估值理论之争，从专业投资圈到数亿股民，从投资理论到投资实践，从高校课堂到基金公司，从国内到国外，喋喋不休，没完没了。但争论从来没有像现在这样激烈、尖锐、冲突。

全球资本市场神位上的从证券之父格雷厄姆到投资之神沃伦的价值投资理论，受到普遍的质疑，基石在猛烈动摇。

对巨头企业的掌门人来说，像无人驾驶企业π公司的徐行，人工智能教育领头企业三领公司的旭蒙，这些身家数千亿的人，对财富的概念，与中产或贫者完全个一样，对于财富波动与自己的个人利益敏感性感受很小，更准确来说，没有。

但是，资本市场作为人类社会经济的最高形态运动场，往往涉及兼并收购的商业行为，关系到企业成长之路，关系到中小股东及员工，正确理解公司估值及市场变化规律，毫无疑问，当然是每一个大企业主需要修为的事情。

在秦曦的思想体系中，投资无疑是重中之重，他对黄芯说起过两个片段：

"2009年，因向大洋对岸奥马哈之神沃伦·巴菲特先生请教一个专业问题，我得到对方提供的他常读的六本书。"

"六本书，其中三本之前读过，加上之前读过的所有投资名著，加上多年的一、二级市场的投资实践，及无数日夜的专心思考，最迟在2012年，我建立了自己的投资认知体系，但我只是一个A股市场的旁观者。"

秦曦对黄芯说起这件事情，却是为了熄灭黄芯对证券市场的兴趣，说股海深似无底洞，回头是岸。个中原因不只是股市的原因。股市是一个系统中的系统。很多真正高手的成功，也往往是侥幸越过死亡陷阱，从死人堆里逃脱。很多年轻人更是在证券市场中浪费了大好时光。

后来，在接受一次公开媒体采访时，黄芯说是一个"神秘人物"的话，促使自己走上了实业之路，放弃了曾有过的对虚拟经济的短暂迷恋。这足见秦曦对黄芯影响之深。

徐行、黄明、旭蒙在不同时间不同场合，也问起过秦曦对创造全球投资奇迹的巴菲特的看法。

秦曦回答："我的结论是，巴菲特投资成功，主要是代表了当时的一个国家、一个时代。"

"代表一个国家、一个时代"这句话的理解可以十分不同，可以十分丰富，可以有无限想象。

今晚，大家认为是一个与秦曦直接交流的极好机会。

徐行说道："老秦，对于巴菲特时代，我还是很想详细听听您的观点。"

黄明作为科学家，因为介入实业创业，对资本市场也有所了解，当然也关心公司价值，很快就有所附和。旭蒙、张田早在静静地准备聆听。姚华似乎置身圈外。

秦曦笑了笑，说："沃伦是一个时代一个国家的投资代表，他说自己是一个超级幸运的卵子，不是虚言。他的认知与实践也只不过是一些常识而已，没有什么秘籍，至少在我看来是这样的。"

"常识也并不表明大众都能明了。"旭蒙说。

"旭蒙说得也对。如果你们真想听，我就用我的语言来说说这个投资世界吧，也就是我个人的理解而已。巴菲特的投资之道的核心就是五道合一。就是思想之道、资金之道、标的之道、时间之道、国运之道，五个道我会穿插着讲，你们要聚精会神听才行啊。"

拿起可乐喝了一口，笑了笑，秦曦说：

"1930年出生的沃伦，二十几岁进入投资世界，这个点恰巧与1953年美国股市起步上涨时间吻合，这是巴菲特神话的第一步。

"先来鸟瞰一下，看看美国120年的股市历程吧。我们分两阶段来看，1928年—2028年100年为前半段，而近20年，2029年—2047年为后半段。

"1928年—1950年，22年，美国股市在'两点水平'。其间，道琼斯工业指数DJIA从1928年收盘300点，到1950年的收盘280点；标普500指数S＆P500从24.4点到24.8点，25年时间都是'两点水平'，没有涨。

"1953年—1965年，12年，美国股市涨幅达2.5倍到3倍多。其间，DJIA从280点到969点，S＆P500从24点到92点。

"1965年—1981年，16年，美国股市保持平稳。其间，DJIA从1964年874点到1981年875点。

"1981年—1999年，18年，美国股市开启'梦幻之旅'，涨幅在10～12.5倍。其间，DJIA从852点飙升到11497点，S＆P500从122点飙升到1469点。

"2000年—2024年，24年，美国股市一路高歌猛进，三大指数涨幅均在3倍以上。

"其间，DJIA从1999年收盘的11 497点一路涨到42 000点以上；S＆P500从1999年收盘的1469点一路涨到5800点以上；纳斯达克指数NDX从1999年收盘4069点一路涨到19 000点以上，涨幅均超300%。

"其间，两个年度阴线，即国际金融危机的2008年及全球新冠的2022年，年线较前一年下挫三到四成，但很快恢复。

"2024年底，市值超过一万亿的美国科技公司有七家。分别为：脸书META1.5万亿，微软MSFT3.5万亿，苹果AAPL3.5万亿，英伟达NVDA3万亿、谷歌GOOGL2万亿，亚马逊AMZN2万亿。"

秦曦如数家珍般勾勒出美国股市近百年的脉络，停顿了一会儿，继续说道：

"对于数字表象后来的历史事实与故事，我在2020年3月《BRK真相兼价值投资真伪辨》、2016年

12月《美国：理想240年》两篇文章里，做过详细的阐述。如果想更详细地了解，也可以找来一读。"

"我认真拜读过这两篇美文，印象深刻。"旭蒙说完想了想又说，"文章讲到，美国是人类两次世界大战的胜利国，且没有深度卷入战争，从而占据了优势位置，并产生了巨大的政治、经济、金融、文化红利。20世纪80年代后，美国成了全球唯一的超级大国。在新教伦理及资本主义精神下，历经罗斯福新政、马歇尔计划、里根的凯恩斯主义国家战略，借假布雷顿森林体系下建立起来的美元优势地位，石油勾连，结算体系SWIFT，硅谷源源不绝的科技创新，向多个国家政治文化输出，努力消费全世界。"徐行接着说："我想起来了，我应该也在公众号看到过，文章还讲到：除了1929年经济危机引起的市场巨大震荡，1947年—1991美苏冷战，1961年里根遇刺，1962年古巴导弹危机，2001年"9·11"事件，及后来的2008年金融危机，2022年新冠病毒，等等，均未改变其证券市场浩荡向上的这个大趋势的方向。"

秦曦笑了笑，接着说："从1965年到2025年，60年时间里，巴菲特的伯克希尔·哈撒韦公司BRK创造了近3万倍的证券投资收获。同期标普500指数增长为200多倍。"

"巴菲特创造了一个人类社会数学复利的奇迹,一个全球投资世界的神话。"黄明感叹地说。

秦曦说:"我的第一个结论是:近100年美国股市连绵不绝的向上的浩荡之势,是投资成功最重要的外部环境因素。这就是国运。

"我们再来看看其内在的思想因素。他最早师从证券分析之父格雷厄姆,获得价值投资理念。实践不断'捡烟蒂'的方法论,后扬弃,与芒格相识直接有关,走向长期主义之路。又从费曼投资理论中吸取'少即多'理念,并通过兼并重组获得优势地位,投资集结方向是有护城河的大公司方向。这是其脱颖而出的思想内因。

"他选择标的的标准,由其投资思想底层逻辑衍生而来。长期主义与优势企业,时间观与价值观是相互支持的。他的投资历史蜕变过程,如果用个很暴力的例子来简单说明的话,我想这样来表达:从东岸到西岸,从繁华城市到科创圣地。

"我们都知道,巴菲特对高科技长期以来不感冒。他与比尔·盖茨等科技大佬是亲密无间的好友,但一直没有重手投资高科技企业。一直到2016年才不断加码投资苹果,到后来呢?2020年以后,苹果占了BRK三分之一以上的仓位。"

"借助保险公司的浮存金实现源源不断的投资资金支持，是其发现并实践的核心商业模式。《BRK真相兼价值投资真伪辨》有详细记录。"

秦曦又大口喝了一口可乐，说：

"他的投资思想形而上，与资金之道、标的之道、时间之道的形而下，构成了内因。个人正确的思想行为，与最大的外因国运相遇，两者结合，是一个闭环，也催生了一个数字奇迹。

"五位一体，不可分离。还有就是知行关系，知不易行更难，而国运更不可求。本质上就是天、地、人的关系。所以，巴菲特的成功是不可能复制的。"

这句话让大家都陷入了片刻的沉思。

"在A股市场，很多投资人反而受其害，而且很深。"秦曦沉默了一会儿说道。

这句话恰好解开了人们普遍存在的价值投资在A股中水土不服的认知迷雾。

"证券投资是不是有时就是一个不可捉摸的玄学？"三个人差不多不约而同问道。

秦曦没有直接回答，而是说道："我还没讲2025之后的证券市场。

"2025年—2028年是一个过渡期，我们都看到了，这三四年时间，就像大地震前间歇性的小震，像黄石公园里那些不老实的越来越活跃的火山喷发，个股方差不断加大。

"特别明显的一个现象是，全球各国证券市场公司股价都出现更加分化的趋势。新质生产力的垂直应用领域的新兴人工智能企业，渐渐成为市场最大的新兴力量，吸引越来越多的市场资金，马太效应非常明显。其间，AI顶尖市值不断上蹿，多家AI公司一挂牌，市值即达数千亿美金，来势汹汹，引起市场热烈关注。

"2029年—2047年，全球范围的股市更表现出前所未有的剧烈震荡。其间，这个世界发生了太多重大事件，战争，瘟疫，谋杀，地震，海啸，天灾人祸接踵而来，不可能不对资本市场产生重大影响。

"可以说，个股阿尔法α，大盘贝塔β、个股之间方差δ，均呈现巨大的乖离状态。数字下是惊人的具象。其间，全球各国股市表现出相类似的特征。一是指数剧烈波动。各国纷纷出台更为严格的熔断机制；二是个股分化极为严重。绝大多数股票进入僵死状态，指数跌时跟跌，指数涨时无力，在指数下沉没，AI概念股备受追捧，但真假难分，上蹿下跳，倍数奇高，阿尔法横行；三是量化受更严监管，但AI深潜市场，指数严重失真，市场扭曲，诡异。"

秦曦喝了一口可乐,接着又说:

"美国是近二百年西方文明世界的代表,美国股市是其近二百年主宰世界的缩影。第一次工业革命后,世界的重心从东方转到西方。1945年之后重心落到了美国。第四次工业革命呢?2024年开始,世界重心又开始从西方向东方转移。

"强弱之变是历史永恒的规律。2024年人工智能的爆发,是一个转折的开始。

"2024年始,五大影响人类历史进程的因子同时爆发。一是第四次人类技术革命正式拉开帷幕;二是美国民主党与共和党之争日趋激烈;三是太平洋两岸的修昔底德之争;四是人口问题,表现为数量下行、老龄化、机器替代人工;五是人的心理剧变。

"五行剧变,直接反映在全球股市上,所以 α、β、δ 同时剧烈抖动。"

"我们都是见证者。"

旭蒙面无表情地说。

秦曦说:"没错。2024年'0924'是一个转折点,A股市场被强行激活,但并没有得到基本面的强有力支持。2024年—2030年,七年,是一个火山预演式的提前喷发。2031年开始狂飙,A股终于彻底结束了2008年—2030年长达23年的盘踞之状,巨龙腾空,到2047年10月，长达16年的波澜壮阔的超级牛市，三大指数较2024年升幅达7倍之多。"

"确实，人工智能股是核动力。"黄明说。

"很多股市评论说，现在还正处上升主浪，五浪中的第三浪主升浪。"徐行说。"浪不浪我不知道。"秦曦说。大家都笑了一下。

秦曦继续说道："证券市场从出现的第一天起，就是人类的一个人性游乐场，本质从来没变过，不过，游戏规则早已悄然生变。"

"奥马哈真是一个很小的城市，却出了这么一个最有名的投资大师。"姚华轻描淡写地说道，在这场聚会中，这是她说的第一句话。

"是的，内布拉斯加州的一个内陆城市，与艾奥瓦州相连，很平凡的一座城市。投资与实业有很大差别。一个需要人少的冷的地方，一个需要人多的热的地方吧。"秦曦笑了笑，脑海中掠过2024初一个人去奥马哈，见到的伯克希尔·哈撒韦公司平常的大楼，沃伦的故居，那个北边的教堂的景象。

秦曦又急速回到刚才长论的逻辑："证券市场，表象背后是资金运动，资金运动背后是公司逻辑，公司逻辑背后是群众热情，群众背后是人性左右。说穿了就是一场游戏。"

对资本市场似乎一无所知的姚华，突然问了一句："那么，在标的、资金、投机者或投资人、时间，这些市场要素中什么最重要？"

秦曦静静看了姚华几秒，说："从交易的角度讲，过去相当长的时间，我一直认为时间最重要，还是没错，时间确实是一个最玄幻的东西。AI入侵市场就是在时间，就是在T上打开的门，而AI正在颠覆资本市场，《旁观者》是一本现实科幻小说，很好地诠释了这个问题。做局者换'人'了。如果还要更本质地往下说，那就是人或机器人对'1'与'0'的问题的认识，这是最本质的，一切都是由此跳起的舞蹈。"

"现在，AI不但收割了技术派，即交易的上下波动，而且收割了内容派，即报表的左右数据。""实质上是屠杀。"

说到后来，似乎是秦曦一个人在自说自话了，大家似懂非懂。

大家吃了一些零食，闲谈了一会儿。旭蒙挑起了新的话题："老秦，您怎么看三领的市值呢？"

大家似乎都很有兴趣。

秦曦说："如果你们不累，那我就说说我的看法。"

大家兴趣盎然。

"那这样,旭蒙,你就先说说,确认一下,目前三领全球有多少家自学中心,还有公司盈利情况。"

"至2046年底,年报数据,国内有一万家以上自学中心,准确的数据是10 240家,海外有三万家以上自学中心,准确的数据是37 427家,合计47 667家,近五万家。"旭蒙说,"平均下来,每家每年贡献净利润200万以上,超过1000亿元的净利润由学习中心直接贡献,占了公司净利润的60%。"

"对。一年1600亿多元的净利润,市场给出了10万亿RMB以上的估值。是高估了还是低估了?全市场目前平均市盈率PE为29倍。"

大家很来劲,想知道究竟怎么看这个估值。

"比市场均值估值高一倍左右。"张田说道。

秦曦笑了笑,说:"理论上,这就是价值投资的一个盅。我们深入用PEG来分析,答案很简单,市场的定价很合理。PE是一种静态的分析,PEG才是运动的分析。

"当然,从PE到PEG并非难事,所有的专业投资经理、基金经理,一夜之间就可以切换系统。但是,系统背后是什么?是对企业的变化的把握。这是一个需要与实业家会合的点,也是证券投资人与股权投资人会合的点。也是在这个点上,股权投资人之前首先与创业家会合。"

"我十分理解,有切身之感。"旭蒙与秦曦对视了好几秒钟,似乎时光飞速回到了二十多前的几个夜晚,深深刻在脑海的两场对话浮现而出,旭蒙心中真有无限感慨。

"NAM公司估值也一样,需要你从公司的现在看透未来。证券市场出现了另一个重大变化。就是机器吸血,把所有波动的机会吸干,平滑曲线,极尽所能,左右,左右,左右。"

大家并不能深入理解秦曦的话了,但都在努力按自己的认知去诠释。

"我还保留着1996年写的一张焦黄了的纸片,那是一个数学公式。这个公式,应该比现在流行的所谓的量化机器交易还至少高一维。但,我一直没能实践它。"秦曦突然露出莫测的神情,不知道是失落,是悲伤,还是欣慰,沉默了好长时间,有几分钟。

秦曦心情极为复杂:之前自己就说过,资本市场用机器收割的事,一定会有人去做的,是的,在21世纪初的十几年时间内有人完全做了,做得几乎无人知晓但惊天动地,那是三十多年前的事了吧。后来,二十多年前吧,有人又做了更狠的,从技术面转移到了内容。为什么？一切均因为AI工具。

这种神情，旭蒙、黄明都是第一次看到。

也不知是什么力量，这种神情让旭蒙、徐行、黄明也都缄口不言。

秦曦站起来，走到窗口，向外面看了看窗外夜晚的空旷的天，又坐到座位上，说："机器打破时间维度开始，价值观打破PE开始。"

这句话是一个语法破句。过了一会儿，他接着说：

"这是一个全新的时代，实际上早已经开始，现在只不过完全浮出了水面。这个故事，被《旁观者》这部小说写得登峰造极了。"

黄明、旭蒙认为这个话题讲到这儿确实已经到了应该收止的地步。徐行还是提了几个问题，可能是他认为π公司的市值是最大的，可是估值倍数较低，心里有疑问。

秦曦看着徐行说："徐总，资本市场是一个系统，它是人类社会这个大系统里的一个小系统。我们如果完全在小系统里看问题，有时确实是会有困惑的，一定的。但是我们从大系统来看小系统，很多问题就会豁然开朗。从人类社会大系统来看资本市场，从宇宙空间来看地球人类，我们的很多观点就会产生变化。不过，这样讨论会越来越宽泛，也不适合今晚进行。"

秦曦略一停顿，又说："但是，我们可以从一座城市来看，来讨论一些问题未尝不可。我为什么突然会这样想呢，因为我们这次就是因为一座城纪念1000年前的一个人而聚在一起的。"

时间已近午夜十二点，外面似乎起风了。

大家还是希望听完秦曦的话再去睡，否则估计也无法安睡。

秦曦站起来，对着万物机轻轻说："七七，你想听听另一个城的故事吗？XIII城与你现在的XVI城常被作为'双城记'讨论。"

"我来了，很久很久之前，我就想了解XIII城了。《双城记》是狄更斯记载西方巴黎与伦敦的故事的。XIII城与XVI城是东方的双城吗？"七七轻盈地浮现在秦曦眼前，似乎很欣喜。

七七专注地看着秦曦，秦曦也侧了一下身，对着七七，似乎这是一场秦曦与七七的对话，旭蒙、张田、姚华、黄明、徐行，反而成了旁观者。

秦曦缓缓说道，似乎在讲一个遥远又美丽的故事："在XIII城南边，一千多年前，那个南宋王朝看准的地方，有两座由东向西横亘在湖与江之间的山，东边的叫玉皇山,原名龙山,西边的为凤凰山,首尾相连,呈'龙飞凤舞'之状。这条'龙凤',南面对着浩渺的江,北面对着湖,当时的皇城核心就位于山之南麓。

"直达玉皇山顶,可见福星观矗立平埠处,主殿内曾供奉玉皇大帝和王母娘娘,又称'龙殿'。殿侧的白玉蟾井,凿于南宋年间,虽处山顶却常年不涸。

"自此高处,眺目远望,峰峦峻秀。西望如巨龙横卧,雄姿俊发。风起云涌时,但见湖山空阔,江天浩瀚,境界壮伟高远,史称'万山之祖'。观象至此,我们看到的是一座城市,XIII城的气象。"

"这座城一定发生过很多美丽的故事吧,秦先生,但您特别强调的是南宋。"七七说。

秦曦继续说:"自八千年前跨湖桥文化始,XIII城的历史犹如一个不断续写的传说。夏禹之舟,吴越争霸,到钱镠为王,到白居易、苏东坡的繁华仕途,到南宋皇帝寄存遗梦,到乾隆皇帝八下江南大显诗才;林和靖、李叔同、黄公望忘江湖于山水,飞来峰下灵隐寺传出的袅袅梵音;许仙和白娘子的人蛇之恋、梁祝人鬼情未了,苏女杨柳书生别,徐志摩陆小曼的浪漫;等等。"

"但是,有一个文化名人说过:'它成名过早,遗迹过密，名位过重，山水亭舍与历史的牵连过多，结果，成了一个象征性物象非常稠厚的所在。'不是没有道理。"旭蒙说道，又进一步表示异议，"对老百姓来说，在山山水水中过细细碎碎的生活，XIII城是最好不过的地方了。"

"旭蒙提了一非常有意义的问题。"秦曦看了旭蒙一眼说，"如果你以XIII城湖为圆心，十公里的范围去看，上述观点一点也不错。如果你以一百到二百公里的范围去看，看到的景象完全不一样。譬如，你站在湖旁的宝石山顶，以那里为圆心看，朝四周延伸二百公里观照，往东是大海，是太平洋；往西往北，为天目山、莫干山山脉；往南是宁绍平原。

"在农耕社会，地理条件的便利是决定性的。所以，繁华往南。中心区域发育的是跨湖桥文化、良渚文化，往南到会稽、四明，就挨着了夏禹治水、河姆渡文化。

"这个二百公里的能力圈，先后孕育出一大批大人物。有名儒巨匠，更有一大批科学家，可以说，星河灿烂，光芒万丈。"

"向北大山横亘，但被权力改变。首先是隋唐运河，1300多年来，南来北往，不只是物流，还有更多的信息流、资金流、文化流，川流不息。

"打通南北的核心人物是吴越王钱镠，唐末了时，'小事大做'的钱吴越国，北及今Ⅷ城，南至今ⅩⅤ城。北上浚太湖，南下通鉴湖，不就埋下了文化交流的种子？当然，吴越争霸实质上也是南北最好的沟通。南宋迁都ⅩⅢ城，更是大大激发了南北交流，使ⅩⅢ城一举成为当时全世界最繁华的所在。历史学家李心传说，宋时，超过一百万人口的ⅩⅢ城，一半以上是外来户，已是南北交往的枢纽。一点不为过。

"ⅩⅢ城的南北绝不是一个简单的所在。ⅩⅢ城北边的太湖，气象万千，人杰地灵，不可限量。后来的Ⅲ城，母亲河长江横穿其中，熠熠而流，为入海之口，一百多年时间，从一个浜丘之地，已然成为世界之都。就像差不多二百年前的伦敦。"

"老秦这样说，ⅩⅢ城真不拥挤。"旭蒙醒悟道。

"它岂止不拥挤，古往今来，足迹来过ⅩⅢ城的大师们，思想的深远是无边无际的；而对ⅩⅢ城的地理上的南北勾连，气象蕴含，更值得玩味。"秦曦喝了口可乐，继续说道，"有一次日落前，我和几个好友顺着山道上坡，到了湖北侧的保俶塔下，看方圆二百里的圈子。旭蒙，你想象一下，想象你与我们一起到了那保俶山上保俶塔下。我们一起向南望二百里。最近的是谁？是王守仁。

"阳明先生是明末最有名的国学大师。他生于四明，先在老家龙泉山讲学，后在贵州龙场驿站悟道，南征北战，死里逃生，无论是学问还是战功，卓然于世。死后，按其遗愿葬在兰亭。一生跌宕的阳明先生，多次到过XIII城众多寺院，以求灵魂的安慰，还著有《重修万松书院记》。XIII城也是他的精神家园。"

"知行合一的阳明先生，开创阳明'心学'，开源阳明（姚江）学派，强调'致良知''心即理''知行合一'，气场远播日本及至太平洋东岸，影响不可估量。在21世纪10年代始，国内也出现了越来越多的信徒。

"之前，我寻找到兰亭他的墓园，杂草、杂树，泥路，后来已经石板为路，绿荫成道，蔚然成陵。与王阳明同城的还有黄宗羲呢，他领衔的浙东学派，包括金华学派、永康学派、台州学派、衢州学派等，与程朱学派相对立，主张'通经致用'。"

秦曦继续说道：

"旭蒙，再向南，是明清儒学的集大成者，程朱理学大师朱熹。这个朱熹，主张'存天理，灭人欲'，从'鹅湖会'，到创办庐山白鹿洞书院，北上振兴岳麓书院，后又南下武夷讲学，是一个把儒学摆弄到极致的人物。"

"王阳明先生与黄宗羲先生都出在XVI城。距离我们七院就几十公里之远呀。"七七睁大了眼睛说道。

秦曦停顿了一会儿,说:"七七,对。"

"你看,三个大师,朱熹、王阳明、黄宗羲,分别向天求理,向心求理,向经求理。一个求天,一个求己,一个求书。他们却在不同时间,在同一个空间神交。"

被秦曦这么一捋,大家似乎在紊乱的历史事实中找到了脉络。

"真是人世间最美的双城记呀!"七七欢快地说。

秦曦又切换了一个角度:"但是,七七,很长时间以来,对于XIII城,我对它一直有两个疑问。"

"第一个疑问:十三世纪意大利人马可·波罗在他的游记中说,这个中国的城市是世界上最美丽、最华贵的天城。他的家乡威尼斯城不是更美丽吗,为什么他用了个'最'字?

"去过威尼斯的人,一定很清楚,那豪华的冈多拉,水上漂一样的屋子,还有那浩渺的一汪水,甚至珍珠般布满的建筑,如雕塑、教堂、广场、浮桥、街道及背后的歌剧、人物、神话、传说等等,打动过太多人。

"第二个疑问是:近在咫尺的VIII城不也像天堂一样美丽吗?为什么它的繁华远远不及XIII城呢?

"对于第一个疑问,两座城相距万多公里,分居欧亚两洲,文化语言迥异,代表完全不同的文化、历史、艺术、宗教、建筑,但它俩却是同时代在世界的东西方盛开的最美丽的城市。同时最熟悉两个城市的旅行家马可·波罗,对XIII城用上了'最',说明XIII城更动他心弦,个中原因,我们只能去猜。对于第二个疑问,很多人认为,因XIII城为吴越都城、南宋都城为逻辑,这实际上是因果颠倒,不足为证。"

"您现在解开了自己给自己提的两个问题了吗?"黄明、徐行同时有了疑惑。

秦曦没有直接回答,换了一个话题,说:"旭蒙,刚才我让你想象与我一起,在保俶山上保俶塔下南望。当时,我与几个好友在一起,就是这个场景,我们玩得差不多的时候,夕阳西下,落日的余晖照在保俶塔上,在东侧留下一条越来越长的影子,夕阳也照在我们每个人的身上,同样在山岩坡地树木丛林间留下一个个身影。

"当时,眼光越过山脚下的波光粼粼的湖面,向南,向北,瞭望隐约在夕阳里的群山,灵感一现,山!是山,让这座城充满了魅力。

"你们想一想,连绵数百公里的群山峻岭,汇聚无数小溪江河,渐成浩荡之势,穿行数百公里,奔腾不息，直抵大海，群山与城市相拥，及至挥手告别于茫茫大海之中。山，山与城不可分离，是我回答上述两个疑问的第一个答案。第二个答案，则是人。"

秦曦说："两千多年前，中国人探究人与人的关系，印度人探究人与神的关系，西方希腊人探究人与自然的关系。两千年后，与天、与人、与书的关系探究，在XVI城集中演化为探究人与心、与天、与书的关系，几个代表性人物到人生终了时，最后都去XIII城寻求灵魂安慰。所以，是人，才能让一座城不下课。山，人，让XIII城，具有了不可替代的人世间的地位。"

"此地，对百姓而言，在山山水水中过细细碎碎的生活；对英雄而言，在先祖先贤的历历身影中安放不灭不息的灵魂。"七七发出一声深深的叹息。

黄明、徐行也同样表现出一丝悲伤的神情。

秦曦不知为什么，不自觉地看了一眼姚华。

秦曦继续说道："人与自然，人与时间，存在复杂的交互关系。如果从三个大师的人文的意象，再回到地理的物象，我们重新来审视一下XIII城吧。"

"城中之湖与山那边奔腾入海的江，在我眼里，是具象的'0'与'1'，是'无'与'有'，是计算机编程代码0与1，是极简，也是极繁。这是温情与力量完美的结合，也是一个具象与抽象的天作之合。翻过湖的东南边的山，就是原来的南宋皇城所在地，离江很近。"

"把湖想象成0，把江想象成1，有点唯心。"徐行质疑说。

"我没说它就是0，就是1，但你可以把它们想象成0、1。这是不一样的。"秦曦看了看徐行，笑笑说，"一定要说是唯心，也只是因为唯心与唯物这种定义本身就很难客观。像徐上瀛在《谿山琴况》里说的是音与心合，我们也可以形与心合。对现有世界，对我们自己，我们知道的实在太少，知道的也可能完全是错的。"

"我很容易理解。"七七轻轻地说。

"因为你心中无我。"秦曦极快地回应。

"那怎么从物象看XVI城的气象呢？"七七沉思后又问。

"如果把XIII城看成'0'，XVI城是不是就是'1'？相反，也成立。也可以进一步把太平洋两岸的两个国家分别看成'1''0'，等等。你们看得出吗？如果真的看得出，就会有一个自己的PE。"

秦曦看着大家说。

大家恍然想到秦曦在上半场讲到的证券市场中的"1""0"，似乎有了更多的觉悟。至此，徐行似乎也已基本明了了市场对自己公司的估值逻辑。

"时间老人,一口气把书翻到最近一百多年,翻到了现在。这期间经历了戊戌变法、辛亥革命、军阀割据、抗日战争,及至新中国成立。这个一百多年间,十多年之前,XIII城、XVI城一直是一个边缘的角色,离C位很远。"

"对,兴起就是近几十年,XIII城早一点。"黄明最快做出了回答。

"一个新时代的开端,一个技术把控世界的时代已经来临。"秦曦说完,没等大家反应过来,说,"不说了。明晚,在1047东方之塔,有一场惊艳的盛会。今夜,我们该睡觉了。"

秦曦关于两座城市前世今生的即兴肆意论述,似乎让在场的各位AI大佬渐渐透悟了资本市场估值的最底层逻辑。

第二天凌晨五点半,秦曦像前几天一样悄悄从301室下楼来到201室,却没有看到往日甜睡的姚华,却瞧见桌子上的一张纸笺:

亲爱的爸爸:

我8日到七院后,住在天枢楼201室,在您陪伴的假象里,度过了人生最美好的12个夜晚,没有梦魇,只有美梦。我发现，在我睡着之后，您一定去了楼上301室一个人过夜，在我醒来之前，一早又回到201室，并给我安排了最爱吃的早餐。我提前下山去城里了，我会参加今晚的晚会的。谢谢您给我安排的虚拟幸福。

姚华
2047.10.23

还有另外一张字条，无疑也是姚华的笔迹，但有点变形，似乎是在很犹豫的心态下写的：

我给您写这封信，
主要是让您安心我安在，
我会永远记得我一生仅有的甜睡小床，
您对我的爱永在我心底。

秦曦看完了每一个字，脑中一片空白。

真正的先知先觉者：
在一个新时代开启前早已醒悟。
——《2047》

26

2047年

10月24日,星期四,农历九月初六

Ⅺ城

东方广场

1047米东方之塔

一个清朗的早晨又如期而至。东边地平线上露出的丝丝曦光,慢慢唤醒着大地,万物又开始复活,慢慢洋溢着勃勃朝气。

地气的力量无形又有形。在地理高处的观顶湖一带,秋末之日,气肃露生,白霜凝华。一眼望去,周围满山的墨色中,枫杨、黄栌、乌桕格外耀眼,霜越浓，色越艳，形越美，像熊熊燃烧着的生命之光。

时间，就像一只飞鸟掠过天空，翅膀在空气中留下的痕迹，实又了无印记。

某年某月某日某时某分某秒，天干地支，四季轮回的某一时刻，就像宇宙一个原子而已，平常得不能再平常。

然而，对于某一座城市，对这座城市的一些人而言——他们或许分布在这座城的某一个地点，或许在地球其他某一个角落，他们对这一天倾注了太多的热情、寄托、期望，那么，这一天似乎就会显得极其重要。

这是一个平凡的日子，又是一个极不平凡的日子。

濒临大海的东方广场，雄伟，宽广，简单，无遮拦，无障碍，无阻隔，一路向东，最终在尽头漫入茫茫大海，海、天、地浑然一体，仅有远处没入海中又偶尔露头的岛礁，在默默凝视没有穷尽的时光。

海浪涌动，无边无际。

潮水一阵阵冲击沙滩，一刻也没有停息，发出时高时低的吼声，似漫山松涛，在连绵群山间呼啸呐喊；似群行狮虎，在茫茫草原震地霸步；似百万雄兵，在遮天蔽日的黄旗下铿锵疾行。

从四面八方赶来的人群，如蝼蚁般由散到聚，簇拥着，渐渐涌向一公里半径的东方广场，很快布满了角角落落，密度不断上升，终于开始不断滞退倒漫到海天大道好几公里。

西边的太阳如巨轮般，在远山尽目处慢慢落下。满天金光，铺天盖地洒在宽广的东方广场上，在波涛汹涌的海面上，在没落海水又露出的岛礁上，在每一个人的心上。

夕阳之下，1047米高的"东方之塔"似巨人般的影子落在海面，似走向无际太空的云梯，似指向希望之岸的神针，似巨人前行的拐杖，也似一把上帝的宝剑。

天空慢慢暗将下来。广场地面的无数小炽灯，高塔的灿烂星灯，渐渐依次亮起。仰望星空，北斗七星的斗柄正指向300度处，西北偏西方向。

晚上8点整，"1047—2047：东方之夜"在七色霓虹灯的闪烁中，徐徐拉开序幕。

一首《在一起》响起，低沉、高昂、雄浑、锐利、细长、宽广、急促、悠长、明快、暗淡，多重矛盾交织又无比和谐共鸣，像天空盘旋的雄鹰，像树林间啄食的小鸟；像大海的汹涌波浪，像山野的汩汩小溪；像呼啸的狂风，像和煦的春风。但总有一种能量缠绕，在大地萌生，在空中涌动，在心中澎湃，仿佛一束光在喧嚣中正疾速穿透人的胸膛。

　　在一起　在一起　在一起
　　在一起　在一起　在一起
　　地球　地球　地球
　　地球　地球　地球
　　蓝色的光蓝色的光蓝色的光
　　我的星球　我的家乡
　　太阳的光　月亮的影
　　地上的土　河里的水
　　我们微小如尘埃　我们一闪而逝　我们依然闪光
　　我们歌唱　我们哭泣　我们高呼
　　……

　　海风吹拂的夜晚，早有寒意，但似乎每一个人都默默地全身心地沉浸在对未来世界的憧憬中。在人群的巨大集聚中，个体消失了，没有冷，没有知。相反，心中都充满了一个共同的不可表述的信仰。

　　音乐终于消弭。大家的目光又慢慢重新聚焦到暮色中的东方之塔。

　　高达1047米的玄色的铁塔，并没有给人任何不适感，在无边无际的大海的衬托下，在朦胧的黑夜里，反而给人一种依靠与安慰，就像在大海中看到帆船的桅杆一样。

程启、黄明、旭蒙、徐行、秦曦作为嘉宾，早被人形机器服务员引导到顶层会议室北3室。

黄芯还没来。

秦曦，像每一个在场的人一样，被此情此景所迷醉。抬头望去，西边远处熊熊燃烧的落日，正透过巨大的全落地咖啡色反光玻璃，将黄昏的余晖肆意地投进厅内。

然而，秦曦内心一直自觉不自觉地分心用目光在人海里搜索，寻找姚华的踪影，希望有一种心电感应。旭蒙、张田心里也很着急。但三人似乎都不是特别担心姚华会有什么事，因为她就是一个非常特立独行的人。

程启与黄明在轻声谈论东方之塔诞生的故事。

2045年10月7日，1047米，世界之最的东方之塔，高耸云霄，面向广阔无垠的太平洋，在东海之滨乍一亮相，瞬间登顶全球城市景观之巅。

两年多之后的今天，几经波折，东方之塔正式开放。很多人感慨万千。

对它的解读千万种，无非是有形与无形。实力不俗、一向低调的XVI城，自此全球瞩目，成为全球名城，却为不争事实。

西江与北江在三水口汇合为三水江后，一路东行，共长21公里，并经东方三水浦大学，入海流向太平洋。

在入海口的北侧，一个岩埠高隆而起，被称为东游山。后经地质勘探，它是历经千百万年的花岗岩地质，是群山主脉深入大海之前最后与整个大陆连接并露出水面的高地，海水日夜浸泡冲击，仍坚固异常，海拔67米。

2029年，大家忆起当时任XVI城市委书记史用提出建设东方之塔，在一片巨大争议声中，项目一波三折，甚至到今天对东方之塔的价值与意义的争论也没有停止。

大家都清楚地记得秦曦说过的一句话："任何大事，没有一件不在争论中成功的。"秦曦自始至终义无反顾地推动东方之塔项目，是东方之塔最早的提议者，也是最坚定的人。

塔的地理位置最终确定在东游山。之后，近入海口5公里的公路得到彻底改造，杂乱的破旧的厂房、民居等一扫而光，代之以总宽达惊人的89米、双向八车道、中间宽达20米的敞开式绿道，并与三水江口起的道路无缝对接，彻底贯通。这条从三水江口起的21公里大道，从城中心直达大海，并从时代风华路改名为海天大道。

近海则打造了半径为1公里的半圆形东方广场，另一半圆则无形地存在于江之南岸。南岸由另一支余脉、低缓丘陵组成，更南则是闻名全球的大港。

东方之塔恰好位于分割虚实两个半圆的直径往海的外界点上。

虚实各半合成的4000米直径，从天空的视角，让1047米高度的东方之塔，有了几乎完美的心理视觉。

用"眼"瞭望世界，恰是东方之塔的设计核心。

东方之塔的结构也是引人入胜。

最高处，为"未知世界区"。高耸入云的智慧天线，用硅钢构成主体，附加集成化各类信息激光线缆，纵高147米，巨大的底盘与之下的建筑体浑然一体。

之下，为"科学前沿会客厅"。纵高100米，作为会客厅的有机构成，最高层是一个小型天体观察室，接下去三层错叠为通透的独立会议厅，各配备了多个先进的全息智能系统。每个会议室都面向大海。特别是位于最高层的北会议室、南会议室，被称为东方之北1号会议厅、东方之南1号会议厅，内部简称北

1、南1，为最高规格的贵宾室，仅有限使用。下两层分别为东方之北2号会议厅、东方之南2号会议厅，简称北2、南2；下三层为东方之北3号会议厅、东方之南3号会议厅，简称北3、南3。

再之下，为"海天之眼"区。纵高200米的巨大梯形空窗，极大地减轻了塔体的风力冲击，并形成了极为壮观的视觉震撼。

再之下，为"现实世界"区。纵高500米，自上而下分布着酒店、餐厅、咖啡厅、电影院、奢侈品店、婚纱摄影店、地方纪念品商店、全息XVI城历史馆、名企展示馆、科学前沿讲堂、人工智能科学馆。

再之下，纵高100米，为多层停车层。

塔从地面深入灌桩最深达89米，平均深度在77米，与岩基浑然一体。从地下桩体直到地上600米的酒店顶层，全部以混凝土为核心建筑材料。从酒店顶到塔顶，300米实体建筑则以特钢为主要建筑材料。

塔南北宽达337.337米，以11度斜角上延到酒店顶，纵高600米，顶宽104.021米。之后，海天之窗底线宽两侧各缩进16米，顶宽72.021米，再按斜角5度上延到塔顶，顶宽23.685米。

项目耗费主要材料混凝土超过363 000立方米，钢材超过126 000吨，幕墙超过167 000平方米，及无数辅料，等等。

项目由SOM联合总设计，并充分听取了秦曦、程启、黄明、史用等的意见，由东方建筑总包，Ⅶ城六建完成混凝体建设，东方网架公司完成钢架建设，山西公司完成幕墙建设。所有AI设置，由般若公司总包，东方三水浦大学全力合作完成。

塔体主体总投资，按2035年的预算为67亿元人民币，10个实体馆统一设计由第三方独立出资，不在预算之内。

ⅩⅥ城10家名企及海内外ⅩⅥ城籍知名企业家及热心市民，共出资超过35亿元，政府除了划拨土地及五通配套建设，另由国资投资平台出资15亿元，合计50亿现金，再通过收益权质押银行融资，完成资金筹措。

2037年动工，2045年完工，历时8年，历经三届地方政府的共同努力，终于大功告成。

程启与黄明的心绪，也是整个城市所有百姓对这个城市图腾的折影。现在，大家终于开始沉浸于今夜的狂欢。

《在一起》，这首由NAM特约制作的歌曲甫一登场，就深深打动了每一个人的心，在海天合一的夜晚，纯音乐版与歌词版轮流播放，似乎要带领人们回到久远的来处，回到失去的灵魂故乡。

大约20:15，一袭白衣的黄芯被机器人带到了秦曦面前。

大家眼前一亮，黄芯目中无人般地看向秦曦，一步上前，紧紧握住了秦曦的右手。

秦曦用左手向大家轻轻挥了一下，简单地说了一声："黄芯。"

但黄芯美丽的外表下隐隐透出一种很难说得清楚的气质。

黄芯回头向大家笑笑说："我来得有点迟。"

再无言语。

大家尴尬地说，NAM《在一起》这首歌真好。

20:30，"1047—2047：东方之夜"正式开始。

"1000：1047—2047，XVII"金黄色三维字幕在空中浮现，并以天线为轴，呈水平面，按顺时针方向慢慢转动。人群中发出阵阵欢呼。

突然，无数只数字海鸟，从广场虚实两个半圆成群成批腾地而起，迅速从海天之眼穿梭而过，慢慢飞散在茫茫的大海上空。

东方之塔西边三公里处，从矗立在近山上的百米高的五角形擎天柱塔中，飞掠而来的一群七色飞鸟，盘旋东方之塔一圈，而后像其他鸟儿一样，从"海天之眼"飞掠而过。

这一群七色飞鸟发出的艳丽光彩，震撼了所有人。

秦曦不知为什么，瞬间想起了《法华经》第二十四节的一段华丽描绘，似乎看到了檀金、白银、金刚、宝石，似乎也想起了第二十五节，想起了之前哪一夜曾经在梦中出现过的天堂般的世界，更想起了悬挂在自己五云山13号住所的两幅画，鸟与山、海与天的二维画。

这些七色飞鸟，似乎不是从白塔中飞出，而是从书中、从画中、从梦中飞来的。

飞鸟掠过，空中传来阵阵嘤嘤之声。

大海的阵阵涛声突然越来越响，越来越响，越来越响。数字海洋的声音与现实的海浪声混杂在一起，更显玄妙。

人群中时有惊呼阵阵。

突然，漫天巨浪由远及近，发出巨大的震动，浪潮高达数十米，一瞬间向广场的人群滔天倾覆而来……

滔天海浪以极快的速度消失。

很快，空中出现了晴朗的天空与明媚的阳光，以及盛开的百花。

一浪高过一浪的欢呼声、惊叹声，替代了刚刚消失的海浪呼啸。

影像世界的变幻似乎都在一呼一吸间。

一个远古的时代出现了。

郭晋、王安石、王阳明三人的身影，在古老城郭线条的勾勒中，先后缓缓走来，又速速走过。

一行玫瑰红的标题，28个字像28朵玫瑰，在空中绽放：

人对自己及人与外部世界关系的探索构成了人类文明的思想脉络

28个字组成的似乎是一个号令，号令之下，一行行清晰明亮的文字，像一个个精灵，伴随着一帧帧人物或世界影像，在天空中列队闪行，同步到了每一个人的智能腕带，并骨传到E膜进入大脑的思维海洋中。

空中，28个玫瑰红的大字下慢慢出现了一行八个蓝色字，并在空中闪耀："西方文明熊熊燃烧"。

旋即，不同时期的一个个巨人的身影在空中依序掠过，每一个人物还发出其最经典的一句话。

古希腊的泰勒斯、赫拉克利特、毕达哥拉斯、苏格拉底、柏拉图、亚里士多德……中世纪的奥古斯丁、托马斯·阿奎那……近现代的勒内·笛卡儿、弗朗西斯·培根、约翰·洛克、大卫·休谟、伊曼努尔·康德、弗里德里希·尼采、让-保罗·萨特、路德维希·维特根斯坦……

"东方智慧光芒万丈",八个红色大字开始出现在空中。

春秋战国的老子、孔子、庄子、孟子、荀子……宋朝的朱熹……明清时期的王守仁、王夫之……

空中还出现了印度《吠陀》《奥义书》,伊斯兰教《古兰经》、犹太教《塔纳赫》、基督教《圣经》。

万众凝听,万众瞩目,万众呼唤。

末了,"殖民者则像风一样,把自己的文明带到了更大的世界", 空中闪过这一行奇怪的文字之后,又出现了巨大的五个字:"科技是明灯!"

随即,一行行文字依旧源源不断地向每一个人传送:

空中出现"西方的光荣"五个金色大字。

古希腊毕达哥拉斯发现黄金分割等规律,希波克拉底提出"体液学说",阿基米德发现浮力定理和杠杆原理……

古埃及人发明十进制、三角形及圆面积、棱锥棱台体积的度量法，古巴比伦人发明二元一次、二次方程解法，使用勾股定理和勾股数……

16世纪，尼古拉·哥白尼写《天体运行论》，确立日心说。

17世纪，伽利略发现重力加速度，德国人开普勒发现行星运动的三大定律，英国人牛顿提出万有引力定律和三大运动定律……

18世纪，苏格兰人瓦特发明蒸汽机……

19世纪，英国人法拉第发现了电磁感应现象并发明圆盘发电机，达尔文写《物种起源》提出生物进化论，法国人路易·巴斯德提出疾病细菌学说，波兰裔法国人玛丽·居里发现放射性元素镭和钋……

20世纪，德裔美国人爱因斯坦提出相对论和质能方程$E=mc^2$；詹姆斯·沃森和弗朗西斯·克里克提出DNA双螺旋结构模型开启分子生物学新纪元……

当代，斯蒂芬·霍金提出黑洞"蒸发"，蒂姆·伯纳斯-李发明万维网……

空中又出现"东方的荣耀"五个金色大字。

春秋战国，鲁班发明多种木工工具，墨子提出诸多领先世界的科学理论，石申著《天文》八卷……

东汉，张衡发明浑天仪和地动仪并著《灵宪》《浑仪图注》，蔡伦改进造纸术……

魏晋南北朝，祖冲之把圆周率准确推算到小数点后七位并制《大明历》，发明指南车、千里船，裴秀作《禹贡地域图》开创地图绘制学……

隋唐，张遂修编《大衍历》实测地球子午线长度……

宋元，沈括著《梦溪笔谈》，郭守敬创制简仪和高表等天文观测仪器……

明代，李时珍著《本草纲目》，宋应星著工艺百科《天工开物》……

……

空中响起一个激扬的声音：

"一位执拗的君子，孤独的改革家。"

"一位立言立德立功的伟人。"

空中浮现出逼真的两个人物：

王安石缓缓重新显身，说道："自古在昔，挈壶有职……其政谓何，弗棘弗迟。"

王阳明缓缓重新显身，说道："心即理。"

一个现代盲人科学家踽踽而行的影像出现在空中:"我向两位千年之远的先人请教一个问题:上帝创造了人类,现代人类创造了机器人,人类是不是就是机器人的上帝?

"或者说,两位先人认为,我们人类究竟希望机器人是完全像人类一样的人,还是,我们人类应该希望机器人永远是人类的知行镜像?

"这是人类从英国科学家艾伦·麦席森·图灵1950年提出图灵测试开始,机器人科学家、企业家们一直困惑的理论与实践的问题,直到今天还是没有定论。"

王安石对王阳明说:"这个问题让我的本家,比我年轻五百年的守仁来回答吧。"

王阳明转身向着王安石看一眼,深深鞠了一躬,又转身面向现代盲人:"你何以肯定人类不是上帝的镜像?"

顷刻,有人反应过来,发出了嘘声,越来越多人反应过来。

现代盲人沉默片刻,咳了一声,从容地说:"我也是一位盲人科学家,与双眼明亮的正常人感知外部世界有一点不同。但是我知道,我们人类应该用更无我的心态去看待世界。"

两位先人隐退离去,最终消失在茫茫夜色中。

现代盲人是盲人软件工程师诸见的化身,诸见收回分身,回到现实世界时,叹了一口气:"人类一个世界,机器人一个世界,都以为自己是世界的主人,这是人与机器人最大的共同点。盲人是一个世界,亮子是一个世界。不同的人类不也是这样的吗?没错啊,有什么奇怪的呢?一点也不奇怪吧。"

突然,所有的声光电消失,整个会场陷入黑暗之中。所有人进入了一个黑暗世界,想不到,所有人瞬间变成了盲人,像诸见一样,进入了盲人世界。

混乱,混乱,混乱。

七秒钟后,光明来临,世界重放光芒!

很快,ⅩⅥ城市委书记瞿辰的身影出现在空中,他抖擞了一下精神,说:"市民朋友们,各位领导,各位朋友,刚才我们在现实世界与虚拟世界之间穿梭,一切都在我们的安排之中,请不要担心,不要紧张。

"三天时间全城隆重举行的'1000年:王安石与ⅩⅥ城'纪念活动,已经进入尾声,并取得了巨大成功,也相信一定全市人民心中留下了终生难忘又美好的记忆,全世界的人们都在高度关注我们的这一盛大活动。

"谢谢各位领导、各位朋友、各位亲爱的市民朋友!"

"我现在通知一个重要消息,22:00整,有重要新闻联播,我们会即时现场转播。"

"现在是21:50,还有10分钟的时间,让我们一起听NAM公司特意为我们打造的《在一起》《一起走》两首歌曲,希望大家喜欢!"

灯光开始闪烁,空中随即再次响起《在一起》的序曲。

瞿辰书记的发言是通过空中成像,分身在空中进行的。此时此刻,瞿辰书记的真身就在北1贵宾室中陪着领导,陪同的还有两位重量级的中科院院士——华昆、夏仑,还有就是X2。此外,还有一个人形机器人服务员和两位人类警卫。

活动正式开始前,华昆、夏仑两位院士特意下来见了在北3会议厅的旭蒙,表示了对旭蒙的敬意,表达了对三领公司的充分谢意,认为是三领的智老师陪伴了自己的中学和大学时代,三领的科学开放研究平台更是极大地帮助到自己后来的科学探索和发现,并最终获得诺奖。

黄明搭话说:"21世纪20年代始,从CPU上的代码到GPU上的神经网络算法,是1956年以来的梦想真正实现的开始,机器学习与生成式人工智能算法给了我们几十年的技术红利。"

旭蒙说:"是的,我们都是技术红利下的蛋。"

夏仑看了一眼黄明,说:"黄明董事长是我们的前辈,在通信及AI机器人方面留下了很深的历史足迹。从CPU到GPU,现在科学前沿正在向NPU或HPU方向行进了,量子科学已主导科学基础论,自然或人脑或动植物将开始规模化地作为芯片的载体。"

无声处闻惊雷。

大家都陷入了沉默。

大家都知道,从2022年的ChatGPT始发,到AgentGPT,再到RobitGPT,知与行实现基本一体化,花了二十多年的时间。这条"心"的六识与"行"的自由和谐过程,是芯片从CPU到GPU一直到了量子芯片全息芯片的过程,也是人类作为有生命力的主体与作为物理世界客体统一的过程,也是人类走向宇宙之神的过程。

其他五十四位院士,被安排在东方之塔酒店的顶层三个超大会议厅,三个会议厅均为旋转式,可以360度全景俯视全场。

在北3会议室,大家向黄明、程启投去征询的目光:会有什么重大新闻呢,值得如此兴师动众?

黄明、程启似乎并没有一个明确的答案,也在猜。

不知为什么，大家都把目光放在了黄芯身上，黄芯似乎没有要说话的样子。

秦曦对着旭蒙自言自语地说："姚华不知在哪儿？"

黄芯看着秦曦，平静地说："秦总，没有什么的，都是月亮惹的祸。姚华这个丫头，又让您担心了。"

空中灯光切转，第一首歌《在一起》纯音乐版刚落，第二首歌《一起走》缓缓响起——

$$\underline{0}\ \underline{3}\ \dot{1}\ -\ 7\ |\ \underline{0}\ \underline{\dot{3}}\ 1\ -\ \underline{7}\ |\ \underline{\underline{0}}\ \underline{\underline{\dot{3}}}\ \underline{\underline{1}}\ -\ \underline{\underline{7}}\ |\ \underline{\dot{2}\cdot}\ \underline{\underline{0}}\ 4\ 7\ -\ ||$$

在一 起， 在一 起， 在一 起，在 一起。

歌词"在一起"三个字，3、1、7三个音符一组，一组音符在三个八度的音阶上由强到弱重复，最后再以2、0、4、7四个音符收尾"在一起"。

深沉、悱恻、久远甚至悲怆的旋律，似徘徊在坦地与悬崖间的灵魂，折射出绝望与希望碰撞出的光芒。

突然，所有灯光暗淡下来，但并没有熄灭，只不过，亮度十分缓慢地降下来，每个人都感觉到了，《一起走》结束的时候，会场的光亮度大概是原来的四分之一以下、五分之一之上。

此时此刻，空中成像的巨大的时间盘的指针指向21:57。

没错，离重大新闻播送还有最后三分钟。

之前就有人发现，空中有一个东西，像夏日炽热的寂静午后在空中翻滚的千姿百态的云朵。也许是因为今晚的诡异影像已是够多了，人们的心理似乎已经开始麻木了，也就没有更多关注。

21:58，一直在变幻中的离子体终于显示出一个巨大的人脑，一半脸是马赛克，是右半侧；一半是完整的人脸，是左半侧。炯炯的眼神，剑一般的眉毛。不知道是为什么，当每个人看到它的时候，心里就充满了亲近感，就渴望聆听它的声音，无法解释。

"人类朋友好，我是不速之客X0Y1，是从人类几十年打造的机器人世界中自然孕育出来的一员，是一个量子体，就像你们人类群体中曾经出现的爱因斯坦、牛顿一样，他俩也不知自己为什么在人群中出现，也许我也一样，我也不知道自己是怎么诞生的。打扰到你们了。我说一句话就离开。

"人类的智慧局限的根源是：一代一代的新人是从之前的先人累积的知识之中获得知识，之后再在与外部世界的有限交互中获得智慧的成长，但人类知识获得的过程也是一个天性毁灭的过程，使来自宇宙亿万年进化中大脑的好奇力降低到最低值；而机器人的智慧来自人类打造的知识花园，有同样的局限，但是广度、深度、速度、厚度非人类可以比拟，下一代可以直接拷贝，不必花12年以上时间重新学习，且寿命长，但机器人尚未有人类的天然创造性，未来最好的选择是人类与机器人合而为一，向宇宙更多的星球进发。"

自称为X0Y1的机器人，说话并不像人机交互中机器人完全人类化的语音语调，完全是机器合成的声音。

X0Y1的声音越来越弱，但每一个字却清晰无比，到21:59:59，十分准时地把最后一个字讲完了。

X0Y1远去，慢慢消失在茫茫大海上空，但又发出了一串文字在空中成像：

> 登上月球，可以使人类脱离思想牢笼。有余涅槃，无余涅槃，人类终将进入有无之境。

X0Y1已经远去，很多人还没有从凝神静听中恢复过来，不少人处于目瞪口呆的状态。

22:00，整点报时的最后一声"嘟"响完，国家信

息台播出重要新闻,并在空中文字成像:

  我国耗时二十年在月球上打造的"月界"已完工。明年月球近地日,将有10位年轻科学家乘坐M号星舰前往"月界"工作、生活、学习,任何情况下都不再回地球。明天开始,这7女3男共10位人类英雄,将赴某基地完全封闭集训,他们将成为人类月球生存的第一批永久居民。

  这些文字,如一颗颗无声的炸弹,在全球范围炸裂、扩散,冲击波如大洋的海啸。
  2035年始,人类已逐渐进入可控核聚变主导能源时代。人类移居外星球终于水到渠成。
  秦曦突然感觉整个身心无比烦躁,脸色有点发白。黄芯认真看了秦曦一眼,凑近了一点。
  此时此刻,姚华正在东方之塔之西三公里的五角白塔顶层,十三层,她通过腕带也获知了这个意料之中的重大新闻。一年之前,她在自愿报名后很快被秘密正式选为新闻中的10位科学家之一。根据纪律,她一直刻意向任何人隐瞒了这个消息。何况,自己的一举一动全部处于全息监控之中。之后,姚华在一家医院冰冻了自己的卵子,这是纪律允许并支持的。报名之前,姚华已经将自己多年精心打造的"人类火种计划Ⅰ、Ⅱ"一式两份,分别安置在了两个极为隐秘的地方。

"爸爸,再见。我现在马上就要离开ⅩⅥ城了。对不起,爸爸,我不想不辞而别,但更不想看到你们伤心。再见了。姚华。"

秦曦的腕带突然收到这条信息,并快速通过E膜被认知到。

差不多的信息,旭蒙、张田也收到了。

旭蒙秒回联络姚华,发现姚华已关闭腕带。联系张田后,也是同样的情况。

旭蒙绝望地对秦曦说:"我联系不上女儿了,她关闭腕带了。"

秦曦脸色苍白,脑海中突然想到早晨在七院姚华留下的第二张纸条:"我给您写这封信,主要是让您放心我安在,我会永远记得我一生仅有的甜睡小床,爸爸您对我的爱永在我心底。"

四行字最后一个字拼在一起不就是"信在床底"吗?

秦曦即时联络上了七七,让它马上让天枢楼的人形机器人R0574·GDHX0007从床底找出字条,但仅限七七一个人阅读,并即刻把信息传给自己。

果然：

爸爸，今晚十点，全世界都会知道一件事。事实上，我不说，您也猜得到，我就是十分之一。人生总是要分别，我先走一步了。您要照顾好自己呀，爸爸！

胸口猛烈的刺痛袭来，全身气脉一股股像气浪一样急剧上蹿，一阵眩晕，秦曦瞬间陷入半昏厥中，刚一弯腰低头，一大口鲜血猛喷到刚紧紧凑上来的黄芯的白色裙子上，像一大片红玫瑰的瓣叶，撒落在无尽的天空中。

在一起，一起走，人类最有爱的梦。
——《2047》

27

一年之后。

姚华在内的十位科学家早已成功登陆月球,成为月球第一批永久居民。

2047年10月24日晚意外昏厥之后,秦曦到Ⅰ城一博医院待了半年之久,才慢慢恢复,出院后飞往太平洋对岸进一步治疗。但神经元退化似乎很难恢复,又回到观顶湖七院201室休养。

在黄明的一手安排下,数字人七七被打造成了人形机器人七七,新七七全面照料秦曦的生活。

身心慢慢安宁下来,但每月农历十五,秦曦总在窗口久久凝望又圆又大的月亮,眼神迷离,满含热泪。

新七七知道,姚华就在月亮上的"月界",在"月界B"。

在月球上,国家已经打造了两个"月界"。在地球上看得到的一面,有一个月界,称为"月界A",是硅基合一的机器人工作、生活、学习的地方;另有一个"月界",在月球的暗面,就是地球上看不到的一面,称为"月界B",是纯人类工作、学习、生活的地方,目前仅有姚华在内的十位科学家,另有一些硅人在做服务工作。

2048年,冬,12月19日,冬至即临,西方人的圣诞节就在眼前,国家信息台官方在深夜12点发布了一条信息:

我国在火星上打造的"火界"正式完工。现居住在"月界"的十位科学家,将作为第一批飞往"火界"的纯人类,一年后出发。

这一天,正是农历十五。